古典詩歌研究彙刊

第二九輯

龔鵬程 主編

第 3 冊

詩聖的一個面向：
杜詩中的「家國聯繫」表現模式

李奇鴻 著

國家圖書館出版品預行編目資料

詩聖的一個面向：杜詩中的「家國聯繫」表現模式／李奇鴻
著 -- 初版 -- 新北市：花木蘭文化事業有限公司，2021〔民
110〕
目 2+240 面；17×24 公分
（古典詩歌研究彙刊 第二九輯；第 3 冊）
ISBN 978-986-518-321-9（精裝）
1.（唐）杜甫 2. 唐詩 3. 詩評
820.91　　　　　　　　　　　　　　　110000259

ISBN-978-986-518-321-9

9 789865 183219

古典詩歌研究彙刊
第二九輯　第 三 冊　　　ISBN：978-986-518-321-9

詩聖的一個面向：
杜詩中的「家國聯繫」表現模式

作　　者　李奇鴻
主　　編　龔鵬程
總 編 輯　杜潔祥
副總編輯　楊嘉樂
編　　輯　許郁翎、張雅淋　美術編輯　陳逸婷
出　　版　花木蘭文化事業有限公司
發 行 人　高小娟
聯絡地址　235 新北市中和區中安街七二號十三樓
　　　　　電話：02-2923-1455／傳真：02-2923-1452
網　　址　http://www.huamulan.tw 信箱 service@huamulans.com
印　　刷　普羅文化出版廣告事業
初　　版　2021 年 3 月
全書字數　182972 字
定　　價　第二九輯共 12 冊（精裝）新台幣 25,000 元

詩聖的一個面向：
杜詩中的「家國聯繫」表現模式

李奇鴻 著

作者簡介

李奇鴻，國立清華大學中文系碩士、博士。就讀博士班期間曾任國立清華大學中國文學系兼任講師、國立清華大學語文中心兼任講師，開設「大學中文」、「假新聞與資訊識別」等課程。發表期刊有〈納詩入志──范成大《吳郡志》運用詩歌材料的新創與特色〉（刊載於《漢學研究》）、〈不安頓的隱士──唐末司空圖自保心態下的書寫策略〉（刊載於《政大中文學報》）、〈臺灣近三十年杜甫研究綜述暨論著集目（1985～2015）〉（刊載於《中國唐代學會會刊》）。

提　　要

　　本文描述杜詩中的「家國聯繫」表現模式，用以分析杜詩中「詩聖」的情感特質及其價值階序。「家國聯繫」的表現模式是自伊娃‧周珊（Eva Shan Chou）的「並置結構」（juxtaposition）理論延伸而來，指杜甫詩中「懷鄉」與「憂國」主題的並置現象；此模式於杜甫入蜀後生成，在夔州時期大量創作，出峽後逐漸淡化。從家國聯繫的發展過程來說，成都時期多是懷鄉、憂國的主題並置，到了夔州時期，運用面向便擴展至「夜月」、「傷春」、「悲秋」等主題，最明顯的差異便是「滯於他鄉的地理限制」與「老病衰頹的傷逝感」的兩相結合，並表現在神思往返於夔府、京華的聯繫形式。

　　同時，本文亦指出：亂後「異地」書寫是開啟家國聯繫的契機，它是指杜甫身處異鄉，欲回歸中央的「趨力」，由此趨力而來的「懷鄉」主題，由於政治中心與故鄉的「地點同一性」而產生家國之思，所以，「異地」書寫是將「懷鄉」與「憂國」並列的重要條件。杜甫亂後的「異地」處境既能引發「懷鄉」主題，也能抒發「憂國」主題，而隨著客居秦州、自秦入蜀，杜甫的懷鄉意識愈趨濃烈，漸與憂國主題並置，從而表現出詩聖的情感特質。在此特質中，本文進一步地分析杜甫的「家國觀」：杜甫的「家國觀」是「核心─邊陲」的同心圓構造，由「家國聯繫」所突顯的詩聖特質，即在「遠離核心」的回歸趨力作用下，仍堅守「國」先於「家」的價值階序。

　　本文所提出的「家國聯繫」表現模式，乃是從詩歌內緣的角度看待接受史中的「詩聖」現象，此或許提供一個新的路徑描述杜甫詩歷時性的傳釋活動，進而觀察文學史發展的一個側向。

目

次

第一章 緒 論

　　杜甫在文學史上的重要性已是諸家共識，唐宋以降的文人儒士各從不同的角度闡釋杜詩勝處，甚至形成「杜詩學」的專門領域。〔註1〕對此文化現象可從不同角度考察，諸如：一，杜詩本身具備什麼特質，以致於後代文人推崇，此不僅涉及個人喜好，而是關於某個時代──或是中國文化傳統──所共許的審美觀念；二，中國傳統「知人論世」於杜詩詮釋上拓展出「詩聖」與「詩史」的兩個評價，背後是否帶有讀者的預期視野、特定意識的解讀；其三，杜詩成為文學史的一環，士人是如何看待杜詩的語言個性，做出「古今詩人眾矣，而子美為首者」〔註2〕的評價，即杜詩本色與風格的問題。以上三個切入角度皆圍繞在讀者與文本之間的關係，也就是從表現與接受的角度看待杜詩；本文將從詩歌中的「表現」試圖探討：杜詩哪些特徵被中國文化所強調？又有哪些是被忽略的部分？據此，筆者從接受史的成果回過頭來看杜甫詩內緣性如何開展出詩聖表現的性質。

〔註1〕「杜詩學」源自元好問編著的《杜詩學》，該書亡佚，僅存〈杜詩學引〉，後以杜詩學指稱杜詩研究的專門學科。參自：徐國能，〈元好問杜詩學探析〉，《清華中文學報》第七期，頁 189～234。

〔註2〕蘇軾著，孔凡禮點校，《蘇軾文集》（北京：中華書局，1986 年），頁318。

　　在文學史中，杜詩被評價為兩個術語：「詩聖」與「詩史」，前者突顯出杜甫的人格型態及思想內容，後者則聚焦在詩歌與現實之間的關係。〔註3〕現代研究對於詩史論述已有系統的爬梳、整理，但對於詩聖的論述還未有重大的斬獲。杜甫「忠君愛國」、「憂國憂民」的特徵其實是杜詩中不可或缺的風格要素，具有詩學或美學上的意義；此風格使得讀者建構一個「詩聖」人格，並進入讀者的期待視野當中，從而有倫理的、道德的崇高形象（儘管它與史傳的敘述截然不同）。北美漢學家對此問題的探討可供借鑒。對不同文化的人來說，杜甫「詩聖」的道德性並不能保證詩作之高明，倪豪士的〈美國杜甫研究評述〉說到：「儘管杜甫在中國享有不可動搖的盛譽，在拙作中我已經不只一次地暗示了讓美國讀者也首肯其盛譽的困難，因為在美國讀者的心中杜甫不具有這種神聖的地位。」〔註4〕雖然杜甫詩的道德性不受肯定，但漢學家仍推崇其價值，其中以高友工、梅祖麟、宇文所安（Stephen Owen）、伊娃‧周珊（Eva Shan Chou）等人相繼的研究成果為標竿。高友工、梅祖麟以語言學的角度，將杜詩的語言風格歸納為「宇宙的境界」（cosmic vision）〔註5〕，宇文所安則談論杜詩在傳統詩歌的突破與繼承，伊娃‧周珊則從「文化」與「詩歌」兩面的貢獻談論杜甫的獨特性，後提出「並列理論」（juxtaposition）來說明杜

〔註3〕「詩聖」概念的提出與內涵，詳見本章第二、三節。

〔註4〕倪豪士，〈美國杜甫研究評述〉，收入陳文華主編：《杜甫與唐宋詩學：杜甫誕生一千二百九十年國際學術研討會論文集》（臺北：里仁，2003），頁18。

〔註5〕或譯為「恢弘的境界」，出自高友工〈律詩的美學〉一文中對杜甫的評價。它與杜詩的幾個特點有關：其一是對歷史的關注、其二是對詩歌結構的改變（尤其是結尾部分，杜甫常回顧自身處境，而非對外界的觀照或重申），高友工對杜甫的論斷具有相當說服力，但理論性的發微缺乏對杜詩整體的爬梳以及論證。詳見：高友工，〈律詩的美學〉，收入《美典：中國文學論集》（北京：三聯書店，2008年），頁252～260。柯慶明認為此種壯闊的境界流自詩人胸臆，並呈現物我相隔的狀態：「當自然景象同時成為詩人心志的象徵時，人與宇宙的疏離消失了」參自：柯慶明，《中國文學的美感》（臺北：麥田出版，2000年），頁191。

詩中「轉換風格」的特色。〔註6〕

　　無論是中國傳統詩論或漢學家的研究，都肯認杜詩在中國文化的獨特性與價值。杜詩學於現代的學術環境之下，也不可偏至於傳統或西方的文學研究，但是杜詩學中有關「詩聖」的議題卻多半集中在詩人生平及思想的層面；職是之故，筆者借鑑西方研究的方法、態度，重省「詩聖」在詩歌的呈現方式。「詩聖」的評價並非自始便有，它的形成背景以及諸多面向需要先被釐清，據此，筆者首要觀察詩聖價值從何而來，次要說明杜詩以何姿態進入後代文人的視野，最後提出詩聖「表現」的一個面向：杜詩中有聯想的程式，使讀者捧讀之際有開闔頓挫之感，亦即是「宇宙的境界」之悲壯感受，由此構築的「詩聖」，具有道德崇高形象；對詩人來說，透過「家國聯繫」的情意轉折，乃是將情志鑄融在詩歌當中，以達抒情遣憂之目的。

第一節　杜詩價值論

　　在杜詩學中，「詩聖」的價值是由讀者所建構而來，由建構至成型乃是一連串詮釋與品鑑的整合。由「杜甫」到「詩聖」的過程，涉及中國文化的價值取向及期待視野，筆者由此申論「詩聖」說法的提出、並形成且突顯為杜詩價值的一環。對於杜詩的文化背景，就宏觀的角度而言，余英時從比較的觀點將之視為中國文化的「個性」的一個階段：

〔註6〕倪豪士認為伊娃・周珊並無消解杜甫身為文化偶像的困擾：「儘管周珊以自己的才智合乎情理地提出和回答她在一開始指出的許多問題，她還是在與杜甫作為文化偶像的矛盾中掙扎著。」（同註3，頁17）究其原因，伊娃・周珊的並列理論僅理論化說明宇文所安提出的「轉換風格」說法，未由此說明杜甫身為文化、文學偶像的接受成因。有關伊娃・周珊的研究論文，除倪豪士的評述外，另有王劍，〈論「並置結構」在杜詩研究中的應用——關於《再議杜甫：文學巨匠和文化巨人》一書的唐詩研究方法〉，《杜甫研究學刊》2001年第2期總第68期，頁75～80；許浩然，〈美國學者伊娃・周珊與杜詩研究〉，《殷都學刊》2014年第1期，頁52～55。

> 在檢討某一具體的文化傳統（如中國文化）及其現代的處境
> 時，我們更應該注意它的個性。這種個性是有生命的東西，
> 表現在該文化涵育下的絕大多數個人的思想行為當中，也
> 表現在他們的集體生活當中。所謂個性就是某一具體文化
> 與世界其他個別文化相對照而言的，若就該文化本身來說，
> 則個性反而變成通性了。〔註7〕

從現代的處境回顧文化傳統，除了觀照其內在的變動之外，它獨特的
通性更加容易透顯。余英時在該文當中從不同層面談傳統文化的「個
性」與現代中國的聯繫，此是以現代社會作為參照點的視角，看待傳
統中國文化中的變動與恆一。中國傳統文化的讀者皆處於此個性之下
「解讀」前人文化遺產，所以說，並非只有作品受到文化的影響，讀
者亦如是。如同《詩經》被賦予溫柔敦厚的經典化過程，使成為儒學
體系的一環，〔註8〕《詩經》可以說是傳統士人受中國文化「個性」
的影響的例子。余英時更精確地以「士」作為中國文化的個性，藉由
爬梳「士」觀念的源流演變，廓清古代社會是由哪些人物、思想組成，
而杜甫被視為唐代繼承「士」精神的代表人物之一：

> 隋、唐時代除了佛教徒（特別是禪宗）繼續其拯救眾生的悲
> 願之外，詩人、文士如杜甫、韓愈、柳宗元、白居易之倫更
> 足以代表當時「社會的良心」。宋代儒家復興，范仲淹所倡
> 導的「以天下為己任」和「先天下之憂而憂，後天下之樂而

〔註7〕余英時，〈從價值系統看中國文化的現代意義〉，《中國思想傳統的現代詮釋》（臺北：聯經，1987年），頁5。

〔註8〕朱自清研究「溫柔敦厚」的源流演變，認為宋代道學家曾有意提倡：「漢以後時移世異，又書籍漸多，學者不必專讀經，經學便衰了下來。……不過漢末直到初唐的詩雖然多『緣情』而少『言志』，而『優游不迫』，還不失為溫柔敦厚；這傳統還算在相當的背景裏活著。盛唐開了詩的散文化，到宋代而大盛；以詩說理，成為風氣。於是有人出來一面攻擊當代的散文化的詩，一面提倡風人之詩。這種意見北宋就有，而南宋中葉最盛。這是在重振那溫柔敦厚的詩教。」詳參：朱自清，《詩言志辨》（臺北：開明書局，1964年），頁138。

樂」的風範，成為此後「士」的新標準。〔註9〕

「士」在余英時的看來是一種向外的、關懷群眾的精神，它隨著各個時代呈現不同的面貌。〔註10〕由余英時對唐宋之間「士」精神差異的觀察可知，「儒學」的復興與「士」的精神繼承有關，其所謂「社會的良心」也有著儒學式的關懷。杜甫的「詩聖」所蘊含的精神，正是由宋人在文學的期待視野中被提出，〔註11〕它與中國文化的價值取向息息相關，也意味著詩聖說的成立是經過讀者詮釋而來。「詩聖」說的背景，乃是由「文化—讀者—作品」的交互關係所構築，它不僅因為杜詩所蘊含的倫理傾向，也由於作品本身有足夠的資源讓讀者闡發，儘管作者當時可能並無此意圖。

高友工從另一個角度看待文化與作品間的交互關係，他觀察中國藝術史與傳統文化，並提出「美典」論述：他認為，文學作品與傳統文化之間是在特定的環境、思潮底下相互影響，進而造就一個價值體系，它同時影響詩人以及作品。因此，當研究詩歌在文學史上的意義時，無法迴避有關「價值」的論題，而它也必然觸及文化的根本。〔註12〕從

〔註9〕余英時，《士與中國文化‧自序》（上海：人民出版社，1987年），頁9～10。

〔註10〕關於唐宋間「士」的內涵與轉型，除余英時外，包弼德於《斯文：唐宋思想的轉型》當中一有詳細的比較與爬梳。包氏認為，由唐代過渡到宋代期間，「士」是由門閥向文官，再向地方精英的轉型。詳參：包弼德著，劉寧譯，《斯文：唐宋思想的轉型》（南京：江蘇人民出版社，2001年）第二章「士的轉型」，頁35～81。

〔註11〕此乃林繼中的觀點，他認為：「杜詩以忠君愛國病民省身的潛在意義及其豐富的審美情趣通過了宋人的價值選取，與之視野交融，在長期接受過程中得到認同，終於成為新時代的最高典範——『詩聖』」（頁248）。文中藉由宋人價值觀念說明杜詩何以受到宋人支持，進而將杜甫形象形塑為典範，這一系列是「文化選擇」的過程，以說明杜詩價值的必然性。詳參：林繼中，〈杜詩與宋人詩歌價值觀〉，《詩國觀潮》（福州：福建教育，1997年），頁245～256。

〔註12〕高友工在〈中國文化史中的抒情傳統〉中提到：「當然所謂抒情傳統只是藝術傳統中的一個源流，但卻是一個綿延不斷支脈密布的主流。雖然有其他的傳統與之爭鋒，但直迄今日仍然壯大。也許這是由於它體現了我們文化中的一個意識形態或文化理想。至少可以說它透

「美典」角度探討杜詩與中國文化理想的關聯性，高友工認為杜詩具有亙久不變的價值，得使杜詩進入中國文化美典的核心位置，其「價值」的根源被重新肯定。然而，杜詩並非自抒情傳統的說法才獲得價值上的肯認，自唐宋以降，杜詩在文學傳統具有「李杜文章在，光焰萬丈長」的超絕地位，高友工並未詳述杜詩接受史對於美典的影響力，也成為有待補白之課題。

余英時與高友工對於文化研究的兩個取徑，是由宏觀的歷史眼光看待中國文化的結構性、理論性問題，且都是由「文化—讀者—作品」的關係著手。然而，三者之間是「雙向」的交互關係，除了讀者對作品的解讀，作品之於讀者的關係是透過作品的「表現」而來。讀者儘管能對詩文做出多樣解釋，最後仍須回歸詩文當中，換言之，杜詩被詮釋、被轉譯成符合讀者語境的語言以鞏固自身的價值、或回應文化價值的需要，這其實也是基由作品所傳達的某種情思、性格所引發。

對於作品與讀者的雙向關係，葉維廉提供一個視角，試圖從語言與解讀的關係當中探索中國古典詩的語言特徵。他在〈中國古典詩中的傳釋活動〉開頭以回文詩作為一個極端的例子，說明中國文字不受語法限制的特性：

> 首先，這種靈活性讓字與讀者之間建立一種自由的關係，讀者在字與字之間保持一種「若即若離」的解讀活動，在「指義」與「不指義」的中間地帶，而造成一種類似「指義前」物象自現的狀態。〔註13〕

中國文字由於文法特徵所造就的模糊性，帶來文學作品（尤其是詩）開放的想像空間，美感也自此而來。於是乎，在葉維廉看來，「傳意」

露了一套很具體的價值體系，觸及了文化的根本。」詳參：高友工，《中國美典與文學研究論集》（臺北：臺大出版中心，2004 年），頁104；換言之，從本文的立場來看，在看待杜詩在詩歌傳統中的影響力之際，應要注意杜詩體現了什麼文化理想、以及這個文化理想背後是由什麼價值體系所支撐。

〔註13〕 葉維廉，《中國詩學》（北京：三聯書店，1992 年），頁 17。

與「釋意（詮釋）」兩端的關係是語言的問題。他的做法是，考察古典
詩當中由「景物」所構築的意象世界，並嘗試從景物的繼起、詩文暗
示的種種「關係的建立或說明」，說明作者「意在言外」與讀者「言在
意中」的開放關係，進而「使讀者能夠，在詩人引退的情況下，重新
『印認』詩人初識這些物象、事象的戲劇過程」。〔註14〕葉維廉以解
讀活動產生的自由關係，說明中國文字的「言」、「意」問題，若將傳
釋活動的框架用以檢視唐宋以來杜詩接受史，不免要先界定「誰」在
詮釋詩以及其內涵的前提條件。筆者正是站在「讀者」的角度，觀看
其它讀者何以從作品中提煉出道德、思想。尤其，「知人論世」在傳釋
過程中對作品的解讀，即是介於作品與讀者的契約關係，詩聖的形成
可說是在知人論世的詮釋立場底下所塑造的價值。讀者從言語推測作
者的意圖，進而推知創作當下的場合，從而塑造作者的形象，這個過
程充滿縫隙以及說詩人之間話語的角力。除了從個別時代討論時代與
杜詩之間的關聯性，亦須探討杜詩語言特徵以及讀者的解讀兩面，後
者正是目前杜詩研究較為缺乏部分。

　　由上述爬梳過程中可知，若要重新尋求杜詩價值的根源，便不能
迴避接受過程中有關「傳／釋」的動態過程。從「詮釋」一面來說，
杜詩價值論與儒學體系糾結，甚至已可被視為體用關係，如鄧小軍的
《唐代文學的文化精神》〔註15〕將杜甫視為實踐儒家理想人格的典
範：「杜甫真正地繼承、體現了儒家思想的真精神即核心意義，所以
評價杜甫思想，實質是評價儒家思想」〔註16〕。以「詩」見「思」的

〔註14〕葉維廉，《中國詩學》，頁 33、34、35。

〔註15〕此書所用的「文化精神」一詞有價值釐定的意味，作者定義為：「文
　　　　化精神（Ethos）是一種文化的終極依據，是一種文化所特有的價值
　　　　觀念系統。其核心，是關於人類本質即其終極根源的價值觀念。」
　　　　（頁591）此與高友工所謂「文化理想」有相似的目標，皆討論時代
　　　　的價值與典範等相關論題。詳參：鄧小軍，《唐代文學的文化精神》
　　　　（臺北：文津，1993 年），第十三章〈唐代文化精神是人性人道精
　　　　神〉，頁 591～595。

〔註16〕鄧小軍，《唐代文學的文化精神》，頁 251。

解讀自唐宋以降延綿不絕，至今仍受影響。若從「傳意」的一面來看，杜甫作品是用怎樣的語言表現，提供後世譽之為「詩聖」的說解契機，甚至賦予、形就詩聖之價值論述，就此而言，仍有探究的空間。故而，在此基礎上，我們必當反思：從「詩聖」所延及的價值論述，其所帶來的不僅是「詮釋」一面的接受過程，同時也包含在傳釋過程中對於作品表現的相關問題。

小結

由以上的討論可知，杜甫「詩聖」的價值，是在「文化—讀者—作品」〔註17〕的交互關係當中形成，而宋代被視為儒學復興的時代，「詩聖」說在此時提出、成立。由是，下節藉由爬梳宋代詩聖說的提出與內涵，並廓清其脈絡，然後在第三節提出本文所採取的一個「表現」的面向。

第二節　詩何以聖：「詩聖說」的提出與內涵

詩聖相對於詩史，更偏向於對人物、人格的描述。杜甫最初的形象是出現在元稹為杜甫所作的墓誌銘〈唐故檢校工部員外郎杜君墓係銘〉當中，他對杜甫的評價乃就詩歌上來談，「盡得古人之體勢，而兼今人之所獨專矣」。而後劉昫〈杜甫傳〉中杜甫形象，如「性褊躁傲誕」、「甫放曠不自儉，好論天下事」，到了北宋初年宋祁〈杜甫傳〉：「數嘗寇亂，挺節無所汙，為歌詩，傷時橈弱，情不忘君，人憐其忠云」〔註18〕等等，可知杜甫並非自始就是以儒者形象著稱，其「詩聖」

〔註17〕　本節就「讀者—作品」的關係揭櫫詩聖說的脈絡。其文化背景部分，林繼中曾專文討論，主要論點是中唐以降的文學思潮以「致用」為尚，而後王安石的審美旨趣起了關鍵性的作用。詳參：林繼中，〈杜詩與宋人詩歌價值觀〉，《詩國觀潮》，頁 245～256。

〔註18〕　劉昫，〈杜甫傳〉，《二十五史・舊唐書・文苑下》（上海：上海古籍出版社，1986 年），頁 607 總頁 4083；宋祁，〈杜甫傳〉，《二十五史・新唐書・文藝上》，頁 612，總頁 4738。對於本傳形象的考辨，以杜呈祥，〈兩唐書杜甫傳訂誤〉，《師大學報》第 6 期，頁 223～235，以

一詞也未提及,僅有元稹的詩史與集大成的評價。據此,我們可以說「詩聖」的評價非唐代人所重視,而是以王安石推舉杜詩以後才突出的詩中形象。[註19]而詩聖的完整提出,要歸於楊萬里(1127~1206)〈江西宗派詩序〉:

> 昔者詩人之詩,其來遙遙也,然唐云李杜、宋言蘇黃,將四家之外,舉無其人乎。門固有閥,業固有承也。雖然四家者流,一其形,二其味;二其味,一其法者也。……。今夫四家者流,蘇似李、黃似杜,蘇李之詩,子列子之御風也,蘇黃之詩,靈均之乘桂舟駕玉車也。無待者,神於詩者歟,有待而未嘗有待者,聖於詩者歟。[註20]

「聖於詩者」便是詩聖的明確提出。楊萬里闡述江西詩派的宗旨,以「法」為要,此法非是模擬李杜蘇黃之詩,非是取其形(字句)、味(風格)之別,而是從更深層的「做法」取意,故作詩者要能入四家之詩,亦要能夠游於其間。由此可知,「神」與「聖」的對舉而用以分別李、杜之別,是在詩歌的層面上談,而未將「憂國憂民」的倫理、道德性引入;文中引靈均之乘桂舟、駕玉車來比喻杜甫詩的「有待」,乃是就作詩的「法度」一面立論。[註21]其後王穉登也說:「李詩仙,

---

及胡傳安,〈兩唐書杜甫傳補正〉,《大陸雜誌》第 9~11 期為詳盡。
二文對兩《唐書》中杜甫形象的辯證,則扣緊杜甫與嚴武關係的議
題,實沿襲自洪邁《容齋續筆》卷六〈嚴武不殺杜甫〉的意見。可見
宋人已經注意到杜詩形象與本傳形象的差異,且更偏向於詩中的面
目。

[註19] 蔡振念認為在宋人作詩方面學杜的第一人當推王安石:「宋代詩人中,
全力學杜的,王安石(1021~1086)當推第一人。在安石以前,宋初
詩壇流行白體、西崑體、晚唐體,至歐陽修詩文革新,以復古為風,
詩文始變,北宋中葉以後,『學詩者非子美不道』(《蔡寬夫詩話》),杜
詩始受重視,但歐陽公主學李、韓,將杜詩推入宋詩壇者,安石功不
可沒。」蔡振念,《杜詩唐宋接受史》(臺北:五南,2001 年),頁 257。

[註20] 楊萬里著,辛更儒箋校,《楊萬里集箋校》(北京:中華書局,2007
年),頁 3231。

[註21] 朱子也提及聖於詩者,不過是就著李白詩來說:「杜詩初年甚精細,
晚年橫逆不可當,只意到處便押一箇韻。如自秦州入蜀諸詩,分明如

杜詩聖，聖可學，仙不可學矣。」〔註22〕說明「聖」的內涵確實有「技藝」一面存在，與往後的「詩中聖哲」有所差異。〔註23〕

由上述可知，「詩聖」的提出，最初並非就倫理、道德層面的批評，杜甫憂國憂民的形象最初是在蘇軾論杜的文獻中見得，從接受史的角度而言，真正在杜甫人格評價具有影響力的是蘇軾。〔註24〕東坡論杜乃從詩教角度切入，以〈詩大序〉：「故變風發乎情，止乎禮義。發乎情，民之性也。止乎禮義，先王之澤也」為理論架構：

> 太史公論詩，《國風》好色而不淫，《小雅》怨誹而不亂。以予觀之，是特識變風變雅耳，烏睹詩之正乎？昔先王之澤衰，然後變風作，發乎情，雖衰而未竭，是以猶止於禮義，以為賢於無所止者而已。若夫發于性，止于忠孝，其諸豈可同日而語哉！古今詩人眾矣，而子美獨為首者，豈非以其流落饑寒，終身不用，而一飯未嘗忘君也歟？〔註25〕

細觀蘇軾態度，他所談的不忘君是建立在「發於性，止於忠孝」的群己秩序當中的安頓問題，是謂君子不怨天、不尤人，即使不為世所用，仍

畫，乃其少作也。李太白詩非無法度，乃從容於法度之中，蓋聖於詩者也。」其「聖」仍解為法度的意思。梨靖德編、王星賢點校，《朱子語類》（北京：中華書局，1986 年），頁 3326。楊升庵也有此語，曰：「太白為古今詩聖。」乃延續朱說，由此可知，「聖」的概念是形容詩的某種特色，而非人格的描述、評價。楊慎，《升菴全集》，收入王雲五主編，《國學基本叢書》（臺北：商務，1968 年），第 217 冊，頁 37。

〔註22〕 王穉登，〈合刻李杜詩集序〉，李白著，王琦注，《李太白全集》（北平：中華書局，1977 年），頁 1514。

〔註23〕 近人張忠綱對於「詩聖」說的內涵也有相同意見，認為若僅有「聖於詩者」，那麼就朱子認為李白也為詩聖，杜甫成為詩聖的一個重要原因在於道德層面。詳參：張忠綱，〈說「詩聖」〉，《安徽大學學報（哲學社會科學版）》2012 年第 1 期，頁 36～42。

〔註24〕 蔡振念將蘇軾視為「詩聖說的肇基者」，並認為：「他〔杜甫〕看重杜詩，顯然受到宋代道學的時代風氣影響」（頁 285）、「蘇〔軾〕、黃〔庭堅〕都看重老杜的忠義精神，正反映了宋人的道學觀念，以及忠君愛民的儒家價值取向。」蔡振念，《杜詩唐宋接受史》，頁 291。

〔註25〕 蘇軾，《蘇軾文集》，頁 318。

要堅守心中的理想，這種時時刻刻心繫天下的志向，正是儒者所追求的理想人格。蘇軾將杜詩的價值奠基於《詩》之雅正，此理路使杜詩與儒學精神接合、會通，語末之「一飯未嘗忘君」更為後來詩聖說具有倫理道德解釋的重要基石。以儒學的態度詮釋杜詩的方法，亦揭示了蘇軾讀杜時引入「知人論世」的態度，蔡英俊認為知人論世意義是：

> 「知言」即是「知人」，指稱的即是一種獨特的理解能力，能夠透過語言的表現與行為的外顯，而掌握說話者與行動者內在心靈或心智狀態。因此，孟子關切的重點基本上是在於人內在生命的活動，而這種關切正直接關聯到先秦儒家對於內在德性與道德實踐的主張。〔註26〕

蘇軾的「烏覩詩之正乎？」是以「正變」的角度重新評價古今的詩人，他肯認詩語言能夠如實的彰顯詩人的道德心；「變」風是因為「情」的發動而寫作的詩歌，也就是「情動於中而形於言」的動機造就而成；〔註27〕若秉持「性」來創作詩歌，則得之「雅正」，蘇軾以此判準，認為杜甫是古今詩人之首。

　　東坡論杜將知人論世的批評帶入詩歌當中，使得宋人尊杜時必須

〔註26〕蔡英俊，〈「詩」與「藝」——中西詩學議題析論〉，《中國古典詩論中「語言」與「意義」的論題：「意在言外」的用言方式與「含蓄」的美典》（臺北：學生書局，2001 年），頁 55。顏崑陽在此議題上，爬梳「知音」的文學批評觀念，最後得出「兩漢箋釋詩、騷，將孟子『以意逆志』與『知人論世』的方法交互運用，在實際批評中，開展出詮釋作者情志的批評系統。此一系統的批評終極標的乃於詮釋寄託言外的作者情志，從這一點來說，頗與『知音』原始涵義為近。」的結論，由此可知「知人論事」的批評、詮釋方法自兩漢以來，在六朝繼承，到了唐宋已是根深蒂固的觀詩法則。參見顏崑陽，〈文心雕龍「知音」觀念析論〉，《六朝文學觀念叢論》（臺北：正中書局，1993 年），頁 237。

〔註27〕傳統儒學的文學觀念就是用以反映政治的興廢，〈詩大序〉：「至於王道衰，禮義廢，政教失，國異政，家殊俗，而變風變雅作矣」，經過孔穎達對詩教的確立，蘇軾沿襲這個看法，認為詩人的心應與家國同在，是為徐復觀所說的：「攬一國之意以為己心」。徐復觀，《中國文學論集》（臺北：臺灣學生書局，1974 年），頁 85～86。

與杜甫的思想對話，也使得尊杜在宋代具有倫理、道德的教化意義。
「尊杜」透過將杜詩置於上承《詩》的正典論述，也影響到「學杜」
的態度。〔註28〕黃庭堅認為要能讀入杜詩，應先具備能讀《詩》的底
蘊，更要有《離騷》的深意，進而走向極端的「學杜」便是說杜詩「無
一字無來處」〔註29〕，其〈大雅堂記〉曰：

> 由杜子美以來四百餘年，斯文委地，文章之士，隨世所能，
> 傑出詩筆，未有升子美之堂者，況室家之好耶！余嘗欲隨欣
> 然會意處，箋以數語，終以汩沒世俗，初不暇給。雖然，子
> 美詩妙處乃在無意為文，夫無意而意已至，非廣之以國風雅
> 頌，深之以《離騷》、《九歌》，安能咀嚼其意味，闖然入其
> 門耶！〔註30〕

黃庭堅的判準與蘇軾相仿，從詩的正變看待杜詩的地位，並以政教
功能看待詩的價值。魯直從「欣然會意」處見得杜詩真意，但他也
承認僅依靠靈感的捕捉無法呈現杜詩的真實面貌，於是他認為必須
從《詩》、《騷》的角度看照杜詩，再回到自省式的咀嚼、玩味，才得
以進入杜詩的境界，也就是江西詩派強調的「法」。在重法的觀念下
讀杜、學杜，此「會意」轉化為學問之道的嚴肅課題，進而深究《詩》、
《騷》的精神，用以剖析杜詩的「深意」。〔註31〕

〔註28〕 也就是說，「尊杜」一個層面上也有「尊經」的意思，這表示宋人是
以極嚴謹的學術態度研究杜甫詩。本研究旨在以文化接受的角度觀
察杜詩，而非以接受現象為題，故不贅言。關於此論題的開展，可參
考：楊經華《宋代杜詩闡釋學研究》（北京：中國社會科學，2011年）。

〔註29〕 黃庭堅著，劉琳、李勇先、王蓉貴校點，《黃庭堅全集》（成都：四川
大學，2001年），頁475。

〔註30〕 黃庭堅，《黃庭堅全集》，頁437。

〔註31〕 龔鵬程論述宋代詩學的特色時，注意到「意」在論詩體系中的重要
性，若回顧黃庭堅「由子美以來，四百餘年斯文委地」的觀點，則
「意」與「文」的關係值得深入探究，其云：「以理性為文之根本、
或認為情理同屬立文本源，這兩條路子，到了唐代，續有發展。尤其
是中唐權德與、白居易，韓愈以降，所發展出來有關文與道的思考，
更是不可避免地必須把文章的根本，植在經術、道德、性理、禮義之

「知人論世」及儒者態度的讀杜方式會加深對杜甫忠君態度的發掘，如李綱以「愛君憂國」形容杜甫，其詩曰：

> ……愛君憂國心，憤發幾悲吒。孤忠無與施，但以佳句寫。

又如文章所言：

> 漢唐間以詩鳴者多矣，獨杜子美得詩人比興之旨，雖困躓流離而不忘君，故其辭章慨然有志士仁人之大節。〔註32〕

李綱的思維來自〈詩大序〉的「國史明乎得失之跡，傷人倫之廢，哀刑政之苛，吟詠情性，以風其上，達于事變而懷其舊俗也」，故「詩」在理論上既能反應現實，也能抒發己志。李綱認為，子美得其比興之旨是「上薄風雅」的文道觀念，故詩文中隱含著詩人的道德境界，讀者必須內省的觀照自身並反照在社會群眾關係當中。然而，詩的語言尚不能構成論述，詮釋者代位言志，重新以讀詩的角度塑造詩人形象。從蘇軾到李綱，「困躓流離而不忘君」成為後人評價杜詩的理據，也順理成章將杜詩的思想面補足。在作法與思想兩面俱全的情形下，宋人將杜甫「詩聖」的地位確立；林繼中也持此觀點，認為詩聖地位與江西詩派、千家注杜、宋詩話三面都有關係，而山谷學杜正是易於效法的法門，結論到：「杜詩的地位雖然被確立為最高典範（「詩聖」），但只是以其一個片面（甚至是被修正過的那個片面）呈現於宋人眼前」。〔註33〕由此見，杜詩是在宋人的期待視野中被提出來，經由對杜詩及其歷史背景深入挖掘，反映出「詩聖」的諸面

上。到了宋代，宋人論詩，很少把情感的抒發視為主要創作活動內容及其評價標準，通常其評價標準在於『意』。」龔鵬程：《詩史本色與妙悟》（臺北：臺灣學生，1992年），頁240。

〔註32〕李綱，〈讀《四家詩選》四首〉其一，《李綱全集》（長沙：岳麓書社，2004年），頁97；〈湖海詩集序〉，《李綱全集》，頁213。

〔註33〕林繼中，〈杜詩與宋人詩歌價值觀續論〉，《詩國觀潮》，頁270。郭紹虞對於江西詩派的風行，也說到：「才情出於天賦，非可強致；工夫出於學力，易見功效，故學蘇者少而學黃者多，此江西詩派之所由形成也。」郭紹虞，〈江西詩派小序〉，《宋詩話考》（北京：中華書局，1979年），頁116。

向；也可以說，宋人以尊杜、學杜的意識閱讀杜詩，並以「知人論世」的態度看待杜詩的作法以及思想內容等面向。

以上從宋人的尊杜現象說明詩聖的來由，然而，杜甫成為詩聖並非偶然，他對政治現實與詩歌的緊密連結，乃是其內緣因素。呂正惠曾提及這個特別的現象：

> 對政治家來說，政治可能是冷靜思慮後的舉動，對藝術來說，政治可能是避之唯恐不及的怪物。但對杜甫來說，政治是具體的人生行為，他會用全副的情感去關懷，正如他關懷他的親人、他的朋友一般。政治已經滲透到杜甫的生活之中，他是在「感覺」政治，而不是在對政治作各種推理活動。〔註34〕

呂正惠認為中國詩的「政治性」並不那麼強烈，杜甫、白居易的詩歌受到詮釋者的重視、奉為典範，但在創作上卻沒有因循著兩位詩人的道路。最根底的原因還是受詩人情志的趨向使然。對杜甫而言，「政治」即是「生活」，然而杜甫終生鬱鬱不得志，他所創作的詩歌之所以能反映時事，也是由於現實與理想的矛盾使然。無論是「憂國憂民」或是「忠君愛國」的思想，對杜甫而言都是情志的展現，論者除重視杜詩詩藝的高超，其內在思想的特殊性也被順勢提出。這便是「詩聖」說在宋代成立、深化的概況。

〔註34〕 呂正惠，〈中國詩人與政治〉，《抒情傳統與政治現實》（臺北：大安，1989年），頁228。另外，顏崑陽對杜甫的政治傾向也有相似態度，他以「詩用」的觀點分立二層動機：原因動機與目的動機。杜甫在「中國詩用學」是特殊的案例，因為他並沒有明確的詩歌理念：「他〔杜甫〕作這一類的詩，既沒有自覺明確的『改革詩風』的『目的動機』，也沒有『改革政教』的『目的動機』。其中，對於『政教』而言，他有的只是強烈的『原因動機』。『原因動機』是指向過去的經驗，是行為主體在社會環境中，因著某種經驗而促發他產生某種行為的動機。因此，這種動機，由於行為主體身在現實情境中而不自覺。因不自覺，故不成為概念化的認知，而得以保持其經驗的真實性。」顏崑陽，〈論唐代「集體意識詩用」的社會文化行為現象——建構「中國詩用學」初論〉，《東華人文學報》第1期，頁65。

小結

　　本節「詩何以聖」主要闡述「詩聖」最初的側重面,乃是就「取法」的學杜一面展開,是為「聖於詩者」;而後經過以蘇軾為首的推波助瀾,杜詩的思想內涵一面也被推舉出來,成為「詩中聖哲」。「聖於詩者」與「詩中聖哲」兩者先後匯流於「詩聖」說之中,成為至今我們所知的面目。接著,在第三節將要著重於杜詩詩藝的「聖於詩者」一面,討論其「表現」在詩聖說的一個面向。

第三節　「詩聖」的表現論題

　　詩聖說在宋代的興起,自有其文化層面的意義,而中國傳統文化在面對西方時也有劇烈變動,詩聖說必然得回應此衝擊。杜詩於今日仍受中、西兩方學術的重視,可見在「文化個性」層面杜詩仍有其影響力,而「詩聖」的評價在民國以降多半集中在思想內涵的層面,主要試圖替杜甫去除「儒者」的傳統枷鎖,以尋求「詩聖」的新內涵。〔註35〕職是,本節爬梳詩聖說的思想一面在民國以降的研究情形,接著提出詩聖的不同議題,也就是關注「聖於詩者」與「詩中聖哲」彼此會通的可能性。

〔註35〕據筆者寓目所及,近年有關詩聖之研究,單篇論文以祁和暉的〈詩聖詩史論〉(《杜甫研究學刊》1996 年第 4 期總第 50 期,頁 1~8)與〈杜甫詩聖論(上)〉(《杜甫研究學刊》2011 年第 2 期總第 108 期,頁 12~22)、〈杜甫詩聖論(下)〉(《杜甫研究學刊》2011 年第三期總第 109 期,頁 1~9)以及綜合性研究如馬承五的〈詩聖‧詩史‧集大成──杜詩批評學中之譽稱述評〉(《杜甫研究學刊》1997 年第 3 期總第 53 期,頁 51~58)觸及較多;專書則以許總《杜詩學發微》(南京:南京出版,1989 年)、《杜詩學通論》(中壢:聖環圖書,1997 年)、吳中勝《杜甫批評史研究》(北京:中社科,2012 年),以及胡可先《杜詩學引論》(合肥:安徽大學出版社,2003 年)當中側面提及,皆非專以「詩聖」作為研究對象。與此相對的「詩史」評價已有深刻的抉微之作,如張暉的《中國「詩史」傳統》(北京:三聯書店,2012 年)將詩史一詞的本義及時代流變分梳妥當。本文並非從接受史的角度談杜甫詩聖形象的演變過程,而是從詩作的角度觀察詩聖何以被接受的表現模式。

（一）民國以降對「詩中聖哲」思想論題的闡發

為杜甫的儒者形象開脫的現象，以梁啟超為首，他在〈情聖杜甫〉一文認為杜甫應該擺脫過去以道德高度檢視詩歌，其曰：

> 杜工部被後人上他徽號叫做「詩聖」。詩怎麼樣才算「聖」，標準很難確定，我們也不必輕輕附和。我以為工部最少可以當得起情聖的徽號。因為他的情感的內容，是極豐富的，極真實的，極深刻的。他表情的方法又極熟練，能鞭辟到最深處，能將他全部完全反映不走樣子，能象電氣一般，一振一蕩的打到別人的心弦上，中國文學界寫情聖手，沒有人比得上他，所以我叫他做情聖。〔註36〕

梁啟超重視的是杜詩所顯露的情感，並以為此情真摯無礙；他將杜詩與杜甫身世相應和，認為杜甫透過寫實手法反映現實，也刻畫人世的真性情。稍後的郭沫若則以〈杜甫的宗教信仰〉企圖打破杜詩與儒學間的緊密關係，他說：「杜甫曾經以『儒家』自命。舊時代的士大夫尊杜甫為『詩聖』，特別突出他的忠君思想，不用說也是把他敬仰為孔孟之徒。」〔註37〕隨後從杜詩、文當中取證，認為杜甫其實有著道、佛思想的因子。由此，杜甫思想的論題在 70 年代的討論集中在杜甫思想的部份，如章潤瑞的〈杜甫「一飯不忘君」試析〉便著重分析杜甫「忠君」與「愛國」的不同，嘗試代杜甫之口為「愚忠」辯護，說明杜甫其實是「憂國」大於「忠君」。〔註38〕

同樣的意識形態也表現在杜甫「干謁」的討論，田守真以〈恥干謁與事干謁〉說明杜甫在思想性格方面，一生都處於矛盾的態度，士人的身分使他不得不以干謁求生存，另一面在詩歌中表現出「獨恥事干謁」的孤絕心態，並且將此矛盾的根源推至杜甫之性格及其時代性，其曰：

〔註36〕 梁啟超，〈情聖杜甫〉，《梁啟超全集》第 13 卷（北京：北京出版社，1999 年），第 7 冊，頁 3978。

〔註37〕 郭沫若，《李白與杜甫》（北京：人民文學出版社，1971 年），頁 181。

〔註38〕 章潤瑞，〈杜甫「一飯不忘君」試析〉，《杜甫研究學刊》1991 年第 3 期總第 29 期，頁 29～40。

> 這又是杜甫性格的悲劇。杜甫對於出與處，儒與佛老，有種
> 種矛盾的念頭，但究其極，仍是為『奉儒守官』的觀念主
> 宰。……他有著高傲的天性和自尊的人格，卻又要包裹起高
> 傲與自尊去與數不清的權貴們應酬。〔註39〕

論者將杜詩視為人格全幅展現，該文從杜詩中的字詞及用意追本溯
源，塑造一個詩中的杜甫人格，而此人格當是「矛盾的」、「騷擾不
安的」。矛盾說的想法使得學者除了觀察「思想體系」與「詩歌」之
間的契合程度，還注意到杜甫與現實生活的糾結狀況，以及思想與
現實之間的障礙，但仍是以「儒」作為依歸。

對於杜甫的思想究竟是屬於何派，金啟華〈論杜甫的思想〉採取
折中的態度：

> 杜甫的思想，概括看來，是具有儒、道、佛三家的思想，是
> 複雜的錯綜的，而又是矛盾的發展的。這是受當時代思潮的
> 影響，也和他的生活、遭遇、交遊有關。〔註40〕

論者以杜甫在世的遭遇為立論基礎，反對以單一的思想型態論述杜
甫，重新釐定思想與現實的關係，進而以此為創作的心態，全篇文章
也循此脈絡發展。但是，對於杜詩為何獨具強烈關懷現實的特性，金
啟華僅藉由時勢動盪與人民的說明杜甫在詩歌當中流露出悲憤填膺
的關懷。金啟華認為杜甫歷經悲劇性的命運，才得以派生出佛、道思
想；進一步來說，命運與個性的矛盾造就杜甫錯綜、複雜的思想，此
也反映在詩歌當中。

「儒」的思想、價值並不能完全解釋杜甫詩歌為何與政治有如此
密切的關係，必然有其他因素影響。在此問題上，程千帆與莫礪鋒將
杜甫的思想與所處時代聯繫，並主張「憂患意識」的說法。〈憂患感與
責任感〉一文云：

〔註39〕 田守真，〈恥干謁與事干謁〉，《杜甫研究學刊》1992 年第 3 期總第 33
期，頁 41～42。
〔註40〕 金啟華，《杜甫詩論叢》（上海：上海古籍出版社，1985 年），頁 120。

> 與其說他是一個有經世之才的政治家，寧可說他是一位生
> 活感受極其敏銳的詩人；與其說他對於某些歷史進程的預
> 見預感體現了他的政治見解，寧可說那體現了他的憂患意
> 識。〔註41〕

杜甫詩中憂國憂民的情狀乃是表面，更深刻的是詩人對世界的觀察以
及關懷，此乃「憂患意識」比儒學思想更能體現杜詩之於現實世界的
種種矛盾。這可說是杜甫「忠君」之現代詮釋。而後莫礪鋒亦延續此
說，他在《杜甫評傳》以專門章節討論杜甫的政治理想，且將杜甫思
想定調在以先秦儒學思想為主導的樣態，其曰：

> 所以我們認為，雖然杜甫對道教、佛教都曾感興趣，他對道
> 藏佛經都很熟悉，他與道士、佛徒都有所交往，這說明他在
> 哲學思想上的態度甚為平正、寬容、不排異端，但是他終身
> 服膺且是為安身立命之所的則是儒家思想，是以孔孟之道
> 為核心的早期儒家思想。〔註42〕

之所以是早期的儒家思想，在於莫先生認為杜甫具有任重道遠的精
神，將治世之道肩負，縱使懷才不遇也時刻懷抱理想，這是先秦孔
孟「實踐」者的態度，同樣也暗合著「憂患意識」的脈絡。〔註43〕
他認為，杜甫是「體現」政治於詩歌中，杜詩存在一種「恆一的價
值堅持」，在文中，或曰「致君堯舜的政治理想」、或曰「推己及人
的仁愛精神」、或曰「忠君愛民」，皆由此出發。總括來說，杜甫思
想議題的研究，乃從「反映」儒學到「體現」儒學，回應了杜詩與現
實社會之間強烈關係的問題。之後，林繼中持憂患意識的看法，為

〔註41〕程千帆，《被開拓的詩世界》（上海：上海古籍出版社，1990年），頁
　　　　27。
〔註42〕莫礪鋒，《杜甫評傳》（南京：南京大學出版社，1993年），頁277。
〔註43〕「而孔、孟之道是直面人生的思想，所謂修身齊家治國平天下，其實
　　　　就是對於人世間的立身、倫理、政治等道德範疇作深刻思考而得出
　　　　的準則，所以是先秦諸子中最深刻的人生哲學，既具有強烈的實踐
　　　　意義，也具有深邃的思辨色彩。」莫礪鋒，《杜甫評傳》，頁277。

杜甫以前有其意識的詩人建立譜系，從「儒」的思想之外另尋出一個「騷」的詩歌傳統，並予此為「時、空、寂寞」的詩歌語言：

> 憂患意識便是中國人的宇宙意識、生命意識。人在宇宙中處
> 於什麼位置？這就是中國人研究的「窮理盡性以至於命」的
> 哲學，即所謂「安身立命」之學。而安身立命與憂患意識是
> 形影相吊的一體兩面。〔註44〕

林繼中認為，「憂患意識」上繼詩騷，成為詩歌的傳統之一，因依著「安身立命」的存在、處世之道。於是杜甫的思想的問題便獲得較具體的回答。

陳弱水則不以文學本位談論杜甫的思想議題，反以思想史的角度探討杜甫在其中的可能性，對於詩歌中對政治的強烈傾向以「終極關懷」稱之，其〈思想史中的杜甫〉曰：

> 我們可以毫不猶豫地使用當代基督教神學家田立克（Paul
> Tillich）的概念，把杜甫對君國人民的關心稱為他的終極關
> 懷（ultimate concern）──宗教性的關懷。更進一步說，子
> 美儒家思想的內容完全是舊式的，其範圍不出君主、社稷、
> 人民等課題，都是具體的「外在」事物。但杜甫對這些「外
> 物」的關心，在他的內在生命取得了主導地位，成為人生意
> 義的根本基盤。〔註45〕

杜甫對於身外的事物展現高度熱誠，牽涉到詩人與外在世界的互動以及個人的價值取向。陳弱水在分析杜甫的思想時，認為杜甫儒家性格的核心，乃是具有「非功利的、根本的、宗教性的關懷」的價值，並將此價值內化到生命型態的基調同時，他也承認唐中葉以前儒學並不是時代的主流，所以並無意將杜甫定調為儒學復興之領頭羊，僅將杜甫的儒學思想視為先例。陳弱水擺脫過去以杜甫「儒者」形象，而用

〔註44〕林繼中，《詩國觀潮》，頁 12。
〔註45〕陳弱水，《唐代文士與中國思想的轉型》（桂林：廣西師範大學，2009
年），頁 202。

宗教性的關懷解釋杜詩的獨特之處，對杜甫思想研究做出了總結的思考。

陳弱水以後對杜甫在思想史的定位有進一步思考的是查屏球在《從游士到儒士——漢唐士風與文風論稿》考察家學與成長經歷後的推論：

> 杜甫並沒有系統的接受漢儒經學傳統，因此，他在創作中才有可能不受漢儒經疏的局限，並能根據自身的體會對儒家精神作出新的詮釋。其次，我們從杜甫與天寶文化環境的關係看，杜甫前期的思想主要是延續漢儒傳統。其詩中與宋儒相通的思想主要出現在安史之亂後的作品中，而不是在前期。他在經歷了一系列社會人生災難之後，才對儒家精神有了新的體會。並形成了自己的思想個性。〔註46〕

查氏認為杜甫遭遇安史之亂之後，其思想深刻的詩文才逐漸萌發。這樣的論點或可有商榷之處，其一是杜詩繫於安史之亂前的作品留存不多，其二是杜甫關注現實的性格無論在安史之亂前後都堅定不移，如〈自京赴奉先縣詠懷五百字〉便是一例。然而此書也點出前人未發之論，也就是從情感立場闡述哲思的落實，而非以隻字片語描繪一個聖人圖像，其曰：「至理與深情是相伴而生的，兩者皆本源於人心，只是表現形式不同而已。在宋人看來，杜詩也就是理學的情感實踐」。〔註47〕

綜上所述，現代學術對於杜甫思想的研究，主要是透過詩歌的內容，且是斷章取義的視為思想的素材。筆者以為，每首杜甫詩都是獨立的單元，詩內的思維即是詩人的話語，而此思維是透過全詩的完整解讀才得以釐清的內在肌理。此研究取徑基於一個前提：對於「詩聖」現象以及詩人的道德思想，都本於對杜詩的結構性解讀。「詩聖」不

〔註46〕 查屏球，《從游士到儒士——漢唐士風與文風論稿》（上海：復旦大學出版社，2005 年），頁 441～442。

〔註47〕 查屏球，《從游士到儒士——漢唐士風與文風論稿》，頁 460。

僅是接受史的現象，亦能從詩歌的內緣中解釋。詳細來說，接受史的角度，是對歷代讀者的接受、詮釋詩歌的一面進行研究；詩歌內緣的角度，則是研究詩歌的結構、技巧，進一步辨認詩人寄宿於作品的形象、價值觀。由詩歌內緣的角度研究「詩聖」，是屬於表現的論題，準此，「表現」在此成為一個值得關注的議題。

（二）「聖於詩者」與「詩中聖哲」的會通

走筆至此，筆者鈎沉有關杜詩的思想研究，說明是由「反映」思想到「體現」思想的轉向，研究走向最終收束在動機的討論：「憂患意識」正是解答。然而，詩聖說並非僅專重「詩中聖哲」的思想側面，在「詩聖」原初語境當中，是以學杜、尊杜作為依歸，也就是「聖於詩者」的技巧面。筆者在兩面的權衡下，提出「表現的論題」以補足前賢所未申論之部分。準此，筆者接著從「表現的論題」入手，說明以往論者如何討論相關議題，亦即有關於「技巧、結構」何以表現「思想」、「情感」的理論方法。

在表現的議題上，高友工和梅祖麟藉由語言學以補先人研究之不足，他們從句法、語意、典故的使用來說明唐詩為何能夠在詩論當中「在特定的語境中產生這種觀點的語言特徵」，〔註48〕從而以詩的構造探討文學傳統的議題。高、梅二人基於結構主義的意識，特別重視「語法歧異性」、「句法」、「音節」等形式結構的討論，最終推進到結構面所呈顯的「意象」、「情感」。例如分析〈秋興八首〉：

> 整個組詩因為地理原因被分成兩部分，這正反映了詩人飽經憂患的空間分離。因此，詩中任何一個僅對局部起作用的統一因素，都不能不對全詩產生更大的分裂效果，因而也產生更劇烈的辛酸，這就使我們想起下面這些情況，他們是以**某些方式表現為次級結構的構成原則**：前三首詩分別帶有

〔註48〕高友工、梅祖麟，《唐詩的魅力》（上海：上海古籍出版社，1989年），頁2。

表現傍晚、深夜和次日清晨的詞語，這種時間系列在這三首
詩中產生一種聚合力。5〜7 首詩則是以多種方式達到統一
的：前三聯中，視覺形象的排列順序是相同的，都是生動程
度逐漸增強的，節奏安排也是相同的；在最後一聯中，出現
了錯綜句法；當三首詩作為**一個系列整體**看時，其中有由明
到暗和由盛到衰的發展過程。按照唐朝歷史，這種由盛到衰
的過程，也就是由古及今的時間過程，所以，時間的流逝就
成為詩人的不幸的又一根源，這根源被詩的**結構**兩次摹擬：
一次在 1〜3 首詩中，一次在 5〜7 首詩中。〔註49〕（**粗體
為筆者所加**）

透過高友工、梅祖麟的分析，可以看出他們對於詩歌句法、語彙選擇
的重視，這是為了突顯「結構」作為批評詩歌的思考。「結構」由詩歌
的基本單位（比如語詞、節奏、意象、語法等）構成，各個單位形成
「聯」，各聯的排列、順序，形成某種可理解的整體的意象、情感，最
終透過「一個系列整體」的方式，獲得對整體作品的評價。由此說，
結構分析乃是處理文字—意象—整體的有機關聯性。筆者認為，高、
梅二人所示範的批評方式，既有文字意象的細讀，也有整體原則的掌
握，更重要的是純粹由詩歌內緣的語法結構說明情感的生成過程，這
是會通詩歌技巧與詩歌情感兩面的重要渠徑。

　　以上討論是回應有關於詩歌的「技巧」過渡到「情感」的方法，
然而，「詩聖」畢竟是由讀者反饋而來的詩歌評價，且是一種印象式
批評，是否真的能忽略「讀者」一面呢？關於此，筆者舉前人研究成
果為例，說明詩歌內緣過渡到「詮釋」的可行性。

　　方瑜在〈接受、反應、詮釋——試說與「相如、文君」文本相關的
三首詩〉當中，特別強調由於讀者詮釋側面的不同，導致解讀出來的涵
義也大相逕庭。論者以杜甫〈琴臺〉一詩為例，說黃生對該詩的看法：

〔註49〕高友工、梅祖麟，《唐詩的魅力》，頁 29〜30。

　　……如此，杜甫詩集中難得一見寫男女情愛的佳作，方可歸
　　於「傷時憂國、感慨才士不遇」的比興類型。似乎黃生所推
　　重的杜甫，必須經由這種「過程」，才能保持完美，沒有裂
　　縫、瑕疵。〔註50〕

方瑜面對過往詩評家的時代性詮釋，也注意到背後文化價值的參入：
「儒家傳承的價值觀，也讓黃白山、仇兆鰲等人，不能接受男女單純
的愛慕、夫妻相處的私情，也能成為杜甫這樣的『詩聖』歌詠之素材。」
〔註51〕此處之詩聖，雖帶有負面意味，但確實指出在讀者接受、反應
以及詮釋過程中，有著環環相扣的過程。在此，方瑜從「接受、反應、
詮釋」的角度說明讀者直觀的印象，對於詩歌文本的折射，可能造成
不同面貌的解讀。更進一步的，方瑜還討論到後代文本對於杜甫詩歌
的理解，顯然兼顧了批評、文本、影響等多重面向。筆者借鏡方瑜之
研究方法與視野，認為文本外緣的研究，如：批評、影響、接受等，
若要回扣到文本內緣，其關鍵是對於議題的掌握及關注內部意義的開
放性；亦即：詩聖的表現議題必不能預設杜甫的人格形象與道德高度，
因為這些評價參雜了批評者的文化背景，並對文本產生折射。因此，
我們唯有堅持對詩歌結構「去道德化」的忠實理解，才能進一步地去
探索詩歌與批評之間的關係，而不是企圖合理化批評的說法。

小結

　　本節共分兩個階段討論。第一部分，梳理有關民國以降對於杜甫
思想的討論，指出近代學者傾向以杜甫個性自有的「憂患意識」說明
「詩聖」的語言風格。第二部分，聚焦在「詩聖的表現論題」上頭，
先以高友工、梅祖麟的結構分析方式為例，說明由詩歌技巧看待情感
的研究方法，其次，以方瑜的研究為例，開展出批評與詩歌文本之間
的對話性，最後，說明「表現論題」乃是在後代讀者的評價基礎上，

〔註50〕 方瑜，《唐詩論文集及其他》（臺北：里仁書局，2005年），頁26。
〔註51〕 方瑜，《唐詩論文集及其他》，頁147。

以去道德化的態度研究詩歌與評價之間的關係。

　　「詩聖的表現論題」所要探問的對象，是詩歌內緣揭露出的特殊情感，以及其生成過程，並予以廓清杜詩中有關「技巧」與「情感」兩面的評價。筆者在寬泛的「詩聖」認知上，研究「詩聖」是如何透過詩作彰顯出來，進一步離析出表現的詩歌程式。接著，我將提出一種詩歌模式，用以描述「詩聖的表現論題」之研究方法與步驟。

第四節　「聯繫」作為一種讀法

　　在「杜詩何以表現出詩聖」的問題上，杜甫強烈關心政治的傾向在安史之亂後顯題化，成為詩中的一種表現手法，流露為家國之思。〔註52〕杜甫在度隴、入蜀之後，因為遠離中央，而更顯其思鄉憂國之情，對此現象，筆者以「家國聯繫」稱之。本節從聯繫之對象、形式與表現三方面說明「聯繫」作為開展杜詩中有關「詩聖」的家國之思，並予此為本論文之研究方法、取徑。

〔註52〕　筆者之所以使用「家國」一詞，而非「國家」，乃是為了突顯杜甫詩中對於政治團體／君主的情感，就筆者所觀察，兩詞並無重大區別；在運用上，多在政治史的脈絡下使用「國家」，而在研究文學作品時稱「家國」。關於中國歷史中的「國家」觀念研究，以甘懷真的〈中國中古時期「國家」的型態〉最切中命題，邢義田的〈中國皇帝制度的建立與發展〉則將「天下為家」在制度面的落實溯源到秦漢「皇帝」制度的建立，鄧小南則從「祖宗家法」的概念入手，說明由「家」到「國」的概念過渡。詳參：甘懷真，〈中國中古時期「國家」的型態〉，《皇權、禮儀與經典詮釋：中國古代政治史研究》（臺北：臺灣大學出版中心，2004年），頁207～258；邢義田，〈中國皇帝制度的建立與發展〉，《天下一家：皇帝、官僚與社會》（北京：中華書局，2011年），頁1～49；鄧小南，〈家法與國法的混溶〉，《祖宗之法：北宋前期政治述略》（北京：三聯書店，2006年），頁21～77；尾形勇著，張鶴泉譯，〈國家秩序和家族制秩序〉，《中國古代的「家」與國家》（北京：中華書局，2010年），頁178～204。另外，蘇桂寧提出「家國精神」以說明中國文學中的忠、孝、君等概念，惟未進入實際詩歌解讀，以及預設了中國儒學的文化正統觀，其立論恐有失客觀。故於此不贅。蘇桂寧，《宗法倫理與中國詩學》（上海：三聯書店，2002年），第二章「家國精神的輝煌」，頁38～113。

聯繫之對象

「聯繫」意味著並比二物，並賦予兩者關連性。在詩歌中，「聯繫」之意義可分為兩層：一是詩人與外界之關聯性，二是詩人將兩物賦予關聯性。「家國聯繫」則是將「家」與「國」賦予關聯性，對杜甫而言，兩者共通處在於「地點的同一性」。但是，「家國聯繫」並非自杜甫始，因此有必要先將六朝詩歌中有關家國之思的作品簡略爬梳，以便突顯杜甫於此脈絡的突破與開展。

六朝有關家國之思的作品，多半與「遠望」有關，但多半是套語。〔註53〕由於地點的特殊性，引申而來有因世亂而憂國的意味。建安時期之作，以曹植〈送應氏詩〉其一聯繫「北芒」與「洛陽」為始：

步登北芒阪，遙望洛陽山。洛陽何寂寞，宮室盡燒焚。

垣牆皆頓擗，荊棘上參天。不見舊耆老，但睹新少年。

側足無行徑，荒疇不復田。遊子久不歸，不識陌與阡。

中野何蕭條，千里無人煙。念我平常居，氣結不能言。〔註54〕

此詩是子建、應瑒隨父西征馬超至洛陽（西元 211 年），應瑒北還鄴城，子建作此詩送別。〔註55〕此時洛陽已殘敗不堪，又感念此地乃「應氏」（應瑒）之家鄉，應氏為「遊子」不得回歸，故由此生發詩思。黃

〔註53〕六朝詩歌中的「遠望」作品當中，似乎以「望長安」為一套語，略舉如下：劉孝綽，〈登陽雲樓詩〉：「回首望長安，千里懷三益。」江總，〈贈賀左丞蕭舍人詩〉：「回首望長安，猶如蜀道難。」何遜，〈臨別聯句〉：「君望長安城，予悲獨不見。」沈約，〈登高望春詩〉：「回首望長安，城闕鬱盤桓。」庾肩吾，〈賽漢高廟詩〉：「寧知臨楚岸，非復望長安。」可見「望長安」的想像在該時代是慣例，但恐未有懷鄉憂國的意思。真正藉由遠望抒發懷鄉之情，進而憂國者，庾信算是典範。逯欽立輯校，《先秦漢魏晉南北朝詩》（北京：中華書局，1983年），頁 1831、2581、1712、1633、1989。

〔註54〕曹植著、黃節註，《曹子建詩註》（香港：中華書局，1973年），頁 8。

〔註55〕《建安七子集》附錄年譜所載建安十六年之條：「蓋應瑒先以平原侯庶子隨軍西征，至洛陽，被命轉為五官將文學，乃與曹植作別，北上回鄴。」俞紹初輯校，《建安七子集》（北京：中華書局，2005年），頁 440。

節的意見道出此詩所憂所感：「子建深歎當日洛陽荒蕪，至今應氏有家不得歸，今復為朔方之遊。」〔註56〕詩人藉由登高「遠望」，神思遙入洛陽，並揣想其中的荒蕪景象。洛陽自董卓之亂後元氣大傷，曹植一面感傷舊友之故鄉淪落至此，另一面也藉此景襯托時代的蕭條。曹植〈送應氏詩〉感於世亂，藉送友之詩傳達，王粲則以〈七哀詩〉其一表達類似情調，從中也見「望長安」之套語：〔註57〕

> 南登霸陵岸，回首望長安。悟彼下泉人，喟然傷心肝。〔註58〕

由「登臨」、「回首」的動作聯繫起兩地，顯示詩人當下所處與緬懷之所的時空距離，並依此隔閡宣洩離鄉之情。在〈七哀詩〉其一：「復棄中國去，遠身適荊蠻」其二：「荊蠻非我鄉，何為久滯淫。」與其三：「天下盡樂土，何為久留茲。」由此可知，詩人以思鄉為動機，並由遠望的想像、緬懷當中延伸、雜感憂國憂世之心，例如其二的政治隱喻「狐狸馳赴穴，飛鳥翔故林」、其三的憂亂之句「登城望亭燧，翩翩飛戍旗」皆是如此。

「望長安」在擬作中也被繼承下來，見庾信的〈擬詠懷〉：

> 不言登隴首，唯得望長安。〔註59〕

建安詩人是在懷鄉、緬懷的「登臨」動作中思及故土，庾信則直取其「望長安」之意，引起無限的感慨。注者將此動作視為失卻故土的緬懷：「言登隴首得望長安，今已之鄉關在於南國，不能復見也」。〔註60〕庾子山藉由凝視，將「長安」替換為「鄉關」，對故國、故鄉的緬

〔註56〕俞紹初輯校，《建安七子集》，頁8。

〔註57〕關於〈七哀詩〉的繫年，有初平三年（192）、四年（193）與興平二年（195）的三種說法，本文以俞紹初的初平三年說法為主。繫年爭議問題詳參：王懷讓，〈王粲離長安和創作〈七哀詩〉第一首之時間辨〉，《山東教育學院學報》1995年第1期總第47期，頁18～22。筆者主張，七哀詩三首的創作時間皆在亂時，此時長安遭陷，詩人作此詩以明志。

〔註58〕俞紹初輯校，《建安七子集》，頁86。

〔註59〕庾信著、倪璠注，《庾子山集注》（北京：中華書局，1980年），頁245。

〔註60〕庾信著、倪璠注，《庾子山集注》，頁246。

懷顯而易見，在此，「家」與「國」藉由「望」聯繫在一起。「望長安」的程式在庾信手中大量運用，如〈和庾四〉：「離關一長望，別恨幾重愁」、〈和侃法師三絕〉：「秦關望楚路，灞岸想江潭」、「迴首河隄望，眷眷嗟離絕」、〈秋日〉：「蒼茫望落景，羈旅對窮秋」都是遠望的變形。〔註61〕由此可知，庾信的鄉關之思是杜甫家國之思的直接影響，主要在於「望」描寫方法以及將「家」、「國」聯繫的情思。〔註62〕杜甫突破前人之處，是大量運用此模式，並且擴展其運用面向，雜揉不同主題，從而表現出真摯的詩聖之情。

　　由簡略的爬梳可知，以往的家國聯繫多半以思鄉之情為動機，其家國之情是綿延而來的感慨，這在庾信身上最為明顯。而杜甫的獨特之處，在於利用六朝詩中「家國聯繫」的現象，並側重其「憂國」之思，其份量與原本的思鄉之情抗衡，以致讀者往往誤會詩人最初的動機。也因為杜詩中的「家國聯繫」不斷重複、深化，甚至有「模式化」的傾向，成為杜詩風格之一。

聯繫之形式

　　由上述可知，杜詩中的「家國聯繫」，取自六朝詩歌中家國之思的神意而省略「望京」的動作，並且「對象」（可能是長安、洛陽）本身帶有「家」與「國」的雙重涵義。接著，筆者討論杜甫在六朝詩人的影響下，在詩中大量展現家國之思的主要形式——亦即「家國聯繫」的理論來源——伊娃・周珊的「並置結構」（juxtaposition）。

　　伊娃・周珊承繼宇文所安「轉換風格」說法，由詩文結構特徵解釋杜詩的獨特之處，她將此稱為「並置結構」。伊娃・周珊在

〔註61〕庾信著、倪璠注，《庾子山集注》，頁369、370、377。

〔註62〕以往對於庾信與杜甫的相似性，多半從相似的生命體驗入手。例如呂正惠說：「如果跟阮籍、陶潛所處的歷史情境相比，庾信所經歷的歷史變化顯然要更富於戲劇性。……以同樣的方式來看杜甫，就會發現，杜甫的歷史經驗非常類似於庾信。」呂正惠，《杜甫與六朝詩人》（臺北：大安出版社，1989年），頁170～171。

Reconsidering Tu Fu: Literary greatness and cultural context 對此術語
的描述是：

> 並置結構的結構原則是藉由它的特徵所定義。並置結構是
> 「兩種主題並排擺置」的詩歌結構。主題之間並沒有過渡，
> 於詩中沒有預備的轉變。此外，通常並置的主題之間牽引出
> 兩個類別：詩人眼中所見，與他的心中所想。同時，並置的
> 主題間也會並置兩種世界：外部與內部，立即與聯想。〔註63〕

並置結構的一個顯著例子是〈茅屋為秋風所破歌〉末四句話鋒一轉的
轉折，伊娃‧周珊認為此無預警的轉折彷彿有兩種主題並存於一詩當
中，形成「並列」的結構特徵。就伊娃的說法，「兩種主題」是分別是
「所見」與「所想」，杜甫善於透過詩歌表達自我心聲（她將此稱為
"solipsism"，唯我論），因而造成「風格轉換」的效果。

　　伊娃‧周珊提出的並置結構，其背後的問題意識是：「我們承認
杜甫的詩學成就，也肯定他個人的價值取向。那麼杜甫是如何在詩中
做到兩者的統一，即詩歌是如何來揭示詩人的內心活動軌跡？詩以何
種形式來表現詩人的精神風尚，展示詩人的個人魅力？這其中必有契
合點，即詩的呈現方式與人的思想情感的一致性」〔註64〕，可見，伊
娃是以「去道德化」的方式遮撥道德評價與詩人作品的關係，進而研
究為何杜甫詩歌如此讓人信服、推崇。伊娃的結論是，杜甫在並置結
構中彰顯了「所想」的主體性，從而使讀者相信其「真誠」，而「真
誠」並非僅詩歌一面可達成，也必須要在批評史中塑造。關於「真誠」
在批評史中如何形成，伊娃在該研究的結論中主要透過三點作為視
角：

> 在重新審視真誠的批評傳統作為詩歌的一個重要標準，我

〔註63〕〔美〕Eva Shan Chou, *Reconsidering Tu Fu: Literary greatness and cultural context*, England: Cambridge University Press, 1995, p.116.

〔註64〕王劍，〈論「並置結構」在杜詩研究中的應用——關於《再議杜甫：文學巨匠和文化巨人》一書的唐詩研究方法〉，頁75。

應該簡短地考慮三點：歷史作用下的真誠之概念，真誠與杜

甫及其作品，以及真誠與杜甫作品具獨特性的關聯。〔註65〕

在結論中，伊娃以「真誠」為線索，說明了杜甫（及其詩）作為後世
所推崇的原因之一，在於「詩人人格」與「作品」的同源性。此同源
性，也就是中國傳統的「知人論世」，而杜甫詩中強烈的個性，符合了
「真誠」的批評標準。所以，從方法論來說，伊娃透過說明杜甫詩的
特徵，解釋了杜詩批評史中有關「真誠」的問題。筆者正是以相似的
問題出發，企圖從杜詩中的結構特徵，探討後世批評者所理解的「詩
聖」之有關技巧與道德情感的交匯面向。

　　上述已簡明有關伊娃・周珊的並置理論，接著說明筆者所提出的
「家國聯繫」與並置理論之區別。首先是討論的詩作類型，其次是對
於詩人生平與詩歌風格的關係，最後是對於「並置主題」理解的不同
理路。

　　從伊娃所舉的詩例中，具有「風格轉換」現象的詩，大多以單篇
詩作為主，例如：〈登高〉、〈春望〉、〈登岳陽樓〉、〈晚登瀼上堂〉等等，
少數的組詩如〈八哀詩〉也是各章獨立性較強的詩作；總而言之，伊娃
所討論的對象，在「組詩」類型方面較為缺乏。筆者認為，之所以如此，
乃是因為並置結構所指稱的兩個主題（所見與所想）稍嫌寬泛，且是著
重於「風格轉換」的現象，乃至於面對組詩當中常見的使事、用典，與
寓目所見並無法有效的區分。再者，組詩自有其結構與敘事脈絡，非是
並置結構所預設之對象；我認為，周珊所關注的詩作類型，偏向於抒情
作品，也意味著「所想」主題的情感類型，是傾向於詩人自我的、私己
的情感，且是對「所見」的反應或聯想。若就「家國聯繫」而言，本論
文所討論之詩例，組詩比例高，也不乏杜詩名作，例如：〈前出塞九首〉、
〈後出塞五首〉、〈秦州雜詩二十首〉、〈乾元中寓居同谷縣作歌七首〉、
〈傷春五首〉、〈春日江村五首〉、〈秋興八首〉等等，這是並置結構所處

<hr>

〔註65〕 Eva Shan Chou, *Reconsidering Tu Fu: Literary greatness and cultural context*, pp.197～198.

理面向稍不足之處。另外，「家國聯繫」所分析的家國之思，並不止於私人、個人的傷感，更重要的是詩作中所呈現的「詩中聖哲」道德情感。

其次，是詩人與作品風格的關係。在伊娃的想法中，杜詩的並置結構是自始自終皆有、且不變的結構。然而，考察杜甫生平與詩歌的關係，杜詩有「詩史」之稱，在於詩歌的主題與現實有密切關係，又「安史之亂」對杜甫詩歌有重大影響，入蜀後的成都、夔州、出峽，不僅在詩歌體裁，也於風格上有所轉變。詩歌內部的變動是應該要考慮的因素，這正是並置結構所無法突顯之一面。準此，筆者的研究步驟，乃著眼於杜甫生平的大分期所連動的風格轉變，強調詩歌與詩人生平之互動關係的研究方法。

最後，是關於「主題並置」的想法。並置結構的「並置」是由「風格轉換」的現象所延伸，著重於「轉換」本身的研究，說明「詩人的聲音（包含議論、抒情等想法）」的強烈、顯明是後人批評詩歌時感受到「真誠」之因由。筆者得益於此，從「並置」、「轉換」當中，更進一步思考現象背後的動能、趨力，亦即「是什麼使得詩人強烈地表現自我心志？」本研究將透過「懷鄉」與「憂國」兩種文學主題的並置現象，說明杜甫於公於私皆不安於邊陲之地，以致在詩中塑造出後人所稱譽之道德人格。換言之，觀察並置「家」、「國」的詩歌結構，實際上是注重一作品之內的聯繫關係，亦即強調「『家』何以與『國』相聯繫」的內在肌理。

總結以上，筆者簡明伊娃·周珊的並置結構理論，說明「家國聯繫」與前者之異同處，用以說明「聯繫」的形式為何。

聯繫之表現

「家國聯繫」所探討的「詩聖」面向，是就著分析詩歌的結構、技巧層面，說明由此而來的道德、情感表現，是後代讀者所認知的「詩聖」面目。基由以上的認知，筆者就著詩歌內緣討論原屬接受史的現

象,目的在於突顯「表現」的議題。接著,筆者結合上述聯繫之對象、形式,論證為何「家國聯繫」能夠回應「詩聖的表現論題」。

基於前面的討論,本節總結如下:筆者在聯繫之對象當中,說明六朝詩人便有將「望京」賦予懷鄉、憂國之意,而在聯繫之形式中,指出「並置結構」說明著一種「風格轉換」的現象;那麼,杜詩當中大量出現的望京、懷鄉之情,與「風格轉換」並比而觀,會「表現」出什麼情感呢?筆者認為,這種強烈向著某地的書寫程式,由於地點的特殊性,以及篇末轉折處的「所想」,除了造成伊娃・周珊所認為的「真誠」感受之外,同時也表現出「詩聖」的情感類型。準此,本論文所提出的「家國聯繫」表現模式之所以能回應「詩聖的表現論題」,乃是由於杜詩當中「兩種主題」的並置、且賦予關聯性的現象,以致於詩人在描寫現實之虞,能夠傳達真切的情感,進而有「憂心天下社稷」的胸懷。這兩種主題,便是「懷鄉」與「憂國」。透過杜甫生平的追蹤,筆者將透過描述「懷鄉」與「憂國」主題脈絡的升降,最後「並置」、「聯繫」的過程,論證所謂「真誠」正是「詩聖」的情感。需要說明的是,伊娃・周珊也試圖透過並置結構來說明「真誠」正是杜甫被視為文化偶像的原因之一,我則進一步地分析,此「真誠」的內涵以及在道德層面的表現。

我們藉由「聯繫」的討論,提出對詩聖議題的研究取徑與方法,最後,簡述研究步驟,以呈現本研究之推論過程。此外,需要說明的是,本文所說明的「家國聯繫」模式,並不能解釋所有詩聖的特質,而是說,大部分的詩聖特質,皆可以從此模式中表現。

本研究之副標為:「杜詩中的『家國聯繫』表現模式」,旨在歸結出杜詩結撰的某種程式與想像途徑,探討有關「詩聖」特質的表現問題。研究步驟及各章大要則如下展開。

首章「緒論」,說明本研究之研究取徑與方法。首先,爬梳杜詩的價值來源及其論述型態,並提煉出「詩聖」的研究議題。其次,筆者藉由梳理詩聖「聖於詩者」與「詩中聖哲」兩條脈絡,反思一個重

新看待杜詩的可能性，即「詩聖」作為「表現論題」之一面向。第三，說明「聯繫」的研究方法。最後，簡述研究方法及步驟。

第二章，「在異地書寫中開啟的『家國聯繫』」：本章以杜甫在安史之亂發生前後的詩作為例，認為「異地」乃是亂後對家／國情感的基礎。首先說明杜甫詩中「內省與反思」的特性，在詩歌結構中呈現「風格的轉換」現象；接著，以樂府詩為例，探討詩末「作者現身」的意義，指出這是作者的內省與反思；最後聚焦在「行旅自述詩」，從行旅移動間的家國之思，歸納出「異地」是為杜甫亂後詩作的主要情境，而此情境開啟了「家國聯繫」表現模式。

第三章，「『家國聯繫』模式在亂後懷鄉詩中的發展」：此章以「懷鄉」為探討主軸，說明主題並置的發生期與大量創作期。首先，討論思鄉的「緬懷之所」何處；接著藉杜甫心跡，推論杜甫何時有「異鄉人」的自覺，由以確認懷鄉與憂國主題並置的起始點；最後指出：「懷鄉」主題的確立，也意味著「家國聯繫」模式也由生成到大量創作的時間段。

第四章，「在「家國聯繫」模式中突顯的『詩聖』特質」：在前三章的基礎上，論證「詩聖」的部分內涵。首先，闡述杜詩中的「家國觀」，並予以詩人一種情境，即是處於邊陲而欲回歸之人；其次，提出詩人在家國觀底下，時刻受到回歸趨力的推動，並產生家國聯繫；最後，在家國聯繫當中所呈現的價值階序，是夾雜在回歸趨力之中，對於安逸與失責的道德焦慮，此即是詩聖的情感內涵。

第五章，「『家國聯繫』模式運用面向的擴展」：夔州時期「家國聯繫」的詩作大量創作，此時期不僅因「感事」而作，也將「家國聯繫」模式的運用面向擴展，進而注重時間的變化。筆者舉出「傷春」、「夜月」、「悲秋」三個主題說明之。最後，以出峽後的自述詩為例，描述杜甫晚年「故鄉」意識退卻，「憂國」之心仍具的現象，並予以解釋。

　　第六章「結論」：總結以上，本文以「家國聯繫」表現模式的開啟、發展、突顯之特質、運用面向的擴展等四個部分說明杜甫詩中「詩聖」表現的部分特質，這或許是唐宋以降的讀者，所感受到「詩聖」表現的一面向。

第二章　在異地書寫中開啟的
「家國聯繫」

　　從第一章的討論可知，杜甫「詩聖」的說法並非自始便有，而是在後世讀者的反饋中，逐步形成的評價；「詩聖」說的內涵，除了道德性的「詩中聖哲」外，亦包括文學方面的「聖於詩者」，即關注文學「表現」手法的運用層面。若杜甫本有詩聖之心，那麼「安史之亂」的發生便會使此心彰顯，進而表現在詩歌當中。準此，筆者有必要釐析杜甫在安史之亂下的處境，並試圖釐清詩歌中家國之思的根源，而這也是杜詩中「家國聯繫」模式的開啟。

　　本章分作三個部分。首先，筆者闡述杜詩中強烈的「反思」現象，認為這是杜甫詩作的慣性，而此慣性會使得作者「跳出」當下的事件，進而以歷史的眼光評判之。接著，筆者以〈前出塞〉、〈後出塞〉為例，說明詩中征人的「行跡」與其「心境轉變」相互呼應之處，而後觀察杜甫如何對詩中的征人進行反思。最後，筆者析評安史之亂前後的兩篇行旅自述詩：〈自京赴奉先縣詠懷五百字〉與〈北征〉，認為二詩的外在「行跡」與內在「心志」相互激盪流轉，乃源自一個最基本的處境——異地。〔註1〕

〔註1〕「異地」作為分析的語彙，在此須先做出基本定義以及內涵詮解。異地的定義是：詩人於一個空間書寫另一個空間，書寫的動機可以是懷鄉、憂國、追憶、緬懷，但必須涉及到兩地之間的關係。杜甫詩中的「異地」處境之所以重要，除了亂後寄寓它鄉的遭遇之外，更重要的是對「中央」的嚮往，使得在詩中呈現價值的差序。也就是說，「異地」是造成杜甫不安於此地的道德、責任感根源，也是「家國聯繫」

第一節　杜詩中的內省與反思

　　杜甫生長於「開元盛世」，他日後追憶這段歲月時，亦稱「憶昔開元全盛日，小邑猶藏萬家室。」（〈憶昔〉二首）他在詩作當中提及親身體會帝國氣象者，〈樂遊園歌〉可為一例，該詩原注「晦日賀楊長史筵醉中作」，可見他是居處於宴會當中；然而，他在〈樂遊園歌〉當中是以旁觀者的眼光描繪長安富貴人家：

> 樂遊古園崒森爽，煙綿碧草萋萋長。公子華筵勢最高，秦川對酒平如掌。長生木瓢示真率，更調鞍馬狂歡賞。青春波浪芙蓉園，白日雷霆夾城仗。閶闔晴開詄蕩蕩，曲江翠幕排銀榜。拂水低佪舞袖翻，緣雲清切歌聲上。〔註2〕

在樂遊園中舉行的是盛世的歡愉盛宴，詩人從側面的描寫其壯盛，不僅是夾城複道間的儀仗、或是曲江河畔精緻的屏障銀榜，皆突顯以長安為載體的盛世氣象，同時也從視線的阻隔，想像皇室內的尊榮華貴。宴會內更是歌舞昇平，舞者翩翩起舞，歌者清澈切吟更上達天聽，舊注描寫的盛況可茲補白：「士女戲就此禊楔登高，幄幕雲布，車馬填塞，虹彩映日，馨香滿路，朝士詞人賦詩，翌日傳於京師」。〔註3〕杜甫處在外圍感受宴會歡愉，無法入內共遊同歡，宴中「歡騰」的氣氛在篇末轉入背景，詩人聲音出現並帶著憂鬱的語調：

> 卻憶年年人醉時，只今未醉已先悲。數莖白髮那拋得，百罰深杯亦不辭。聖朝已知賤士醜，一物自荷皇天慈。此身飲罷無歸處，獨立蒼茫自詠詩。

旅食長安的十年間，杜甫歷經獻三大禮賦、進士不第，其社交生活又

的根本性因素。關於中古時代「中央」與「地方」的關係，可參考：牟發松，《漢唐歷史變遷中的社會與國家》（上海：上海人民，2011年），第六章「傳統中國的『社會』在哪裡」，頁109～165。

〔註2〕杜甫著，楊倫箋注，《杜詩鏡銓》（臺北：華正書局，2003年），頁43。本文引用詩文自此書者，為行文方便，不另行加註。

〔註3〕杜甫著，仇兆鰲注，《杜詩詳注》（北京：中華書局，1979年），頁101。為行文方便，以下所引《杜詩詳注》皆不另行註明注者。

「朝扣富兒門，暮隨肥馬塵」（〈奉贈韋左丞丈二十二韻〉），雖不致顛沛流離，想當然耳是鬱鬱不得志了。若設想作詩的情境「筵醉中作」，這「未醉之悲」是強調自己本就抑鬱寡歡，僅憑藉酒澆愁偷得一時歡愉，也順勢點出此悲之由：「蹉跎年華」。〔註4〕杜甫當時已步入中年，本當飛黃騰達、一展長才，卻還未謀得一官半職，於是自傷為「賤士」，輒舉杯中物一飲而盡。仇兆鰲補充「聖朝」兩句「朝已見棄，而天猶見憐，假以一飲之緣，其無聊亦甚矣」甚為精到。此「皇天」亦能指宴中高官賜酒，相照於「百罰深杯」的卑微處境，杜甫一面屈就宴中習規，另一面也藉飲酒聊以自慰，眼前是狂歡的盛宴，但始終以另一種心境交際應酬。至此，詩人後退一步看待整場宴會，思索自己處於這個世界的意義，詩意轉折一層，遁入蒼茫的悲涼境界。此種轉折乃是詩人就自身處境出發，並從另一個角度省視之。換言之，這個轉折語氣的意義在於提示讀者：如果退後一步觀照自身當下的境況，那麼將會顯得自己有多麼難堪。自我省視讓杜甫體會到宴會的虛無與荒謬，「卻憶」與「只今」的對照，讓杜甫跳開當下情景，試圖以不同角度回應自我的歸屬問題。「年年人醉」的重複與空虛在看到白髮的同時從宴會情境中扭出，從而引出末二句「此身飲罷無歸處，獨立蒼茫自詠詩」寂寞蕭瑟感受。

　　從〈樂遊園歌〉篇末的自省與反思，我們可知杜甫在篇末的自省是有根由、有目的的回應自我處境問題，而自處的難題往往會牽引出普遍的生命悲哀。讀者正是從「反思與自省」的角度觀察杜甫與外在的互動，其中一個範例就是〈茅屋為秋風所破歌〉，此詩寫於杜甫入蜀後較為安逸的成都時期，在篇末，杜甫由眼前殘破的景物生發出悲憫的情懷，讀者也從悲憫之中，見得詩人面對世界、國家的應對方式：

　　牀牀屋漏無乾處，雨腳如麻未斷絕。自經喪亂少睡眠，長夜
　　霑溼何由徹。安得廣廈千萬間，大庇天下寒士俱歡顏，風雨

〔註4〕仇兆鰲認為：「上四嘆年衰，下四慨不遇也。」當為是，本文此處強
　　調年衰而無所成，故以「蹉跎年華」為八句主旨。仇兆鰲，《杜詩詳
　　注》，頁103。

> 不動安如山。嗚呼！何時眼前突兀見此屋，吾廬獨破受凍死亦足。（頁 364）

家內屋漏又逢雨的殘破情景，勾起杜甫遭遇安史之亂以來顛沛流離的記憶；在深夜時分，詩人的愁思隨著「屋漏」、「長夜」而翻騰不止。由「屋漏」、「長夜」情境引發而來的自省與反思，最終推出「安得廣廈千萬間，大庇天下寒士俱歡顏」的宏願，而此宏願正是杜甫與世界、國家的對話。杜甫從個人的感傷，到推己及人地關懷擁有相同處境的人們，實際上經過一層轉折，此轉折表現出諸家所稱許的聖人之心，是向外的、悲憫的情感型態。我們從歷來各個朝代對此詩的評論中，可知杜甫的詩聖之心源自篇末的情感轉折：

> 〔宋〕黃鶴曰：唐自天寶之亂，民不得其居處者甚多，公因茅屋為秋風所破，遂思廣廈千萬間之庇，其為憂國憂民之念至矣！
>
> 〔明〕張綖曰：末數句則因己之不得其所而憂天下寒士不得其所，思有以共帡幪之。此其憂以天下，非獨一己之憂也。禹稷思天下有溺者、饑者，若己溺而饑之，公之心即禹稷之心也。其自比稷契，豈虛語哉？
>
> 〔清〕吳農祥曰：因一身而思天下，此宰相之器、仁者之懷也。
>
> 〔清〕吳瞻泰曰：前面三層寫破屋悽慘可憐，末忽發出如許大胸襟，大語言，具有「先天下之憂而憂，後天下之樂而樂」氣象。東坡謂子美似司馬遷，非其人似也，正文章脫換處神似耳。〔註 5〕
>
> （作者朝代為筆者所加）

由此可知，雖然各個時代有不同的審評標準，但是對於〈茅屋為秋風

〔註 5〕蕭滌非主編，張忠綱統稿，《杜甫全集校注》（北京：人民文學出版社，2013 年），頁 2348～2350。為行文方便，以下所引《杜甫全集校注》皆不另行註明作者。

所破歌〉都有道德面的重視。從諸家的看法來說，他們對篇末的轉折有著欽佩之情，進而連結到杜甫自比稷契的志向，認為「安得廣廈千萬間」是憂國憂民的具體表現。來回對照詩文與詩評兩面，所謂聖賢之心乃是己飢己溺之心，亦即推己及人的同理心，然而，同理心吾人皆有之，杜甫難得之處是能從日常中表現出憂國憂民之心；此表現過程便是杜甫的反思與自省，他必須在「漏屋」、「長夜」之中，進一步的跳出事件，說明自身與國家的關係。所以說，「詩聖」必須經由詩歌表現而來，其中的關鍵處就是杜甫的「反思與自省」。

　　從〈樂遊園歌〉及〈茅屋為秋風所破歌〉的例子中，可見兩首詩作位於結尾處的轉折表現出杜甫的反思與自省，而所謂「詩聖」的表現，就是能夠在日常生活中做出最洽當的情緒反應。

　　儘管歷來詩評家無一不對此詩的價值觀給予高度評價，但是轉折的合理處卻是需要說明。鄧芳對〈茅屋為秋風所破歌〉的轉折提出疑問，認為杜甫此時的生活無虞，為何會因茅屋被破壞而發出慷慨悲憤之音？他將杜甫此時的心理狀態視為離鄉漂泊的旅人，「茅屋」則被視為「家」，當杜甫的暫時寄身之所遭毀時，「無家」的情景便召喚出安史之亂期間的經歷：

> 「自經喪亂少睡眠，長夜霑溼何由徹」起，悲哀在長夜裡醞釀，回憶在失眠中復活，感情也隨著思緒而昇華。橫風橫雨的肆虐喚醒了「自經喪亂」以來的一幕幕不幸的遭遇：赴奉先、避鄜州、逃鳳翔、出長安、貶華州、遠走邊疆的秦州、同谷、成都間的一次次生死輾轉，多少艱難苦恨就為了這個「茅屋」、這個如今為風雨摧殘的家。在漏雨的茅屋裡，相似的寒冷和窮愁使得曾經無家可歸的辛酸和顛沛流離的傷楚又歷歷在目，重重心事如長夜裡如麻的雨腳，憂從中來，不可斷絕。〔註6〕

〔註 6〕鄧芳，〈草堂家國夢──讀杜甫〈茅屋為秋風所破歌〉〉，《文史知識》2013 年第 9 期，頁 46。

鄧芳將「自經喪亂」視為「大庇天下寒士」的情感鋪墊，從杜甫的經歷中尋求轉折的根源。杜甫自安史之亂後，一歲四行役的行旅、而後入蜀，終點的成都是短暫安逸的日子，然而他始終惦記著遠方家鄉，時時提醒自己不應安逸於當下。結合鄧芳的意見，筆者認為，「茅屋為秋風所破」在杜甫眼中是往昔傷痛的再現，而篇末杜甫思及天下寒士，是詩人反思一歲四行役的苦難後，以內省的眼光看待「我」的責任感與「國家」動亂間的矛盾、兩難，進而轉折出「安得廣廈千萬間」的倫理價值觀念。

　　〈樂遊園歌〉與〈秋風為茅屋所破歌〉，是兩個「內省與反思」的顯明例子，而杜甫於兩篇詩作中的「轉折」指向不同，〈樂遊園歌〉指向自身無所適從的蒼茫感，〈秋風為茅屋所破歌〉則是從自身苦難中反省出憫懷天下寒士之志。為何會有兩種截然不同的反應？從兩篇作品的寫作背景來看：它們的寫作時間橫隔著「安史之亂」，且詩作的地點分別是長安與成都，處境與經歷的不同，造成表現方式的差異。由此看來，若我們要理解杜詩中的詩聖形象，除了倫理層面的闡釋，也要看待「情感」一面的表現；也就是說，探求詩作本事之外，詩人如何利用事件來表達情感以及價值觀，皆是理解「詩聖」的重要關鍵。

　　綜上所述，本節透過闡釋杜詩中的「內省與反思」，說明杜甫詩常以跳脫當下的「轉折」來表現「我」與「世界」的關係，在〈樂遊園歌〉的轉折是對未來蒼茫無適的飄泊感，〈茅屋為秋風所破歌〉則是憂懷天下寒士。杜甫詩「內省與反思」的慣性在敘述性的詩作中亦會出現。下一節將舉出杜甫富有敘述性的兩篇樂府作品，透過詩人筆下的「角色」，說明征人在征途的心態轉折。

第二節　聯繫的示現：征途

　　反思與內省，是貫穿杜甫詩的特色。從上節討論中，可知杜甫並不會耽溺於一種情緒之中，而是藉由省思來透顯更深一層的憂慮，進而指向深、廣、大的人生體悟。這個特性在盛世時以〈樂遊園歌〉為

典型反應，在安史之亂後，則形成〈秋風為茅屋所破歌〉的憂國憂民之情。由此可見，「安史之亂」對杜甫而言不僅是生命的轉捩點，同時也影響他的詩歌價值觀的表現。杜甫在安史之亂前、後，各創作了一組有關征戍的樂府，涉及征人與征途之間的關係，從中，我們發現杜甫突破樂府代言的傳統，在篇末以「作者現身」的口吻評述這個事件。筆者認為，「作者現身」其實就是杜甫的內省與反思，而「征途」則是聯繫起家、國兩端的事件。征途的移動，涉及由家至國的「異地」的處境，亦即是開啟「家國聯繫」模式的契機。

　　樂府的起源以及敘述傳統，前人已有豐碩研究，故不贅述。〔註7〕筆者在樂府民歌的敘述傳統上，結合敘述學的聚焦概念，〔註8〕從「發聲者」的角度說明杜甫詩中的「內省與反思」現象。值得補充的是，不只是小說有敘述聲音的區別，西方詩歌由於有「史詩」與「抒情詩」的區隔，故而「聲音」成為重要的分析視角。艾略特（T. S. Eliot）曾經在〈詩的三種聲音〉當中將「作者」、「角色」、「敘述者」區分出來，認為詩人會藉由不同的手法經營故事。〔註9〕在中國傳統詩作中，

〔註7〕關於樂府詩的研究，可參考：蕭滌非，《漢魏六朝樂府文學史》（北京：人民文學出版社，2011 年）；王運熙，《漢魏六朝樂府詩》（上海：上海古籍出版社，2011 年）。筆者所謂「敘述傳統」，是指以北朝樂府民歌反映民間的寫實風格為主的擬代寫作觀點，例如〈木蘭詩〉就是典型。此敘述傳統所突顯的是〈木蘭詩〉強烈的動作感與故事性，這影響杜甫前、後出塞的選題以及敘述手法。

〔註8〕關於敘述學「聚焦」的細部概念，可參：〔法〕簡奈特著，廖素珊、楊恩祖譯，《辭格第三集》（臺北：時報文化，2003 年），第四章〈語式〉，頁 209～261。

〔註9〕艾略特對三種聲音的界定是：「第一種聲音是詩人對著自己說話的聲音——換句話說不對其他任何人說話的聲音。第二種是詩人對聽眾說話的聲音，無論聽眾的人數多少。第三種是詩人當他企圖創造出使用韻文說話的劇中人物時的聲音；亦即當詩人所說的，不是他本人想說的，只是他在一個想像上的人物對另一個想像的人物說話這個界限內所能說的，這個時候的聲音。」艾略特著，杜國清譯，《艾略特文學評論選集》（臺北：田園，1969 年），頁 115。此處筆者所謂的「經營」是指帶有戲劇效果的詩歌，換言之，杜甫並非全屬第一種「只對自己說話」的詩歌，相反地，是有意識地透過詩歌將自我形象傳達給讀者。

「聲音」的議題本不明顯，因為並無區隔出作者、角色與敘述者，然而，杜甫透過樂府詩的「代言」特性，先以敘述者的立場描述了征人踏上征途的過程，之後，又於結尾處打斷故事時空，以作者的身分發言，這樣突兀的轉換，是能夠藉由從「聲音」的區別中突顯，也有助於問題的推展。基於以上緣故，筆者在此節以兩篇樂府詩，從「聲音」轉換的現象，論證是杜甫「內省與反思」特性的繼承，並且從「征途行旅」當中，推出「征人」與「家、國」之關係。

〈前出塞九首〉與〈後出塞五首〉是杜甫早期征戍組詩，兩組作品的時間正好相隔著安史之亂，在視角上都以旁觀者的角度描述征人離鄉去國的事件，並於其間抒發憂國的情志。故接著以這兩組詩作為例，觀察詩人如何藉由描述外在事件的，引發內心的情志，並作出評價。以下分次析論之。

〈前出塞九首〉

〈前出塞九首〉是代征人言的詩作，[註10]它勾畫士卒離鄉背井，面臨意志與命運的不可解衝突。杜甫代征人之口，構思一個出征的情境。其一曰：

〔註10〕楊倫稱其「諸詩皆代為從征者之言。」王嗣奭認為此組當是當下感事之作，並非追作，其旨乃「是公借以自抒其所蘊」。本文亦同意其說法，認為詩人乃感事而抒情，著重分析杜甫在其中的所感所發之情感，以及對「國」、「己」的概念闡述。學者對前、後出塞的繫年有些爭議，例如馮文炳在〈杜甫寫典型——分析〈前出塞〉、〈後出塞〉〉一文中，認為兩首是同時在秦州完成，論據是〈送韋十六評事充同谷郡防禦判官〉一句：「中原正格鬥」，與〈前出塞〉的「中原有鬥爭」指同一事，故而繫於秦州時期。然此未考慮前、後出塞間的敘述手法轉變問題。本文立場與陳貽焮相同，認為〈前出塞〉作於長安時期，〈後出塞〉則是作於〈自京赴奉先縣詠懷五百字〉之後，也就是安史之亂發生後，最晚至抵達鳳翔的這段時間。詳參：楊倫，《杜詩鏡銓》，頁47；王嗣奭，《杜臆》(上海：上海古籍出版社，1983年)，頁100、102；馮文炳，〈杜甫寫典型——分析〈前出塞〉、〈後出塞〉〉，《杜甫研究論文集・二輯》(北京：中華書局，1962年)，頁37~53；陳貽焮，《杜甫評傳(第二版)》(北京：北京大學出版社，2011年)，頁206。

戚戚去故里，悠悠赴交河。公家有程期，亡命嬰禍羅。

君已富土境，開邊一何多。棄絕父母恩，吞聲行負戈。（頁 48）

首章述征人前往開邊的不捨情緒。以疊字作為開頭渲染孤別的情境，無名的征人離開故鄉，趕赴戒備吐蕃之處；詩人省略主格「我」、不言征戍者的角色，企圖營照一種普遍的情思，也突顯征戍對百姓的負擔。第三句言出征的急迫，第四句則說逃兵的為難，兩句合觀，眾戍人迫於政治壓力而前往交河。前四章在章法上是倒錯的，抒情的警句不宜置於開頭，讀者不明所以的進入蕭瑟的情境，其後才說明因由，使得情感銜接有所阻礙；然而，詩人以此開頭，也意味著是寫實之作，詩人當下高漲情緒，直抒其蘊地一瀉而下。在後半部分則點出征人苦痛的根由乃是游移於兩難的矛盾之間：「君已富土境，開邊一何多」，這是由唐室主動發起的征戰，並非征人自願的行動；「棄絕父母恩，吞聲行負戈」帶出離家負戈的悲壯情緒。征人離鄉為「國」，卻又不捨離「家」，杜甫藉由路途的行進將征人的命運與情緒轉折帶出。

為討論方便，先將〈前出塞九首〉全文引出，以討論組詩結構之中的轉折與征人的心境變化。

其一
戚戚去故里，悠悠赴交河。公家有程期，亡命嬰禍羅。
君已富土境，開邊一何多。棄絕父母恩，吞聲行負戈。
其二
出門日已遠，不受徒旅欺。骨肉恩豈斷，男兒死無時。
走馬脫轡頭，手中挑青絲。捷下萬仞岡，俯身試搴旗。
其三
磨刀鳴咽水，水赤刃傷手。欲輕腸斷聲，心緒亂已久。
丈夫誓許國，憤惋復何有。功名圖騏驎，戰骨當速朽。
其四
送徒既有長，遠戍亦有身。生死向前去，不勞吏怒嗔。
路逢相識人，附書與六親。哀哉兩決絕，不復同苦辛。

其五

迢迢萬餘里，領我赴三軍。軍中異苦樂，主將寧盡聞。

隔河見胡騎，倏忽數百群。我始為奴僕，幾時樹功勳。

其六

挽弓當挽強，用箭當用長。射人先射馬，擒賊先擒王。

殺人亦有限，立國自有疆。苟能制侵陵，豈在多殺傷。

其七

驅馬天雨雪，軍行入高山。逕危抱寒石，指落曾冰間。

已去漢月遠，何時築城還。浮雲暮南征，可望不可攀。

其八

單于寇我壘，百里風塵昏。雄劍四五動，彼軍為我奔。

虜其名王歸，繫頸授轅門。潛身備行列，一勝何足論。

其九

從軍十年餘，能無分寸功。眾人貴苟得，欲語羞雷同。

中原有鬥爭，況在狄與戎。丈夫四方志，安可辭固窮。（頁

47～50）

〈前出塞九首〉的情調在首章便已抵定，詩評家從「征」、「行」
的過程書寫動人之處。〔註11〕在情緒營造層面，它設立一組不得周全
的情感，意即「棄絕父母恩，吞聲行負戈」所嶄露的兩種情緒——歸
家與誓國，這固然是中國傳統所共有的抉擇，如今卻被動地作出決定，
而悲劇也從此發生。在敘述章法層面，征途的沿途行經，並無可考，
但是，讀者卻可以從行旅途中的心境轉折感受到征人的苦痛。從行旅
來檢視征人的情感轉向，即是觀察主人公情感的改變軌跡，以及詩人
所渲染的情調與評判。前四章描述的是征人去家赴行的心境：首先，

〔註11〕 如楊倫解前五章之旨：「首章敘初發時辭別室家之情」、「二章述上路
後輕生自奮之狀」、「三章中途感觸而為自解之詞」、「四章跋涉既遠
而吐被驅之憤」、「五章初到軍中而嘆」，從行旅的角度看待主人翁的
心境轉變。

「故里」是征人的起點、也是意義世界的中心,他的目的地是「交河」,也是征人們備集之處。征人在路途中的心緒不安定,心態尚在「男兒」與「丈夫」之間游移,但無論從哪個角色都無法安頓孤身遠戍的處境,他面臨到「男兒死無時」、「戰骨當速朽」的未卜命運。直至四章末,征人的呼告是蛻變的慘痛覺悟:「哀哉兩決絕,不復同苦辛」。

　　第五章在結構上是一個轉向,開頭從不同角度言征戍之行:「迢迢萬里餘,領我赴三軍」,「領」字表示被動的、無自主的拖拉,與前四章不捨、糾結的心緒成反比。主人翁也改變了自我認識,「我始為奴僕」意味著「群」的關係介入,他認知到在軍中無法成為有意識的個體,僅是作為一個「單位」而存在;然而,征人正處於一個邊界,乃是自我不斷離心的最後一吋——交河。征人成為「群」的一員之際,便感受到「異族」的分野:他從裏望外的景色是「隔河見胡騎,倏忽數百群」,由此,征人既是身處國的疆界,也是夷夏之防的界線。換言之,「國」的意義從個人功名滑向種族、文化的分野,而我們正是立於邊界,從相異處以確認自我的歸屬,也就是「國」的認同為何物。杜甫從「出塞」呈現兩個層次的邊界,一是個人委身群體的界線,二是漢胡的區隔。兩個層次的轉換在第五章同時完成,從第六章開始杜甫脫離征人的視角,以敘述者的眼光看待出塞一事。六章言論兵之要策,七章則從軍行過程憐其征戍之苦,從「驅馬天雨雪,軍行入高山」的遠行到「已去漢月遠,何時築城還」的感懷,皆以群體的軍隊著眼,已然脫去骨肉父母之私情。

　　第九章的轉折如同〈樂遊園歌〉語末的詩人自覺,杜甫後退一步省思「出塞」的意義,一反前八章以征途為描寫場景,從個人生命價值的層面看待征夫:「從軍十年餘,能無分寸功。眾人貴苟得,欲語羞雷同。」杜甫對下層的征人們抱以同情與憐憫,誓國的征人奉獻十年光陰,卻無半分功名,其罪當歸於將領、朝臣,甚至是開邊黷武的君王。篇末四句可看作是杜甫的自白:「中原有鬥爭,況在狄與戎?丈夫四方志,安可辭固窮?」詩評家由此見杜甫純臣之忠、

聖賢之心，〔註12〕認為杜甫代征人之口「託諷」時政。若換個角度思考，不那麼強硬地將杜甫針砭時事作為詩歌主旨，則此手法帶來的範式意義相當深遠。〈前出塞〉開頭透過「設置情境」以抒發所見所懷，末章反思國家紛亂、窮兵黷武，此際又恐釁起蕭牆，征人的「開邊」之事接引到整個「國」的安危，與此相對，詩人對自己安身立命的理想有所堅持：「安可辭固窮」，將自身之志與國家情勢相繫，最後昇華出理想與現實頡頏的悲痛。

　　這種深層、悲壯的情感並非自始就表露出來，以〈前出塞〉的情感起伏與類型來說，開頭「離家」的情緒，如「棄絕父母恩」、「骨肉恩豈斷」皆是從人子的私情描寫，中段「我始為奴僕，幾時樹功勳」則脫去子女之情，轉入對國家的恩義感；然而，杜甫在結尾的安排使得征伐的凱歌變調，「中原有鬥爭，況在狄與戎」揭露出征人視角之外的憂慮，也就是爭鬥並不止是刀劍之爭，朝內傾軋才是最大亂源。「丈夫」既是征人、也是杜甫自喻，此時內外鬥爭暗潮洶湧，杜甫親見親臨政治的衰亡之兆，〔註13〕反將開邊之利翻轉為政治鬥爭下的手段，為故事埋下弦外之音。〔註14〕當讀者捧讀至此，必也產生疑惑：「為何征夫對於現實的澆薄，還能夠『安可辭固窮』？」於是將目光

〔註12〕 如楊倫說：「人臣果有志立勳，儘有可馳驅效命之處，不必一時妄希榮顯也」，仇兆鰲則說：「上云貴苟得，見邊將營私之弊，下云志四方，見軍士報國之忠。十載從戎，何嘗一勝？乃有功不伐，窮且益堅，此軍伍而有純臣之節矣」。王嗣奭讀之，頓覺「思親之孝，敵愾之勇，恤士之仁，制勝之略，不尚武，不衿功，不諱窮，豪傑聖賢兼而有之。勿以詩人目之。」楊倫，《杜詩鏡銓》，頁50；仇兆鰲，《杜詩詳注》，頁124；王嗣奭，《杜臆》，頁100。

〔註13〕 此詩繫於天寶未亂之時，杜甫身處京師，對哥舒翰征吐蕃時事而發。

〔註14〕 陳貽焮對〈前出塞〉的評語亦可參見：「擒王之功不可謂不大了，有功者不言功，無功者竟邀賞，人心澆薄，公道何存？遇此等處，常人為之必大發議論，而老杜卻輕輕帶過，只寫役夫不憂自身的不榮顯而憂四方的多敵、中原的將亂，從而圓滿地完成了人物性格的表現，深刻地揭示了窮兵黷武必會給國家帶來致命危機的這一極富政治遠見的主題思想。」陳貽焮，《杜甫評傳》，頁210。

轉向杜甫，「征人」是杜甫內心投射的原因是，杜甫與征人的共同處在於面對困境的時候所獨行於道的「丈夫誓許國」、「丈夫四方志」志向。〔註15〕當讀者將篇末的「敘述者」與「作者（杜甫）」相符應，「詩聖」性格便顯明；透過征赴交河的過程逐漸消解、調和個人離家與誓許國家的兩難，也透過不得志的征人聲口來抒發無法言喻的抑鬱心境，儘管杜甫依循著「大丈夫」的經典指引，仍然有安頓自身的種種糾結。〔註16〕〈前出塞〉所表現的詩聖性格，乃藉著征人赴行的背景刻畫羈旅的心境轉換，以及最後作者現身說法，點出「百折不撓」的志向；杜甫並不直接抒發「中原有鬥爭，況在狄與戎」的憂患之心，而是透過小人物的個案，將其心境轉折與挫敗呈顯在讀者面前，最後得以曲盡而意明。

〈後出塞五首〉

〈前出塞九首〉與〈後出塞五首〉主題相同，聲口及鋪陳卻是不同方式。〈前出塞九首〉以自家赴交河的過程為情感起伏，最後作者聲音才顯現出來；〈後出塞五首〉並不注重描寫離家的別情，且較多旁觀者的敘述視角。〈後出塞〉開頭就宣稱：「男兒當世間，及壯當封侯」，出家之時「閭里送我行，親戚擁道周」，表現少年豪氣的自得之貌；詩人並不藉由征途漫漫來象徵愁緒之曲折，二章便直取入軍伍之境況：

> 朝進東門營，暮上河陽橋。落日照大旗，馬鳴風蕭蕭。
>
> 平沙列萬幕，部伍各見招。中天懸明月，令嚴夜寂寥。
>
> 悲笳數聲動，壯士慘不驕。借問大將誰，恐是霍嫖姚。（頁103）

當征人過了河陽橋抵達軍營時，將軍中肅殺氣氛推開，與〈前出塞九

〔註15〕《孟子・滕文公下》：「得志與民由之，不得志獨行其道。富貴不能淫，貧賤不能移，威武不能屈。此之謂大丈夫。」

〔註16〕杜甫日後追憶到先皇開邊的事蹟，也表露出相似的心態，〈遣懷〉：「百萬攻一城，獻捷不云輸。組練氣如泥，尺土負百夫。拓境功未已，元和辭大鑪。」（頁703）

首〉相同，主人公面臨到角色轉換的困境，詩人巧妙的將視線帶往壯勢場面：「落日照大旗，馬鳴風蕭蕭」，眼前所見象徵軍令的「旗」與領人之「馬」，反襯自身微小、不足惜的地位。落日兩句是變奏的開始，將明亮、輕快的語調頓之、挫之，顯得離家時的天真無知，取而代之的是肅殺、冷冽的軍伍生活。詩中接連的若干意象「落日」、「風蕭」、「平沙」、「明月」、「寂夜」、「寂寥」，構成軍中不由二說的上下層級關係；這個「男兒」最終經過洗禮，也領會戰爭的殘酷、嚴肅，進而洗脫當初的驕縱之氣，蛻變成「壯士」，「悲笳數聲動，壯士慘不驕」。情境快速的變調切換，造成一股強大的張力，出征的壯士將背負國家的命運，楊倫說：「前詩何等高興，至是束於軍令，乃慘不驕矣」，王嗣奭也有相同看法：「前篇唾手封侯，何等氣魄！而至此慘不驕節奏固應如是，而情景亦自如是也。」〔註17〕末兩句將焦點轉到大將身上，並以守邊名將霍去病附和之，「恐是」為守邊埋下伏筆，也自此展開議論。

　　「借問」將聲口轉換，筆調轉入議論也聯繫第三首擊敵邀功的主旨。〈後出塞五首〉其三曰：

　　　　古人重守邊，今人重高勳。豈知英雄主，出師亙長雲。

　　　　六合已一家，四夷且孤軍。遂使貔虎士，奮身勇所聞。

　　　　拔劍擊大荒，日收胡馬群。誓開玄冥北，持以奉吾君。（頁103）

第三章純是議論口氣，開頭便言「守邊」與「開邊」的議題。杜甫對皇室開邊的批判自〈前出塞〉的「開邊一何多」便挑明，在此又更明確的指出「重高勳」的師出無名。《讀杜心解》以「句不調暢」談開邊的隱微諷意：

　　　　以「重守」剔「重勳」，主意提破矣。「英雄主」「出師」，本是直接。卻下「豈知」二字，便無顯斥之痕。「亙長雲」下，宜接「遂使」句矣，卻用「六合」兩句，橫鯁在中，又隱然

────────────

〔註17〕王嗣奭，《杜臆》，頁102。

見此舉之多事。且「孤軍」下，似宜用「重高勳」意作一轉

落，卻又直接「遂使」一句，此中又有無限含蓄。〔註18〕

浦起龍認為三章句不調暢的原因有二：一是動作不連貫，二是齟齬的語意。以前者來說，英雄主「出師」、「遂使」貔虎士、「奮身」勇所聞，中間卻穿插「六合已一家，四夷且孤軍」的陳述句，在中斷出師的連貫脈絡；就後者而言，「豈知」使得讀者對於出師一事抱持遲疑，此時接著「六合」句，本該諷刺今人「重高勳」的醜態，卻又以「遂使」句描寫憤慨殺敵，一句一頓，不似樂府本該有的順暢筆調。停頓、止行的寫法反映出作者對開邊矛盾歧異的感受，且多有諷刺之意。「今人重高勳」的焦距集中在上位者徇私貪功與師出無名，「豈知」則動搖了開邊的正當性，然而箭在弦上、不得不發，開邊情勢已決，只得奮身「拔劍擊大荒，日收胡馬群」，諷刺上位者以國家之名操弄百姓對唐室的忠誠，更顯首章「男兒生世間，及壯當封侯」的難堪。第三章帶給讀者兩個視角，其一是未現身的上位者，其二是在邊境殺敵的從征者，兩個脈絡在末二句有了歧異性。「誓開玄冥北，持以奉吾君」單獨來看是描述征人遠壯的志向，然而讀出兩個視角之後，我們便會問：「誓開」與「奉君」會是同一人嗎？所謂「戰伐有功業」真的可以實現嗎？

杜甫以「事件」的片段揭露這個矛盾，並給予評價，〈後出塞五首〉其四：

　　獻凱日繼踵，兩蕃靜無虞。漁陽豪俠地，擊鼓吹笙竽。

　　雲帆轉遼海，稉稻來東吳。越羅與楚練，照耀與臺輿。

　　主將位益崇，氣驕凌上都。邊人不敢議，議者死路衢。（頁104）

第四首承接著「誓開玄冥北，持以奉吾君」而來，更詳細的寫戰事的勞師動眾，此時一反征人「戰伐有功業」的志向，以旁觀者的眼光諷刺之。從詩中調動的資源來看開邊的影響：「兩蕃」、「漁陽」、「遼海」、「東吳」，又次章言「東門營」、「河陽橋」，可見此次舉國皆投入這場

〔註18〕浦起龍，《讀杜心解》（北京：中華書局，1961年），頁16。

戰役。除勞師動眾外，又以越羅、楚練獎賞主將，「位益崇」也是可以
預期的。末兩句杜甫自謂「邊人」，敢怒不敢言的心情油然而生。第
三、四章連通一氣，最後收束在敬畏的語氣，浦起龍說「本是當時事，
而作者欲以所言太露，藉此縮住」〔註19〕，「作者」的聲音凌越了敘
事，導致讀者將故事中的征人與歷史作者連繫在一起，從而認為杜甫
藉征人之事抒發己情、議論時事。經過第四章的議論，我們相信杜甫
乃借征人的功業被冒用一事，諷諭上位者（安祿山）得寵凌勢的政治
現實。

　　〈後出塞〉第五首一開始便以「我」為主格，抒發出征的多年的
感想，也暗示良家子面對安祿山將反造成內心的兩難：

　　我本良家子，出師亦多門。將驕益愁思，身貴不足論。

　　躍馬二十年，恐辜明主恩。坐見幽州騎，長驅河洛昏。

　　中夜間道歸，故里但空村。惡名幸脫免，窮老無兒孫。（頁104）

當一、二章的征人形象與三、四章的作者交錯，末章的「我」又回到
征人代言的口吻，試圖以征人處境回應安祿山叛亂的問題。浦起龍討
論「良家子」是否真有其人，〔註20〕由於證據不足，暫且視為虛構人
物較為穩妥。王嗣奭則以為，征人「中夜間道歸」的行動宣示其大義：

　　其五：正與第一章相為首尾。首章主進，志在立功，尾章主
　　退，志在立節，此國家兩不可無，而公意歸重於後一人
　　也。……云「躍馬二十年」，則在官久，必且攜妻子以行。
　　今知祿山必反，恐陷於賊，永貽惡名，遂棄妻子而歸故里，
　　則原無家產，故云「但空村」。既無妻又無家，而猶以脫惡
　　名為幸，明於大義如此。〔註21〕

〔註19〕浦起龍，《讀杜心解》，頁17。

〔註20〕如浦起龍說：「彼直認『良家子』為實有是人耳，不知此特賦家所謂東
　　都賓、西都主人，皆託言也。」仇兆鰲則認為：「良家子，則顧初忠矣，
　　故不圖身貴，唯恐負國。至於逃藉而歸，妻子被戮，真能不孤主恩矣。」
　　浦起龍，《讀杜心解》，頁18；仇兆鰲，《杜詩詳注》，頁291。

〔註21〕王嗣奭，《杜臆》，頁103。

此征人「躍馬二十年」，他與〈前出塞〉的主人翁面對不同的抉擇：主將日益驕縱，且凌於國事；然而面對當朝明主（英雄主），征人面臨兩難，在主將揮軍河洛之際，征人最終選擇「中夜間道歸」，叛逃回鄉。這個選擇被理解為深明大義的守身立節之舉，下場卻是淒涼：「惡名幸脫免，窮老無兒孫」。值得注意的是，作者僅敘述一個征人的故事，他並沒有為征人的選擇作出評價，反倒後人替作者添了許多註腳；由此可知，讀者對於〈後出塞〉第五章的「我」下意識的將主人翁、敘述者、作者三者合一，並認為是杜甫自我的心聲。

　　比較前、後出塞的征人心境，「丈夫四方志，安可辭固窮」與「惡名幸脫免，窮老無兒孫」，兩個征人的遭遇不同，前者崇向高瞻遠矚的個人志向，後者卻包孕家、國兩全的難題。前、後出塞之間關注議題的轉移，可能因為〈後出塞〉作於「安史之亂」發生之初，杜甫聞亂所諷所感之作。〔註22〕〈後出塞〉暗示著安祿山叛亂的史實，杜甫很快地意識到事件的嚴重性，並從一個征人的故事暗示其致禍之因。詩評家對征人「守節」的讚譽，一部份源自於對杜甫的看法，這是征人形象反饋到杜甫的人格形象；另一方面，杜詩所表現的價值觀，則因為事件的真實性而得以肯認。

　　「事件」的真實連及而來的就是史筆之感，高友工曾精要的點提杜詩的獨特之處是在於強烈的歷史感：

> 如果說盛唐的美學是運用自然界的象徵來傳達個人的感情，那麼在杜甫的美學中，專有名詞或其他代碼型詞語的象徵則用來傳遞一種歷史的情景與意義。……當歷史被引進詩歌的內容時，空間的連接與分離被時間的連接與斷裂所補充。〔註23〕

〔註22〕陳貽焮將〈後出塞五首〉視為「最早的一組紀亂詩」，其曰：「杜詩中最早寫到安祿山反叛的作品當是〈後出塞五首〉。仇兆鰲以為末章是說舉兵犯順後事，當是天寶十四年載冬作，良是。」陳貽焮，《杜甫評傳》，頁232。
〔註23〕高友工，〈律詩的美學〉，《中國美典與文學研究論集》，頁257～258。

「杜甫的美學」在這裡特指杜甫律詩具有強烈的歷史感，以及運用典故描寫當下的處境。在樂府慣例中，代言的性質使得杜甫以「史筆」般方式的說故事，然而，篇末作者現身的轉折卻又違反代言的規範；筆者認為，「作者現身」乃是「內省與反思」的表現，是杜甫真誠的話語，因而帶有自傳的性質，如同我們看待〈茅屋為秋風所破歌〉篇末的轉折之處。簡言之，由「內省與反思」所寫作的詩歌，即帶有「自傳性質」的詩歌。中國傳統「知人論世」的讀法也是將詩歌視作詩人的自傳寫作，特別是杜甫的「史筆」在讀者的期待視野之下，其敘述具有政教諷刺的深義，所描寫的場面也被視為真實的事件。從事件的真實性反推回來的「知人」，詩人的「關懷社稷之心」也理所當然被視為真實的性格。

　　陳平原討論中國詩歌的「詩史」現象時注意到歷史敘述與個人的情懷兩者的轉換問題，他認為詩歌之所以有詩史之功能，除了內容之外，在於感事的歷史精神：

> 當詩人把具體的歷史拉到「後景」，而把個人的主觀感受推
> 到「前景」時，「詩史」便由注重「紀事」轉為注重「感事」
> 了……強調「感事」，在研究者是破除簡單的以詩附史或以
> 史證詩，借助詩人的眼睛來捕捉民族危亡之際的社會心理，
> 以及積澱在詩人主觀感覺的時代氛圍，從一個更高的層次
> 上把握歷史精神。〔註24〕

透過詩人的眼睛捕捉民族存亡之際的心理含括了兩個過程：當下對事件的「交感」以及自覺後的「共感」。杜甫之所以能夠開拓出詩史的價值，不只是他利用詩作指陳時事，同時也對事件做出猶如史筆的褒貶，然而，與歷史陳述不同的是杜甫以主觀抒情的態度觀看此時此地，又自覺地抽離當下，升騰出另一層情感，它所感知的範疇溢出原本的事件，進而追求超越時間的同情共感。從前、後出塞的例子來看，征人

〔註24〕陳平原，《中國小說敘事模式的轉變》（北京：北京大學出版社，2003年），附錄二：〈說「詩史」〉，頁301。

戲劇性的抉擇都被詮釋為「曉明大義」的倫理價值，彷彿詩人在詩中寄寓某種政治理想。若以詩作當中觀察「情感」與「事件」的兩面，杜甫既同情征人的遭遇，又同時對時局有所針砭，作者取代敘述者發出進諫之言，中斷「敘事」的連貫，讀者便僅能從角色行動的意義進行詮釋，且隱隱然將意義扣合回作者的性格。杜甫在詩作中的強烈聲音導引了讀者的價值判斷，我們要理解杜甫的價值觀，須先接受杜甫對當下的感受，以及其感受之外如何賦予這個感受意義的過程。當我們以此態度觀看杜甫詩的敘事，便是部分將詩作視為自傳式的書寫，並試圖找出杜甫所維護的人格價值。杜甫詩中的反思、自覺，便涉及自我與家國的聯繫過程，它是從感事的起點連向與世界對話的一條虛線。

綜上所述，經過〈前出塞〉、〈後出塞〉的分析，杜甫敘述征人踏上征途的故事，而兩篇的篇末都展現了「作者」現身，進而評述事件的口吻。篇末的不尋常處，宇文所安也有注意到，他認為：

> 實際上，在組詩的敘述中，他（指征人）已從受制於人的客體轉變為向將軍那樣說話。（或是考慮到唐代真正將軍的表現，以心懷四海之志，極似儒家士人的理想將軍的口吻發聲。）[註25]

〈前出塞〉結尾的轉換最為明顯的是一改前面下位者的聲音，是以上位者的口吻發聲，宇文所安認為上位者是將軍，我以為是作者本人（而非敘述者），兩者之間的差別在於，宇文所安認為這是敘述性完整的作品，我則以「內省與反思」來看待之，認為這是杜甫跳脫敘述、遁入抒情的轉折過程。若將〈前出塞〉、〈後出塞〉篇末的轉折，視為杜甫的「內省與反思」，則敘述性至此被詩人強硬地中斷，進而抒發詩人對此事件的感想；也就是說，杜甫試圖透過征人踏上征途的故事，從中反省出自身與國家之間的關係。由此看來，杜甫「內省與反思」

〔註25〕宇文所安撰，葉楊曦譯，〈變化的詩歌敘事──杜甫組詩〈前出塞九首〉〉，《國際漢學研究通訊》第八期，頁47。

的慣性，與杜甫的價值觀有很大的關係，因為讀者正是感受到「杜甫」現身，對事件抒發自身的感慨、詠懷。

最後，筆者要說明為何「征途」會引起「異地」的處境？異地的意思是：詩人於一個空間書寫另一個空間，書寫的動機可以是懷鄉、憂國、追憶、緬懷，但必須涉及到兩地之間的關係。在「征途」的例子中，征人踏上征途，實是離家、去國，目的是報效國家，儘管思鄉之情強烈，還仍以大丈夫之志為先。所以，「異地」的處境是以「地點」為前提，進而看待由地點所引發的諸多情感；在〈後出塞〉的例子中，杜甫以多個地點串聯出移動感：薊門、東門營、河陽橋、漁陽、幽州、河洛，這些地點暗示了安祿山之亂，其「憂國」之情也油然升起。由是，「異地」作為聯繫起「家」與「國」的處境，詩作中地點的意識不可或缺，其次是詩人藉由地點的感事，以及自省過程。杜甫詩在「異地」中感事，進而引發憂國之情，這樣的現象頗多，以下僅舉一例作為代表。

〈三川觀水漲二十韻〉作於安史亂發生之初，前六句言杜甫自華原北上省家，路途中遭遇水災而困於三川縣：

> 我經華原來，不復見平陸。北上唯土山，連天走窮谷。
>
> 火雲無時出，飛電常在目。（頁118）

與前、後出塞不同，當「我」成為主角時，其感官描寫更加豐富，詩人也從地點的感受擴及空間的詭異變化。詩的開頭從山行敘起，從雍州華原到鄜州三川縣，詩人感受到連天的山勢，他的視線極遠，觀察到天氣現象的異常：「火雲」指陳時節，「飛電」則點出雷電不止的雨景，種種情景帶給讀者不安的感受。接著杜甫敘述水難之由及氾濫之景：

> 自多窮岫雨，行潦相豗蹙。蓊匐川氣黃，群流會空曲。
>
> 清晨望高浪，忽謂陰崖踣。恐泥竄蛟龍，登危聚麋鹿。
>
> 枯查卷拔樹，礧磈共充塞。聲吹鬼神下，勢閱人代速。
>
> 不有萬穴歸，何以尊四瀆。

第七句到第十句說水漲的理由是連日多雨，導致川流暴漲，水流互相

撞擊、亂竄，而綿延的山脈也沾染了泥滾湯流的水氣，在山之曲蟠處氾濫。〔註26〕從景色的描寫來看，杜甫山行至此，先遠望雷電不止，又行至山曲處，下望川流暴漲之景，進而有所感懷。接著描寫身處現場的氣氛，「清晨望高浪，忽謂陰崖踣」作為開頭，接連四句描寫遠處的災情：四竄的泥水、麋鹿失其所居、樹木被連根拔起、土塊也被沖刷剝落，彷彿自身的立足之處也岌岌可危。水勢浩大，激流衝擊的聲音恍如鬼神哭號，奔流之勢彷彿人世變遷快速、物換星移。最後詩人發出聲音：「不有萬穴歸，何以尊四瀆」，王嗣奭認為此句有深意，但僅是一家之言，〔註27〕四瀆謂江、河、淮、濟，為宗祀所尊之河水，此際川水暴漲，猶如天地之失序，人世之動盪。〔註28〕在此，詩人將外在的情景內化為自身的判斷，「失序」是最可怖之處，它使得天地無所安頓，萬物無所歸依。「不有」兩句在章法為一樞紐，總結杜甫自華原至三川的路途所見所感，下開川漲之感懷，在「清晨望高浪」之後，杜甫又再次觀照水漲之景，下開「及觀泉源漲」之句：

> 及觀泉源漲，反懼江海覆。漂砂坼岸去，漱壑松柏禿。
>
> 乘陵破山門，迴斡裂地軸。交洛赴洪河，及關豈信宿。
>
> 應沈數州沒，如聽萬室哭。穢濁殊未清，風濤怒猶蓄。

當詩人又再觀水漲之景，其水勢氾濫如此，不禁驚懼江海顛覆。河邊砂岸被掏空，歷久不衰的松柏也為之傾倒。河水暴漲之程度，比之前「群流會空曲」更加危險，泥水即將翻越山陵，其力量之雄踞，彷彿要裂折地軸，大地也會隨之傾斜。接著杜甫從此景跳脫，想像此水蔓

〔註26〕 浦起龍認為：「色帶山土，故黃。連山屈蟠，故會空曲。」頗貼合詩意。浦起龍，《讀杜心解》，頁27。

〔註27〕 王嗣奭：「分明謂率土來王，如萬水朝宗，而狂胡僭號，天子播邊，似泉源漲而江海覆也。」暗指安祿山犯京，玄宗奔蜀一事，但此詩旨在賦寫川漲，應無此深意。詳參：王嗣奭，《杜臆》，頁40。

〔註28〕 陳貽焮串講兩句有不同看法：「今見洪水排泄不了，才懂得了那有著千萬條孔道排水的江、河、淮、濟『四瀆』何以自古以來便為人們所尊崇。」本文與陳所歧異之處是「何以」之解，陳氏解作「之所以」，本文則認為是「如何以」，皆通。陳貽焮，《杜甫評傳》，頁246。

延國中的恐怖後果：「交洛赴洪河，及關豈信宿」，交洛指與洛水相交，從地理上來看，三川縣暴漲的河水向下便會匯集到洛河，而下游就是戰略價值極高的「潼關」。此詩繫在天寶十五年夏，正逢安祿山叛亂之際，時局不靖又逢水患，杜甫為此感到不安。詩人由水患思及國家當前局勢，高呼道：「應沈數州沒，如聽萬室哭」，前句從「反懼江海覆」而來，後句則脫自「聲吹鬼神下」，將視覺與聽覺的感受翻出一層，由自身的感受擴及家國人民的痛楚。當我們感受到詩人與國家的同情共感，下句「穢濁殊未清，風濤怒猶蓄。」恐怕就不僅僅是描述川漲之景，而是詩人某種經驗的側寫──尤其是讀者熟知當時唐室正處危亡之際。「穢濁」、「風濤」既指眼前所見泥流奔竄、狂風嚎怒的迷茫混亂，又指時局，「殊未清」、「怒猶蓄」則反映詩人的期望與擔憂，兩句其實是指同一件事，又是對未來舉措不定的心境。〔註29〕總結來看「穢濁」兩句在全篇的功能：詩人從水漲的異景發端，詳細描寫水患的怵目驚心場景後，將「驚懼」的情感扭轉為「憂懼」之情，最後以混亂的泥流、狂風比喻之，詩人的情感隱晦在其中，不欲明說。從此而下，杜甫從眼前之景，躍昇到國中感懷，最後歸結到自身的愁緒當中，末一段：

> 何時通舟車，陰氣不黲黷。浮生有蕩汩，吾道正羈束。
>
> 人寰難容身，石壁滑側足。雲雷屯不已，艱險路更蹐。
>
> 普天無川梁，欲濟願水縮。因悲中林士，未脫眾魚腹。
>
> 舉頭向蒼天，安得騎鴻鵠。

末段離開「觀水漲」的動機，從漫天憂懷的悲痛回轉至自身的處境。前四句透露出「舟車不通」的困頓之境，詩人以眼前水漲蔓延而道路崩阻的情形比喻自身命運的多舛，而此時自身猶如困於泥河之中，羈

〔註29〕高友工將此類句子稱作「意象語言」，認為這類語言部份忽略語法規範，容易有歧異性與自足封閉的世界。應注意的是高友工討論的素材是唐近體詩，而此處是古詩，單就這兩句的句法來看頗似近體語法。詳見高友工，《唐詩的魅力》，第二章第二節，頁44～78。

旅困頓不前。重重的困阻恍如杜甫在長安的十年歲月，先前的「恐泥竄蛟龍，登危聚麋鹿」暗喻到此時的心境：「人寰難容身，石壁滑側足」，自己是處於世道邊沿的「麋鹿」躓行於陡峭石壁，一失足恐跌落洪水之中。最後杜甫將自身的悲痛擴及普世，然而此時非指水患——而指向「中林士」，杜甫從「吾道正羈束」起興，又沉轉一層，將「人寰難容身」的仕途受阻遭遇推己及人式的呼告：「普天無川梁，欲濟願水縮」，杜甫欲救濟同是浮沉在宦海仕途的「中林士」，使得才有所用、野無遺賢。〔註30〕最後的舉動是一種向上超脫的想望，「舉頭向蒼天，安得騎鴻鵠」，仇兆鰲與楊倫皆以「舉世淪胥之慨」言之，此淪胥並不僅僅是水患，還有自天寶以來政局不清的黥黮昏昧。

　　綜上所述，本節主要透過兩首征戍詩作，說明「異地」處境與家、國之思的關係。我們觀察〈前出塞〉，認為最末四句「中原有鬥爭，況在狄與戎。丈夫四方志，安可辭固窮。」與〈後出塞〉的「我本良家子，出師亦多門。」同樣是作者現身，進而從事件中反省出對家、國的憂思，這樣的「內省與反思」是由遠離家鄉、國都後的「異地」處境得來。因此，我們可以說杜甫的憂國憂民之思，很多時候是藉著「異地」的處境而來，安史之亂後的杜甫猶如征人一般，遠離家鄉、國家，並同時思鄉、憂國。「異地」之所以能開啟「家國聯繫」模式，意思是若僅有此處境並不能引發憂國憂民之思，它還需要詩人處於空間之中的「感事」，如〈三川觀水漲〉便是從行旅之間的一個地點感事，進而有憂國之情。

　　經過以上作品的梳理，接著將舉出兩首「征途自述詩」，它是杜甫奔波異地的感事詠懷之作，更能體現他奔波於「家」、「國」之間的征途行旅所透顯的家國之思。

〔註30〕陳貽焮認為杜甫感懷「中林士」與「如聽萬室哭」的人民是同一群，然而從本文分析當中看到，自「穢濁殊未清，風濤怒猶蓄。」兩句以下，詩人已進入獨白，跳脫眼前水漲之景，所悲之人從受水患之害的百姓轉移到同是「浮生有蕩汩，吾道正羈束」的不得顯名之能士身上。陳貽焮，《杜甫評傳》，頁247～248。

第三節　征途行旅中的家國之思

　　本文從上一節的討論之中，筆者強調杜甫自覺地審視我與外在的關係，並說明在「感事」之後，轉折出共感的關懷社稷之心。這個特徵在同時期的其它作品亦能見得，特別是以「我」為主角的敘事當中，杜甫在家、國之間以什麼角色發言，又或在家父、人臣間的轉換過程，皆是藉由征途示現之。本節以兩篇行旅作品，〈自京赴奉先縣詠懷五百字〉與〈北征〉為核心，討論杜甫在安史之亂前後的移動遷徙時，如何描寫「我」在國家與社稷之間的相互關係，以及情感的轉化、升降的不同層次。

　　在安史之亂的波及下，杜甫約有五年的時間四處奔走，對未來也遲疑不定。天寶十四年十一月，這時安祿山的反訊尚未傳至長安，〔註31〕杜甫離京探家時作有〈自京赴奉先縣詠懷五百字〉，諸家認為此詩是總結杜公旅食長安十年的不遇之作。第一段有著提綱挈領的功能，也有序言的意味：

> 杜陵有布衣，老大意轉拙。許身一何愚，竊比稷與契。居然成濩落，白首甘契闊。蓋棺事則已，此志常覬豁。窮年憂黎元，歎息腸內熱。取笑同學翁，浩歌彌激烈。非無江海志，蕭灑送日月。生逢堯舜君，不忍便永訣。當今廊廟具，構廈豈云缺。葵藿傾太陽，物性固莫奪。顧惟螻蟻輩，但自求其穴。胡為慕大鯨，輒擬偃溟渤。以茲誤生理，獨恥事干謁。兀兀遂至今，忍為塵埃沒。終愧巢與由，未能易其節。沈飲聊自遣，放歌頗愁絕。（頁108）

不同於〈三川觀水漲〉直言「我經華原來」的開頭，杜甫設立一個角色，以說故事的方式描述這個「布衣」的遭遇。主人翁對於現實並不妥協，其矛盾的根由自「志」與「現實」的落差：「許身一何愚，竊比稷與契」，其拙、愚乃自嘲之語，也是對價值的堅持。「此志」是論述

〔註31〕　關於此詩編年異說，請參酌《杜甫全集校注》，頁687～688。

杜甫思想內涵的常用材料，因為此詩在安史之亂之前寫成，杜甫也誠意的表露自我志向。在肯認杜甫不易節的高尚情操之餘，我們試著將焦點放在詩人是如何透過詩意營造出一個「角色」的自我表述。這個「杜陵布衣」的處境其實很單純：他意欲施展經世濟民的抱負，不與俗人同流合汙，徒有志向卻無作為的情形下，竟成了「兀兀遂至今，忍為塵埃沒」的慘況。現實的不順遂以及滿腹牢騷成為「詠懷」的動機，杜甫以敘述者的口吻塑造一個普遍的情境，藉以抒發行旅間的懷抱。〔註32〕自「京」赴「家」，對杜甫而言是一個人生階段的結束，其結果是不如意的，其憂慨之情也難以壓抑。陳貽焮認為此段「從表面來看，這一大段文字很像是在向人們匯報自己的思想，其實不盡如此。這是緬懷往事百感交集時內心深處痛苦的獨白」，〔註33〕第一段不只是表明自我的心志，詩人藉由塑造角色的內在情志與現實困頓，最末由內心而發呼出「沈飲聊自遣，放歌破愁絕」，惟有體會「愁」之所在，才能理解「破愁」的必要與悲痛之處。

第二段進入正題，描寫行旅路途所感所見，同時展現了杜甫興寄多端的一面。去國歸里之途經過玄宗所幸的華清宮，思及「生逢堯舜君，不忍便永訣」，不禁放歌明志：

> 歲暮百草零，疾風高岡裂。天衢陰崢嶸，客子中夜發。霜嚴
> 衣帶斷，指直不得結。凌晨過驪山，御榻在嵽嵲。蚩尤塞寒
> 空，蹴蹋崖谷滑。瑤池氣鬱律，羽林相摩戛。君臣留歡娛，
> 樂動殷膠葛。賜浴皆長纓，與宴非短褐。彤庭所分帛，本自
> 寒女出。鞭撻其夫家，聚斂貢城闕。聖人筐篚恩，實欲邦國

〔註32〕杜甫前的「詠懷」詩作以阮籍的詠懷詩為經典，葉嘉瑩解阮籍的「詠懷」謂：「阮籍的詠懷詩，其『詠懷』之詩題就是抒寫懷抱的意思，內心之所感動的，內心之所思想的，都可以抒發出來，所以，『懷抱』所包括的內容是非常廣泛的。」葉嘉瑩，《葉嘉瑩說阮籍詠懷詩》，頁15。筆者以為，以「詠懷」為題便自帶有抒情的目的，卻以長篇敘事來表達，遂成此篇特殊的結撰方式。

〔註33〕陳貽焮，《杜甫評傳》，頁214。

活。臣如忽至理，君豈棄此物。多士盈朝廷，仁者宜戰慄。
況聞內金盤，盡在衛霍室。中堂有神仙，煙霧散玉質。煖客
貂鼠裘，悲管逐清瑟。勸客駝蹄羹，霜橙壓香橘。朱門酒肉
臭，路有凍死骨。榮枯咫尺異，惆悵難再述。

第二段詩人以「客子」自稱，他以旅人的角色歸鄉，卻對另一個
「角色」感到不甘。前二句的景色蕭瑟，映照了旅人啟程的惆悵，此
時心境猶如當初〈同諸公登慈恩寺塔〉充滿鬱鬱不得志的愁緒。凌晨
起程，途經驪山，揣想御榻在此，卻只能遠望而不得入見，其礙行透
過景物表達：「嶔崟」形容高峻的山、「蚩尤」借事指霧氣濃厚、〔註34〕
「氣鬱律」言氤氳蒸騰、「相摩戛」言戒備森嚴。這些視線的阻礙，在
〈樂遊園歌〉當中就見得一二，其「白日雷霆夾城仗」、「曲江翠幙排
銀牓」就是一種隔離在外、不容己的疏離感，在此，杜甫似乎距離皇
室更遠了。儘管視線受阻，詩人仍由聽覺與山上的宴會相繫，客子（杜
甫）的本性在此躁動起來，他認清自己的角色，回到現實「與宴非短
褐」。文脈在此頓挫，他以「布衣」的角色向皇室進諫，以臣之不臣、
多士無用針砭宴會的荒謬，最後留下千古名句：「朱門酒肉臭，路有
凍死骨」。從此，此「客子」的立場便很明確了，他指責的是政治集團
的所作所為，而自身是劃分在外的棄臣。次段末總結全段的議論之語
「榮枯咫尺異，惆悵難再述。」

第三段言經涇渭渡口、行至奉先、入家門，後懷家傷己之懷抱。
不同於驪山的姿態，杜甫以旅人的視角抒發途經所見所感。其曰：

北轅就涇渭，官渡又改轍。群水從西下，極目高崒兀。疑是
崆峒來，恐觸天柱折。河梁幸未坼，枝撐聲窸窣。行李相攀
援，川廣不可越。老妻寄異縣，十口隔風雪。誰能久不顧，
庶往共飢渴。

入門聞號咷，幼子餓已卒。吾寧捨一哀，里巷亦嗚咽。所愧

〔註34〕「蚩尤」的解釋取自俞平伯。詳見俞平伯，〈說杜甫〈自京赴奉先縣
詠懷〉詩〉，《杜甫研究論文集》二輯，頁 15～16。

為人父，無食致夭折。豈知秋禾登，貧窶有倉卒。生常免租
稅，名不隸征伐。撫跡猶酸辛，平人固騷屑。默思失業徒，
因念遠戍卒。憂端齊終南，澒洞不可掇。

末段前十四句為渡河所感，後半則述入家門所見情景。離開驪山，立
於渡口準備北往奉先縣，卻見水勢之鋪天蓋地，有國家將覆之懼。以
水勢描寫國家興亡，在先前討論的〈三川觀水漲〉已有其鋪寫，不同
的是，此時的客子行旅歸里，是行動中的敘述，而〈三川觀水漲〉是
立於一處，觀望水勢而興起「欲濟願水縮」的不忍人之心。動機不同，
所敘述的事件及感興也有所變化。「川廣」所隔者是家人的安頓之處，
詩人藉由道路行旅，推移其情所感，立於川邊的客子已然脫去初發時
的心態，將憂國的思緒轉化為心繫家人「老妻寄異縣，十口隔風雪」。
末段後半則言省家所見，杜甫才剛入門，便見「幼子餓已卒」，他因而
感受到「貧窶有倉卒」，生命的脆弱與無常，他所扮演的兩個角色：
「臣子」與「人父」皆無法如意，不禁質疑自我的人生價值。自「生
常」一句到最末，是杜甫自京赴奉先線路途所感的反思反省，「國」與
「家」兩個情景對他而言都是無法抹滅的傷痕；杜甫首先由自身論起
「生常免租稅，名不隸征伐」，原是仕宦家族，卻落得這般下場，此時
心緒「撫跡猶酸辛」，心念半生以來不得志的遭遇，他頓悟到自身其
實與凡人無異，後轉入更深層的情感之中。末四句又一層頓挫，將此
刻際遇與古往今來的同情者對話，他同情失業的人們、同情因征伐而
死去的士卒，繁雜的愁緒似與終南等齊，而對未來的「家、國、人民、
自身」的安頓未明未分、混亂無章。〔註35〕

〔註35〕「澒洞」出自《淮南子》：「古未有天地之時，惟像無形，窈窈冥冥，
芒芠漠閔，澒濛鴻洞，莫知其門」，有紛亂未明之意。仇兆鰲認為「此
承憂端來，是憂思煩憒之意。」對於所憂何事？王嗣奭認為「蓋憂在
祿山，知其必反也。」浦起龍則反對，認為「蓋此詩乃自述生平致君
澤民之本懷」。筆者同意後說，認為「自述」乃是此詩的核心。劉安
撰，何寧集釋，《淮南子集釋》（北京：中華書局，1998年），頁503。
仇兆鰲，《杜詩詳注》，頁274；王嗣奭，《杜臆》，頁36。

　　從章法而言，全詩分作三大段，每段各有所主，詩評家對此多有所疏解，〔註36〕然而三段是如何聯繫起來，或以「當於潦倒淋漓，忽正忽反，若整若亂、時斷時續處，得其篇法之妙」、〔註37〕或是「一氣流轉，其大段有千里一曲之勢，而筆筆頓挫，一曲中又有無數波折也」〔註38〕，皆語焉不詳。在各類詩評、詩話中，以吳瞻泰的意見頗有見地，他釐析杜甫長詩的「章法」與「情志」的交互情形：

> 此詩身與國與家，為一篇之主腦。布衣終老，不能遂稷、契之志，其為身之主腦也；廊廟無任事之人，致使君臣荒宴，其為國之主腦也。前由身事入國事，轉入家事。後即由家事勘進一層，繳到國事，緒分而聯，體散而整，由其主腦之明故也。〔註39〕

此段議論欲辨析兩個層次：一是自京赴家的本事，二是心志流轉於身、國兩面的本心；題目預示出詩人的動作：「自京赴奉先」，然而在征途行旅之中心志卻不斷折旋於身與國之兩端，最後歸結於旅途終點「家門」，然而心之所向卻是潢洞不安，餘音裊裊。本事與本心，一經一緯的編織詩意的進行，也構築出杜詩敘述的程式。由分立本事與本心的兩條脈絡，我們得以回應杜詩中有關「敘述」與「抒情」如何交涉的問題。從筆者的分析當中，認為〈自京赴奉先縣詠懷五百字〉的結撰方式與前、後出塞有相同的譬喻方式——以征途推展敘述線，接著，詩人透過與本事的交感及本心的共感，將情志流轉於家國兩端，表現出具有恢弘境界的語言風格。情意肆意的流轉於各方，此種思維型態

〔註36〕詩中「三段」的不同層次，浦起龍講得最明白：「而民惟邦本，尤其所深危而極慮者。故首言去國也，則曰『窮年憂黎元』。中慨耽樂也，則曰『本自寒女出』。末述到家也，則曰『默思失業徒』。一篇之中，三致意焉。」浦起龍，《讀杜心解》，頁23。

〔註37〕鍾惺、譚元春輯，《唐詩歸》卷十九，《續修四庫全書》（上海：上海古籍出版社，2002 年，遼寧省圖書館藏明刻本），第 1590 冊，頁59。

〔註38〕愛新覺羅弘曆，《唐宋詩醇》卷九（臺北：中華書局，1971 年），頁 231。

〔註39〕吳瞻泰，《杜詩提要》，《杜詩叢刊》第四輯（臺北：大通書局，1974 年，據清乾隆間羅挺刊），第 63 冊，頁 98〜99。

可上溯到阮籍〈詠懷〉當中對「詠懷」的多樣詮釋，而該組詩「興寄多端」的特色在杜甫身上則呈現多層次的、渾沌不可梳理的情緒。

　　杜甫完成〈五百字〉之後，安史之亂正式揭幕。當安祿山起亂時，杜甫便急忙前往京城，卻陷賊中，寫下〈哀江頭〉。江頭指的是曲江，與「樂遊園」同是當時王公貴族遊覽之地，祿山破京，也意味著盛世的隕沒。〔註40〕全詩約略分作三段，首段描述自己悄然步至曲江頭，次段回憶昔日盛世，末段回到現實，重新審視曲江的物事人非，並抒發懷抱。與前面幾首比起來，〈哀江頭〉關懷社稷國家的氣息較為淡薄；其主調是「自然」與「人事」的對舉，昇發出經推移後衰謝的惆悵。〔註41〕本文在此強調的是對比於前面的行旅作品，此詩是「靜態」的即目寓情之作，情意的興發由「追憶」動作展開，內容也單純許多。從〈哀江頭〉當中仍然見得敘事的固定模式，首先是開頭「少陵野老吞聲哭，春日潛行曲江曲」，將自我外化，進而有劇場的效果。接著由曲江的獨特意義起興，漫開其追憶；傳統詩評家以為其中深含諷刺之意，「此詩半露半含，若悲若諷。天寶之亂，實楊氏為禍階，杜公身事明皇，既不可直陳，又不敢曲諱，如此用筆，深淺極為合宜。」〔註42〕然此篇仍是述懷之作，筆調乃是抒發其黍離之悲，此是與〈長恨歌〉根本的不同，精確來說，〈哀江頭〉拈一事傷今、〈長恨歌〉述一事感懷。〔註43〕意圖的著重造就焦距的差異，我們仍將指陳貴妃之事視為

〔註40〕葉嘉瑩在談〈哀江頭〉時，以〈樂遊園歌〉相參照，突顯杜甫經歷盛世衰落的失落感。詳參：葉嘉瑩，《葉嘉瑩說杜甫詩》（北京：中華書局，2008年），頁117～120。

〔註41〕關於〈哀江頭〉追憶的內容及技巧，可參見許師銘全，《杜甫詩追憶主題研究》第二章第二節。詳參：許銘全，《杜甫詩追憶主題研究》（國立臺灣大學中文系碩士論文，1997年）。

〔註42〕黃生撰，徐定祥點校，《杜詩說》（安徽：黃山書社，1994年），頁87。

〔註43〕陳貽焮的立場較為周全，他認為此詩乃詩人抒發黍離之悲，「在當時情況下，在整篇詩歌流露出來的思想情感中，雖有諷喻之意，而更多的卻是抒發憶舊傷今的悲痛，對帝妃的態度主要是同情的。」陳貽焮，《杜甫評傳》，頁268。

追憶的一環，但不會置於含蓄、諷刺的脈絡。全詩最令人玩味的是末六句，詩人收掇情意之餘，以昏昧不明的境界交還予讀者：

> 清渭東流劍閣深，去住彼此無消息。人生有情淚霑臆，江水
> 江花豈終極。黃昏胡騎塵滿城，欲往城南望城北。（頁 122）

杜甫立於江頭，百感交集，篇中揣想貴妃由「昭陽殿裡第一人」到「血汗遊魂歸不得」的遭遇，最後「打斷」追憶的過程，展開另一層的聯想。清渭是貴妃縊處、劍閣是明皇入蜀所由，詩人立於其間看待「彼此」興衰，並感受到普遍生命的無力感受。最後又轉入自身的詠懷當中，詩人延續著「此在」的情感，發出呼告：「人生有情淚霑臆」，接著將目光望向城中：「黃昏胡騎塵滿城」，呈現無所適從的迷途之感。此種心境猶是「憂端齊終南，澒洞不可掇」的難以明喻。這時對照前面的「人生有情」，恐怕不是單純的回應貴妃時事，而是更高一層的——從望向長安城中感受到的——對時代的喟嘆。杜甫身陷賊中「潛行」曲江頭之後，最後是「歸途」，他步往位居城南住所，但所望之處是皇室居所「城北」，徐仁甫認為：「『望城北』三字正表達了詩人憂國之情，絕非心亂目迷的形象」，〔註 44〕是有見地的。從最後的動作中隱約見得杜甫的兩種取向：「歸思」（家）與「入仕」（國）的兩種角色始終在內心縈繞。此種「興寄多端」的開與合是杜詩一貫特色，它以「反思」的姿態將情意複雜化、矛盾化，最後寄予在無解的憂思當中。

經由上述可知，杜甫是在動亂之際，切身地感受到對「家」「國」安危的揣測不安，且是透過異地回望而來的所感所懷。「回望」之中，更能突顯遠離家國故土所衍伸的種種愁緒。在中唐，這種「異地」之思仍可見得，且反映了士人對中央的眷戀與歸屬感。劉順以韓愈為例，說明透過遠望所連綴的異地相思：

> 被貶入南的詩人，念茲在茲的是熟悉的北方家園，是人望之
> 以為「瀛洲」的長安，那裡才是詩人的意義之根。故而在對

〔註 44〕 徐仁甫，《杜詩注解商榷》（香港：中華書局，1979 年），頁 27。

　　入南的痛苦書寫中，最無法排遣的當是「長安空間失落者」
　　的自我定位。長安的地理空間位置，是詩人的身分地位的標
　　志，也是詩人日常交往與生活方式的想像符碼，空間的失落
　　所連帶而及的是曾屬於某個集團的身分的自然失落。〔註45〕
「地點」的意義正需要從遠離此地才得以勾勒出其意義，韓愈遭貶連
州陽山（803），兩年後回歸長安，在往返長安的兩年之間，其〈南山
詩〉正反映「長安空間失落者」的獨白：

　　初從藍田入，顧盼勞頸脰。時天晦大雪，淚目苦矇瞀。

　　峻塗拖長冰，直上若懸溜。襃衣步推馬，顛蹎退且復。〔註46〕

韓愈自述從長安出發向南的旅程，充滿未知與恐懼，不僅是因為南方
的尚未開化，同時是遠離家國核心的窮途之感。此種嚮往核心的觀念，
至少在杜甫就能見得；「異地」不僅是空間的遷移，同時也是文化、語
彙的失落，這代表著「士」職能的失能，故杜甫在失意十年後的長途
旅行中必須表白自我心志：「許身一何愚，竊比稷與契」。

　　最後，以〈北征〉來描述杜甫是如何透過異地的角色設定來指陳
時事、抒發感懷。〈北征〉作於至德二載（757），杜甫任左拾遺疏救房
琯後獲免還家，前往鄜州道中作。〈北征〉與〈自京赴奉先縣詠懷五百
字〉同是長篇五古，也同樣是離京還家的寫作動機，由此可以觀察兩
篇的同異之處。首先是開頭被視為總綱之四句「皇帝二載秋，閏八月
初吉。杜子將北征，蒼茫問家室。」與「杜陵有布衣」相同的切入方
式，以旁觀者的立場看待自己的行為，由外而內的描述行動者的心境。
接著十六句圍繞著北征的動機，解釋為何在國事危急之際離京還家：

　　維時遭艱虞，朝野少暇日。顧慚恩私被，詔許歸蓬蓽。拜辭
　　詣闕下，怵惕久未出。雖乏諫諍姿，恐君有遺失。君誠中興

〔註45〕劉順，《中唐文儒的思想與文學》（北京：中國社會科學出版社，2013
　　　　年），頁209。

〔註46〕韓愈著，錢仲聯集釋，《韓昌黎詩繫年集釋》（上海：上海古籍出版
　　　　社，1994年），頁433。

> 主，經緯固密勿。東胡反未已，臣甫憤所切。揮涕戀行在，
> 道途猶恍惚。乾坤含瘡痍，憂虞何時畢。（頁 159）

仇兆鰲說：「上八，欲去不忍，憂在君德。下八，既行猶思，憂在世事」，總得看來實是「既行猶思」的依違不捨之情。在離京還家的瞬刻，杜甫是劫後餘生的棄臣「曲居恩造，再賜骸骨」（〈奉謝口敕放三司推問狀〉），卻仍然心繫著「左拾遺」的角色。角色的不同與發言位置是〈自京赴奉先縣詠懷五百字〉與〈北征〉的根本不同之處。次段開始言征途所見，杜子的道中所經所見，傷殘滿目，更是詩人的心境描寫：

> 靡靡踰阡陌，人煙眇蕭瑟。所遇多被傷，呻吟更流血。回首
> 鳳翔縣，旌旗晚明滅。前登寒山重，屢得飲馬窟。邠郊入地
> 底，涇水中蕩潏。猛虎立我前，蒼崖吼時裂。菊垂今秋花，
> 石戴古車轍。青雲動高興，幽事亦可悅。山果多瑣細，羅生
> 雜橡栗。或紅如丹砂，或黑如點漆。雨露之所濡，甘苦齊結
> 實。

離京北征的道路是殘破不堪、迤邐難行，而征人將眼前喪亂景色如實地描寫，以有情的眼光看待干戈滿地。隨後山行之一段稍有開脫之意，看待山果、橡栗的生意，頓覺「幽事亦可悅」，進而轉至「甘苦齊結實」的自勉之語。面對樂景，反襯的是詩人的不遇之境：

> 緬思桃源內，益歎身世拙。坡陀望鄜畤，巖谷互出沒。我行
> 已水濱，我僕猶木末。鴟鴞鳴黃桑，野鼠拱亂穴。夜深經戰
> 場，寒月照白骨。潼關百萬師，往者散何卒。遂令半秦民，
> 殘害為異物。

身處宛如桃源的樂景之中，卻能夠思及天下，此乃杜詩本色。「益歎身世拙」重述「居然成濩落，白首甘契闊」的嘆息，憂慮於「鴟鴞鳴黃桑，野鼠拱亂穴」的時局不靖。此乃「言志」，也是頓挫之處，詩人運用道中寓目即景，自覺地昇發「國」之本心，是一位征人假作臣子的發聲。憂國思君、抒發己志之餘，緊隨著轉入思家之情，宛如換了一副聲口：

況我墮胡塵，及歸盡華髮。經年至茅屋，妻子衣百結。慟哭
松聲回，悲泉共幽咽。平生所嬌兒，顏色白勝雪。見耶背面
啼，垢膩腳不襪。床前兩小女，補綻才過膝。海圖坼波濤，
舊繡移曲折。天吳及紫鳳，顛倒在裋褐。

前六句追憶前次返家之景，也就是詠懷五百字「入門」後所見的情景。
此次入門，仍是殘破之景，老少皆衣不蔽體：「垢膩腳不襪」、「補綻才
過膝」，又或是短褐百結：「舊繡移曲折」、「天吳及紫鳳，顛倒在裋褐」。

老夫情懷惡，數日臥嘔泄。那無囊中帛，救汝寒凜慄。粉黛
亦解包，衾裯稍羅列。瘦妻面復光，癡女頭自櫛。學母無不
為，曉妝隨手抹。移時施朱鉛，狼藉畫眉闊。生還對童稚，
似欲忘飢渴。問事競挽鬚，誰能即嗔喝。翻思在賊愁，甘受
雜亂聒。新歸且慰意，生理焉能說。

儘管家室曲折，新歸還是充滿欣喜之情。「瘦妻」、「癡女」安然的童稚
互動，稍寬慰了征途之苦，段末四句卻又「翻思」了一番，使得詩意
又再度翻轉。

至尊尚蒙塵，幾日休練卒。仰觀天色改，坐覺妖氛豁。陰風
西北來，慘澹隨回紇。其王願助順，其俗善馳突。送兵五千
人，驅馬一萬匹。此輩少為貴，四方服勇決。所用皆鷹騰，
破敵過箭疾。聖心頗虛佇，時議氣欲奪。伊洛指掌收，西京
不足拔。官軍請深入，蓄銳可俱發。此舉開青徐，旋瞻略恆
碣。昊天積霜露，正氣有肅殺。禍轉亡胡歲，勢成擒胡月。
胡命其能久，皇綱未宜絕。

此時杜甫已入家門，到達北征的終點，但故事尚未完結。詠懷五百字
「開頭言志、中段憂國、末段還家」的構思有了延伸——在旅途結束
之餘又迴轉至憂國愁思當中。若我們理解兩篇作品的不同背景，或可
為此不尋常的餘緒作解：杜甫寫作〈自京赴奉先縣詠懷五百字〉當下
還未發生安史之亂，也未拜謁左拾遺，他特意以「布衣」自稱，途經
驪山時還以「御榻在嶔崟」描寫君臣之隔；到了〈北征〉，便直言「東

胡反未已，臣甫憤所切」，是直接面聖的口吻，立場角色的不同造就兩篇敘述結構的差異。此所以在「家」之際能夠憂「國」之思，杜甫擺盪於人父與臣子兩端，當家事完了，安史之亂的動盪不安卻又將私己又拉到國事之中。〔註47〕他「翻思」之後，杜甫透過舉頭遠望的動作將故事的時間停止，對於當今時事開展長篇策論。

　　由讀者來看，杜甫此際斷開文脈，「由家入國」地抒發己志，乃是他難以遏止的衝動，從本心出發議論時局，全然脫離敘述的框架。杜甫儘管花了大段篇幅描寫進入家門後的哀、樂情景，最後仍對此在發出反思：「生理焉得說？」，接著將目光轉移到「至尊尚蒙塵，幾日休練卒」，表露自我的終極關懷。此番議論接續著「東胡反未已，臣甫憤所切」的志向，展開另一層的抒情：「仰觀天色改，坐覺妖氛豁」。此段既是「策論」，也是「抒情」：策論之處在於杜甫在紀實的態度下分析時局，並陳述自身的判斷；而種種分析的背後其實是帶有對國家的期盼，特別是對漢文化受到威脅的焦慮，段末六句即展現詩人對「正統」的執著。此「皇綱」在玄宗出奔、安祿山犯京的現實底下成為抒情的對象，他從歷史中尋求存續的可能，目的是回復到生長的盛世之業：

> 憶昨狼狽初，事與古先別。姦臣竟葅醢，同惡隨蕩析。不聞夏殷衰，中自誅褒妲。周漢獲再興，宣光果明哲。桓桓陳將軍，仗鉞奮忠烈。微爾人盡非，於今國猶活。淒涼大同殿，寂寞白獸闥。都人望翠華，佳氣向金闕。園陵固有神，掃灑數不缺。煌煌太宗業，樹立甚宏達。

「中興」主的認定在〈北征〉開頭便已明言，日後也同樣肯認肅宗的

〔註47〕 黃生對此評論到：「然公偏以合敘見本事，蓋一篇用筆，忽大忽小，忽緊忽鬆，他人急忙轉換不來，而公把三寸弱翰，直似一桿鐵槍，神出鬼沒，使人應接不暇，此真萬夫之特也。尤妙在最後一段，本是辭闕時一副說話，卻留在後找完，以成一篇大局，自是古人結構」黃生，《杜詩說》，頁16。筆者認為：「神出鬼沒」、「應接不暇」，便是形容這段由家忽接至國的轉接落差，猶是「興寄多端」的詠懷本色。

氣象「中興似國初，繼體如太宗」（〈往在〉）。漢運皇綱將絕之際，肅宗能夠承擔復國大業，在杜甫眼中是救國之明君，甚至發出「微爾人盡非，於今國猶活」的讚聲，還感受到一股「佳氣」迴向金闕。〔註48〕此「國」有兩層涵義，它由杜甫對盛世追憶所錨定：其一是抽象的、歷史的皇綱、漢運，體現在皇帝宗室的政治作為；其二是空間上的皇都（長安），空間承載歷史事件的發展，如今安祿山犯京，正是皇綱受折之際。最後兩句「煌煌太宗業，樹立甚宏達」意味著期許唐室能夠歸居正統，於皇都中興氣象。換言之，「國」的概念同時具有歷時（跨時間，歷史的、追憶的情感）與共時（跨空間，當下的、此在的事件）的特性，正由於杜甫身經開元盛世與安史之亂，其衰落的傷痛更深沉的影響詩人的一生。

　　綜合上述，筆者藉由分析杜甫兩篇長篇詩作，企圖呈現杜甫詩中「家國聯繫」的最初樣貌。兩篇作品寫於安史之亂前、後，其間的側重面與〈前出塞〉、〈後出塞〉之間的差異類似，可知杜甫對於安史之亂有相當的警覺性。杜甫在〈自京赴奉先縣詠懷五百字〉之中，他對未來的憂思是「憂端齊終南」般的無所適從，然而在〈北征〉則「煌煌太宗業，樹立甚宏達」，是對過去盛世的緬懷。可以說，「國」的意識在安史之亂發顯，杜甫正是在國之外的「異地」去感受之。此影響日後杜甫在異地懷鄉、憂國的詩歌程式，故是在「異地」書寫中開啟的「家國聯繫」表現模式。

第四節　小結

　　在第一節當中，闡釋杜詩中的「內省與反思」的慣性，說明杜甫詩常以跳脫當下的「轉折」來表現「我」與「世界」的關係，並以〈樂遊園歌〉與〈茅屋為秋風所破歌〉為例說明之。

〔註48〕〈哀王孫〉也有相似語句：「竊聞天子已傳位，聖德北服南單于。花門剺面請雪恥，慎勿出口他人狙。哀哉王孫慎勿疏，五陵佳氣無時無。」（頁121）

其次，杜甫的「內省與反思」在敘述性強烈的作品中則是「作者現身」的現象，在〈前出塞〉與〈後出塞〉當中，「征途」是聯繫起家、國兩端的譬喻，而「異地」便是詩人內省與反思的處境，亦開啟「家國聯繫」模式。杜甫的憂國憂民之思，是藉著「異地」的處境而來，而安史之亂後的杜甫猶如征人一般，遠離家鄉、國家，並同時思鄉、憂國。「異地」書寫中開啟的「家國聯繫」模式，若僅有此處境並不能引發憂國憂民之思，它還需要詩人處於空間之中的「感事」，如〈三川觀水漲〉便是從行旅之間的一個地點感事，進而抒發憂國之情。

第三，集中討論杜甫的兩篇長詩，〈自京赴奉先縣詠懷五百字〉及〈北征〉，兩篇長詩的結構佈局是：（一）、以征途為描寫脈絡，推動敘述的進程。（二）、開頭由旁觀者的視角設定一個即將赴行的情境，並先抒懷己志。（三）、由「私己的志向」到「國事的關注」再到「家門內的情境」的流轉脈絡，不同側重流轉間有著不同角色的分野。（四）、結尾反饋到自身情志，兩篇所憂思之事不同，故而心向也有所差異。此結構循自〈前出塞〉，當主人公是以「我」為主角的自傳式書寫，詩人亦會透過「角色的設置」（一個懷鄉戀闕的人父、不遇的臣子）以投入當下的情狀，而〈北征〉是被迫去國的遠離過程。透過長篇自述詩的分析，詩人在踏上征途時就已進入興發的狀態，沿途所見所言皆是抒情的表現，所謂「興寄多端」的感懷是一種聯想的形式，「家」與「國」是憂思的兩端，杜甫以征途為軸，予之聯繫。

綜合上述三小節的論述，以推定家國聯繫的開啟，乃是著眼於「安史之亂」發生的時刻，杜甫在空間意識上的轉變。「家國聯繫」是杜甫詩中「思鄉」與「憂國」並置的現象，兩種主題間的跳接、轉換，並非邏輯的不連續，從生成、開啟的一面來說，「懷鄉」、「憂國」正是「異地」處境的兩種表述型態。往下，後文則論述由「懷鄉」發展至「家國聯繫」的過程。

第三章 「家國聯繫」模式在亂後懷鄉詩中的發展

　　第二章分析杜甫詩內省與反思的性格，後以安史之亂前後詩作為例，說明杜甫在兩地之間移動的羈旅之情容易引起家國之思；由於地理的關係產生的思家、憂國，筆者稱為「異地」處境。儘管詩人有「異地」的處境，但仍無法解釋為何能將「懷鄉」與「憂國」相繫於詩歌之中，且成為詩聖的表現模式。準此，筆者先從「家國聯繫」在亂後懷鄉詩的發展論起，說明懷鄉與憂國並置的可能性，下一章則根據懷鄉主題的發展，論述「憂國」與「詩聖表現」的關係。

　　若顛沛流離的「移動」過程會引起家國之思，那麼有「靜止」處境下的家國之思嗎？筆者以為，相對於〈北征〉，杜甫度隴以後的詩作呈現較為靜止的家國之思，這反應在詩人常以「登樓眺望」的情境創作詩歌。〔註1〕亂後的異地處境的直接聯想就是對家鄉的嚮往，透過對家鄉的嚮往，杜甫將戰亂經驗與思鄉情緒揉合，呈現懷鄉主題的不同風貌。作法方面，本章將以「懷鄉」為對象，首先釐清家鄉何處，接著爬梳懷鄉意識的形成過程，最後才論及詩中的懷鄉程式，此程式

〔註1〕 「登樓」對於異地聯繫家國有重要意義，既是文學傳統，也是跳脫當下時空的動作。關於登樓的文學傳統，可參考：廖蔚卿，〈論中國古典文學中的兩大主題——從登樓賦與蕪城賦探討遠望當歸與登臨懷古〉，《漢魏六朝文學論集》（臺北：大安出版社，1997年），頁47～98。

與「家國聯繫」的形成有緊密的關係。

第一節　緬懷之所

杜甫自亂後便流寓他鄉，不曾回歸故里，於詩作中也表現出強烈的思鄉之情，然而，他所追憶、緬懷的地點為何？或以何地為「故鄉」？本節透過杜甫的生平以及詩作說明之。

杜甫前半生在國家的政經核心度過，洛陽可以說是杜甫生長之所，他的壯遊時期也以洛陽為據點，此時可謂意氣風發。莫礪鋒指出：「其實，對於詩人的成長來說，唐帝國衰落以前的時代也同樣重要」，〔註2〕此亦是杜甫亟欲回歸之情景，許銘全認為，「如果說個人一去不可復得的時光，是杜甫眷戀不已的樂園，那麼，開天的盛世可以說是他暮年之際，所嚮往的眾人樂園」。〔註3〕杜甫與洛陽的關係，多半在他四十歲以前。據《杜甫年譜》所載，在杜甫三歲時寄居在洛陽仁風里內，得姑母照顧病軀，而後十九歲開始遊歷晉（山西）一帶，後至東都，又復遊吳越。杜甫早年遊歷吳越齊趙的據點在洛陽，直到三十五歲（開元二十三年）才往返於長安、洛陽，之後杜甫便開始「旅食京華」的日子。〔註4〕

〔註2〕莫礪鋒也認為：「對於杜甫來說，開元盛世就是他理想中的太平時代，或者是接近他的理想的時代。正由於他曾親身經歷過開元盛世，看到過人民安居樂業的景象，所以他對儒家的政治理想深信不疑，總是希望著那樣的社會能夠再度降臨人間。」莫礪鋒，《杜甫評傳》，頁41～42；頁44。筆者案：據此，他對開元盛世的依戀、追憶才得以重要，亦是本文的前提。

〔註3〕許銘全，《杜甫詩追憶主題研究》，頁36。該文從杜甫「少年壯遊的追憶」論起，構築出杜甫對於「盛世」的追憶，進而透顯出安史之亂後對「戰亂流離的追憶」。從章節安排可以看出，詩人少年時期的經驗對往後身處戰亂的追憶亦至關重要。

〔註4〕此考定據〈萬年縣君墓誌〉，約四、五歲時：「幼時，曾寄居於洛陽建春門內仁風里二姑萬年縣君家，與姑母之子同時臥病」；三十五歲時：「從魯郡歸東京，隨即至長安。」四川文獻館編，《杜甫年譜》（臺北：學海出版社，1981年），頁2、41。

　　從早年行跡的紀錄可以知道，杜甫早年與洛陽的關係匪淺，馮至
《杜甫傳》對當時洛陽的描述如下：

　　當時〔杜甫出生時〕的洛陽也正發展到極致的階段。洛陽在
　　唐高宗（李治）末年無形中就成為國都，武后稱帝後改稱周
　　都，經過武后二十餘年的經營，它已經成為政治、經濟、文
　　化的中心。〔註5〕

在歷史上，洛陽處於東西交通要道、物產豐饒，相比於長安要更富
庶，唐玄宗即位之後也多次行幸洛陽。馮至認為杜甫身處洛陽的條
件對他日後才華的展現有深刻的關係，他說「杜甫身受洛陽文化的
薰陶，在他常常上樹取梨棗的年齡，已經由於他的詩文在洛陽顯露
要角了」；〔註6〕陳貽焮則認為，「杜甫十四五歲，學業有成，就開始
在洛陽文壇與名流交往」。〔註7〕相對於長安，洛陽作為社交的城市
一點都不遜色，甘懷真指出洛陽是官員退休生活的首選：

　　官人會在退休後，選擇居住洛陽，原因多端，其一當為這裡
　　是士人聚集之所，是社交的中心。相對於長安是政治的中
　　心，洛陽更具有社會中心的地位。就唐人而言，家在洛陽，
　　墓在北邙，京城有家廟，乃貴人的標幟。〔註8〕

杜甫出身良好，也積極參與社交活動，然而他的早期詩作散逸，我們
並無法得知其社交狀況，僅能從追憶的詩作中窺得一鱗半爪。

　　從簡略生平可知，杜甫在安史之亂前的兩大據點是兩京，他對兩
京的看法與「何為故鄉」的問題是值得探討的。關於此問題，鄧魁英
的〈他鄉遲暮，不廢詩篇──論杜甫的懷鄉詩〉認為杜甫的故鄉與朝
廷的機要之處重疊，造就杜甫熱切希望返鄉：

　　他對故鄉的思念包含著對京洛地帶戰亂情況的關懷，對故

〔註5〕馮至，《杜甫傳》（北平：人民出版社，1952年），頁16。
〔註6〕馮至，《杜甫傳》，頁17。
〔註7〕陳貽焮，《杜甫評傳》，頁25。
〔註8〕甘懷真，《唐代京城社會與士大夫禮儀之研究》（國立臺灣大學歷史研
　　　究所博士論文，1993年），頁144。

鄉人民所遭遇的天災人禍的同情，尤其是被授予了工部員
外郎之職以後，那種對朝廷王事的責任感，更增加他希望懷
鄉歸朝的迫切性。〔註9〕

雖然此論是從杜甫詩所表現的情感得出，但是理論上來說，「故鄉」
與「國家」之情不可一概而觀，所謂「歸鄉心切」並不能直接等於「愛
國憂民」。儘管從地點來說，「還鄉」與「歸朝」對杜甫來講可能是同
個地方：洛陽作為生長地，而長安是杜氏祖墳所在，從地點的同一性
來說，「家」與「國」幾乎是同質性，但用以解釋為何杜甫因此對政治
民生有強烈關懷，則欠缺論述上的支持。一般而言，家、國在意義上
並不等同，然在杜甫身上，卻能以同理心、同情共感等思維聯繫起來。
杜甫對於戰事未弭的焦慮，除關係到自身安危外，更難能可貴的是推
己及人的關懷他人。這正是杜甫被稱作詩聖之處。所以，我們並不能
簡單地將「長安」或「洛陽」任一個視為杜甫的「家鄉」，兩京對他來
說皆有獨特意涵。

　　由於對杜甫經歷的先見理解，有些研究會將洛陽視為他的故鄉。
毛炳身曾經以〈杜詩中的鄉情〉探討杜甫與故鄉之間的關係，他以杜
甫生平來認定「洛陽」就是杜甫的故鄉，〔註10〕儘管如此，我們從詩
作中卻難以辨認洛陽的獨特地位——這是就長安與洛陽相比而言。歷
來對杜甫與洛陽關係的研究，以葛景春的〈杜甫與洛陽京城文化〉一
文較為詳細。該文從洛陽的歷史文化、壯麗宮室、詩歌三方面切入，
看待洛陽可能影響杜甫之處，其中，作者將兩京視為相同文化脈絡，
主要在思想與詩歌兩方面。在思想一面：「總而言之，儒家的務本志
用的現實主義精神，是杜甫從洛陽文化中所得到的最重要的精神氣
質」；在詩歌一面，「唐時洛陽宮廷詩人對近體詩的創作和試驗，取得

〔註9〕鄧魁英，〈他鄉遲暮，不廢詩篇——論杜甫的懷鄉詩〉，《貴州大學學
　　　　報》1995年第3期，頁69。
〔註10〕毛炳身，〈杜詩中的鄉情〉，《杜甫研究學刊》1997年第1期總第51
　　　　期，頁31～35。

了巨大的成績。青少年時期的杜甫,在洛陽受到高宗和武則天時期洛陽宮廷詩人近體詩創作的影響很大,尤其是祖父杜審言的近體詩創作對杜甫的影響最大」。〔註11〕「奉儒守官」是洛陽的風氣,但仍不能忘記杜甫家學的影響,而近體詩在長安也是在「宮廷」場合中寫作,並不能說是洛陽獨特的風氣;以葛景春的論點來說,「長安」與「洛陽」並無太大差異,也不能從此論定杜甫的「故鄉」就是特指洛陽。

綜上所述,歷來學者對於杜甫的故鄉是「洛陽」的說法,多以杜甫的生平、行跡論證之,無法從詩歌方面提出有力證據。筆者以為,這或許與詩人曖昧不明的態度有關,從地點來說,長安、洛陽皆處關中,就詩作而言,杜甫懷鄉有許多帶有「憂時」、「憂國」之意,故被認為是指涉「長安」。這兩個因素導致杜甫懷鄉詩作中「洛陽」並不突出。

杜甫懷鄉詩作中帶有憂時、憂國的現象,致使長安、洛陽都是杜甫的故鄉,這個看法在前人的研究便見得端倪,日本的松原朗以〈論杜甫在蜀中前期的望鄉意識〉一文分析長安與洛陽作為杜甫故鄉的不同意義,他從杜甫蜀中前期(嚴武來蜀之前,西元764年)之前的詩作考察,認為安史之亂後乾元元年(758)歸洛陽近郊的陸渾莊之後,「故鄉」的意識才顯題化成為杜甫詩的主題。杜甫的故鄉意識在秦州以及蜀中前期成為詩歌主題,在〈月夜憶舍弟〉及〈恨別〉都可見得,但嚴武入蜀後產生改變:

> 嚴武是房琯黨中最發達的官員,他對杜甫不僅有經濟上的資助,也為杜甫在政治上東山再起提供了可能。嚴武在升為兵部侍郎被召回長安後,杜甫的這種意識似乎更加明顯了。與嚴武的再次相會,點燃了杜甫政治上的希望。〔註12〕

〔註11〕 葛景春,〈杜甫與洛陽京城文化〉,《中原文化研究》2013年第1期,頁69、71。

〔註12〕 松原朗著,李寅生譯,〈論杜甫在蜀中前期的望鄉意識〉,《杜甫研究學刊》2008年第1期總第95期,頁89。

松原朗認為，嚴武入蜀使得杜甫燃起「政治上的希望」，由是對長安的關注明顯增加。這是很合理的推測，杜甫入蜀後的詩作很多作品都與嚴武對話。〔註13〕也由此得知，杜甫「懷鄉」的意識在遇見嚴武後產生質變，不僅地點從洛陽移往長安，且對長安的關心不僅止於「家」的骨肉親情。總體來看，杜甫「望歸」的地點可能是長安或洛陽，從仕途或生長之地都有合理的解釋。

松原朗將杜甫生平與詩作相結合，論述詩作中「懷鄉」意識的形成與質變，其研究深具啟發性，但仍有未詳盡之處：一是懷鄉的內容，並不僅有思念家人，自身無法回鄉的困境應也是懷鄉的一環；二是松原朗將嚴武入蜀視為分水嶺，論述前期的望鄉意識較為純粹，其後便帶有「政治的希望」，那麼，「政治的希望」為何與「望鄉意識」相提並論？又進而使得「望鄉意識」有所改變？這些問題都未得到完整的爬梳、整理。筆者以為，杜甫對於歸鄉的嚮往未曾減卻，但是隨著戰事連綿不止，產生了滯留他鄉的困境，此困境不僅表現為關懷家鄉弟妹、同時也表現出「憂國」的情志，故而，懷鄉詩作中的「憂國」必然扣緊著「長安」局勢的發展。這或許可說明杜甫懷鄉詩作中兼具「長安」、「洛陽」兼具的原因。接著，筆者簡單說明杜甫對於「長安」的態度。

「長安」在杜甫詩中，代表著歷史的、文化的、志業的象徵。杜甫35歲之後才「旅食長安」，日子是不如意的，從詩作中可略知一二，見〈奉贈韋左丞丈二十二韻〉：

> 自謂頗挺出，立登要路津。致君堯舜上，再使風俗淳。
>
> 此意竟蕭條，行歌非隱淪。騎驢三十載，旅食京華春。
>
> 朝扣富兒門，暮隨肥馬塵。殘杯與冷炙，到處潛悲辛。（頁24）

杜甫在長安的日子相當失意，儘管他有致君堯舜的志向，卻無人賞

〔註13〕杜甫與嚴武的關係，歷來受本傳「睚眦」的寫法影響甚深。傅璇琮與吳在慶曾針對這個問題發表文章，詳見：傅璇琮、吳在慶，〈杜甫與嚴武關係考辨〉，《文史哲》2004年第1期總第280期，頁105～110。若從兩人詩歌交往來看，關係匪淺是無庸置疑的。

識。〔註14〕他藉著詩歌的才華出入豪門，希望能受到重用，但始終被視為宴會的擺設，會後如「殘杯與冷炙」，仍為遭棄之才。「旅食京華」的日子，正說明杜甫漂泊無依的處境。杜甫在長安約莫十年，44歲時發生安史之亂，期間的仕途是鬱鬱不得志，安史之亂後，度隴、入蜀都是被迫的遷徙，可以說是始料未及的局面，也因此，杜甫一直抱有干謁的心態，延續到了夔州時期才有稍微退卻的跡象。這也能說明，為何杜甫到了晚年仍有干謁、酬贈的詩作。杜甫對長安的眷戀，筆者亦視為「懷鄉」主題的範疇：從動機來說，無論緬懷「長安」或「洛陽」，都是思歸；從目的來說，杜甫的「仕進」其實就是「歸鄉」。所以，杜甫的「懷鄉」無論在目的、動機，都必須要將兩京納入考慮，這是由於地理位置的關係，而地理位置的同一性是理解懷鄉詩中「家國聯繫」表現模式發展的切入角度。

若將長安、洛陽都視為杜甫的「緬懷之所」，那麼，杜甫詩中的懷鄉之情恐怕就不是單純的遊子思鄉，而是帶有人生志業的意味。對杜甫而言，由於地理位置的同一性，導致「懷鄉」與「憂國」緊鄰相繫。宇文所安對於杜甫與長安的關係，有做過簡短的評述：

> 杜甫出自京城地區杜陵的一個古老而有名望的家族，這一家族與洛陽地區似乎也有關係。杜甫是第一位家族根基在京城地區的唐代詩人，王昌齡可能是例外，他似乎出自太原王氏的一個分支，這一分支也落根於京城。杜甫對帝國的持久關注，很可能由於其家族與京城地區的聯繫而加強，因為只有在那裏才會感覺到帝國對地方隸屬的絕對統攝。〔註15〕

〔註14〕 吉川幸次郎曾經以〈奉贈韋左丞丈二十二韻〉為例來說明杜甫在長安的干謁生活。吉川考察杜甫的行徑是有前例可循，「檢索《天寶遺事》可以發現，長安的富豪如王元寶、楊崇義、郭萬金等人，喜好接待四方的書生，每當到科舉考試之時，家中經常賓客雲集。」吉川幸次郎著、李盈生譯，《讀杜札記》（南京：鳳凰出版社，2011年），頁63。

〔註15〕 宇文所安，《盛唐詩》（臺北：聯經，2007年），頁213。

宇文所安注意到「杜甫對於帝國的持久關注」與家族之間的關係，反映出中古時期家族與政權的緊密關係。杜甫與長安的深刻關係，致使「懷鄉詩」並非是簡單的遊子思鄉之情，甚至帶有「帝國對地方隸屬的絕對統攝」意味。綜觀來看，杜甫詩集中對洛陽的回憶，與長安相比並不多，或者是說，當杜甫模糊的指向中原秦地，讀者們很容易聯想到長安──而非洛陽，這樣的現象很容易使讀者忽略憂國詩作的懷鄉一面。地點的模糊性並不會對詩意理解產生困擾，因為詩歌的重點在於異地的懷鄉之情，而非是描摹故鄉的情景。從宇文所安對盛唐詩人的理解之中，可以注意到「京城」（capital region）作為觀察視角的意義是盛世的菁英集團的標記，同時也是文化、文學的核心。〔註16〕京城菁英集團的典型是王維，他作為安史之亂的另一位受害者，並沒有遷徙漂泊、也無不遇之失落，就詩歌來說，也維持著一貫的詩風。但在杜甫身上，「京城」在安史之亂後的意義不同，它成了家國之思的終極目標，儘管他對長安並未有過多的想像，但許多思鄉之作都圍繞著此地開展。

我們看待圍繞著「長安」的詩作，多半認為有「憂國」的意味，同時也有詩聖的表現。若將「長安」納入懷鄉的範疇，其意義將有所不同，在〈自京赴奉先縣詠懷〉與〈北征〉的例子中，是以「長安」為詠懷對象，將心志徘徊於家國之間，並能夠藉由深遠的歷史感結撰出悲哀沉鬱的詩篇。入蜀後的詩例是〈秋興八首〉，這組詩以將「夔府」與「京華」對舉，「離開」此地的意味較「到達」彼地更加濃烈，是「懷鄉」的主題，但又不僅止於思念弟妹、親友。從以上的分析可知，長安對杜甫而言是家族／國家的處所，除思鄉之情，更有一份責任感在裏頭。從兩組詩作的對照來看，安史之亂前後猶如「兩個世界」將杜甫的經驗割裂開來，強烈的思歸情緒卻因為現實阻礙而無法成

〔註16〕「京城詩人」是宇文所安論述唐詩的概念，這個群體是從初唐宮廷詩風格衍伸、發展下來的，在特定區域形成的派別。詳參：宇文所安，《盛唐詩》，第十四章，頁285～317。

行，這極大的矛盾造就了入蜀後懷鄉詩作的大量創作、書寫。

綜上所述，藉由討論杜甫的「緬懷之所」，可知若要全盤分析杜甫詩中的「懷鄉」，則「長安」、「洛陽」都必須納入考察，惟透過此才能理解為何杜甫懷鄉詩中會帶有「憂國」的情調。接著，下節以「懷鄉意識的形成」為題，說明杜甫亂後至成都期間，形成「離鄉」及「異鄉」處境的過程。

第二節 「異鄉人」的自覺：懷鄉詩中「家國聯繫」的起始點

杜甫詩中的「故鄉」一詞，最先出現在〈遣興五首〉其四的「賀公雅吳語，在位常清狂。上疏乞骸骨，黃冠歸故鄉」（頁235），用於講述賀知章因病而乞還鄉之事，嚴格來說並未有懷鄉之意。據松原朗的研究，杜甫故鄉意識萌生於758年任華州司功參軍時歸河南陸渾莊，見到因戰亂而破敗的故地時寫下的〈憶弟二首〉（頁212）。詩中「故園」一詞，指涉對過去家鄉的稱謂，等同於「故鄉」。松原朗由此現象說明，「故鄉意識」的萌發是因為世亂，而故鄉詩作的產生，則始自詩人遠離家鄉，他舉出杜甫客居秦州時〈月夜憶舍弟〉為例，「露從今夜白，月是故鄉明」（頁247），詩中明確提到「故鄉」，證明故鄉意識已然成形。誠如松原朗所言，理論上「故鄉意識」形成後才有「懷鄉詩作」，那麼，杜甫的懷鄉詩作，到何時才開始有「家國聯繫」的情形，則是本節關注的焦點。

綜合以上，本節所要處理的問題是，若「懷鄉」是杜甫亂後才表現的題材，那麼，「家國聯繫」現象的「起點」為何？也就是說，杜甫惟有自覺為無法回歸的「異鄉人」之後，才有可能以憂國、仕進的想法融入到「懷鄉」之中，這與故鄉意識形成的時間點不同，其一是需要時間的醞釀，其二是經過「一歲四行役」後，杜甫的懷鄉心態有所轉變。

杜甫亂後詩作，除感時、憂國的寫實詩作外，亦有如〈得舍弟消

息〉的親情之作。到了秦州時期，杜甫的鄉情不濃烈，隱約透漏著因戰亂而離散的孤寂心理，例如〈歸燕〉：

> 不獨避霜雪，其如儔侶稀。四時無失序，八月自知歸。
>
> 春色豈相訪，眾雛還識機。故巢儻未毀，會傍主人飛。（頁257）

這首小品的主旨簡單，是借燕傷己之未歸。詩評家們不免將此詩的心志與杜甫棄官西走之事相附，例如周甸曰：

> 用比體自況。言不獨避亂去國，實因時過而同志者少，故知時識序，至此秋暮不得不歸，無春色再訪而出之意。今群兒已長，識達機宜，儻王室興而事君，猶吾出也。〔註17〕

盧元昌則說：

> 公曰：「故巢儻未毀，會傍主人飛。」明知故巢已毀，不敢謂主人無恩，拳拳然猶冀主人勿棄，身雖棄官，心還戀主也。〔註18〕

兩個人的說法皆自詩末兩句「故巢儻未毀，會傍主人飛」而發，除代燕答詞外，杜甫想藉由歸燕表達的深意，才是反覆咀嚼之處。周甸與盧元昌的意見是一致的，他們認為杜甫因「棄官」奔走，是被逼迫下的選擇，是「身雖棄官，心還戀主」的情緒反應，由此見得杜甫的忠厚之情。仇兆鰲認為此詩是「傷羈旅也」，並未著墨在棄官的背景上頭，獨以歸燕本身的意象討論。其實，杜甫在秦州創作一系列以物象起興的詩作，這些詩作的連續性並不強烈，但總體而言是在同個處境下完成。例如〈天河〉就從天上銀河發想，表現身在境外的感受：

> 當時任顯晦，秋至轉分明。縱被微雲掩，猶能永夜清。
>
> 含星動雙闕，伴月照邊城。牛女年年渡，何曾風浪生。（頁255）

此詩以天河起興，前四句有君子之亮節、小人掩蔽之喻，然「永夜清」是杜甫不懈之志。顯然天河之晦暗，並不影響詩人的志向。上四句可

〔註17〕周甸，《杜釋會通》卷三，《杜甫全集校注》，頁1542。

〔註18〕盧元昌，《杜詩闡》，《杜詩叢刊》第三輯（臺北：大通書局，1974年，據清康熙二十五年書林刊本），第50冊，頁410。

以視為詩人藉天河的現象言志，下四句則藉此景抒情。以「雙闕」對「邊城」，距離感強烈，而牛女年年渡河，並不以此為懼，從情緒反應中，杜甫欲歸去中原的意思相當淺明。

　　杜甫秦州的詩作，充斥著羈旅在外的孤寂感，若撇除「諷刺」的說法，這些小詩大多有孤寂的意象。從孤身一人連類而來就是自覺為「客」的意識，也就是故鄉意識的湧現，在〈擣衣〉當中，杜甫代征人之婦的口吻傾訴：

　　　　亦知戌不返，秋至拭清砧。已近苦寒月，況經長別心。

　　　　寧辭擣衣倦，一寄塞垣深。用盡閨中力，君聽空外音。（頁256）

詩人代征人之婦，且假想在家中等待征人歸來，這類代擬的手法在〈月夜〉的「閨中只獨看」（頁126）就已見得。此詩全以征人之婦口吻，假設家鄉有人望歸，但杜甫是攜家帶眷的前往秦州，所思之婦當是虛構。此詩所呈現的是孤單的、荒涼的、寂靜的感受，「一寄塞垣深」、「君聽空外音」，反身敘寫望歸之情，也襯出自身羈旅在外的飄泊感。另一首有關聲音的作品是〈促織〉：

　　　　促織甚微細，哀音何動人。草根吟不穩，床下意相親。

　　　　久客得無淚，故妻難及晨。悲絲與急管，感激異天真。（頁258）

前四句烘托出夜深人靜，未入眠而聽得促織鳴鳴的情境，「不眠」則因久客思鄉而致。「久客」與「故妻」都因促織而難入眠，詩人省思古今往來的羈旅之客，皆是如此情景，「離別」的含情脈脈，在此詩巧妙的傳遞出來。周篆說：「大凡羈客勞人、怨夫思婦，聞蟋蟀之聲，尤覺淒惻，故以『久客』、『故妻』概之，非止此二者然也。」〔註19〕甚為貼切。羈旅在外的處境，也會觸及歲月流逝的悲哀，例如〈蒹葭〉則表達飄泊在外的蹉跎感：

　　　　摧折不自守，秋風吹若何。暫時花戴雪，幾處葉沈波。

　　　　體弱春苗早，叢長夜露多。江湖後搖落，亦恐歲蹉跎。（頁258）

〔註19〕周篆，《杜工部詩集集解》，《杜甫全集校注》，頁1544。

人生百年，能及之事有限，又此時客居外在，更是蹉跎光陰。杜甫對時間的傷感，源自遠離中原的焦慮。對詩人來說，「滿目悲生事，因人作遠遊」的抉擇已然違背大丈夫的人生志業，又恐歲月磋跎，兩難之境不言而喻。

　　由以上的詩作分析可知，杜甫客居秦州的詩作帶有羈旅在外的漂泊感，也是故鄉意識在詩作中的表現，儘管杜甫不言及遠方故鄉親友，但欲歸之心是肯定的。「羈旅」可說是懷鄉詩作的處境，乃是因遠遊異地而起，「欲歸」的反應，在杜甫遷徙入蜀過程中的短暫歇息下顯現出來。

　　〈乾元中寓居同谷縣作歌七首〉（以下簡稱〈同谷七歌〉）是杜甫暫居同谷縣所寫的名作，這組詩展現了詩人對世道混亂的隱憂以及作客他鄉的焦慮，浦起龍說：「七首皆身世亂離之感」，[註20] 七首間所鋪陳的鄉愁頓挫沉鬱，是杜甫心境的側寫。〈同谷七歌〉第一首統整全篇，其間蘊含連年奔走的各端情緒：

> 有客有客字子美，白頭亂髮垂過耳。歲拾橡栗隨狙公，天寒日暮山谷裏。中原無書歸不得，手腳凍皴皮肉死。嗚呼一歌兮歌已哀，悲風為我從天來。（頁296）

杜甫在詩中塑造的子美形象，是顛沛流離的無家老人，如野猴般追隨橡栗。「滿目悲生事，因人作遠遊」（〈秦州雜詩〉）的感慨至入蜀途中更加強烈，此刻寓居同谷縣，杜甫對「生命」的飄搖無措高漲至極點，所思所感皆是對盛世安穩的召喚。「天寒日暮山谷裏」，既寫景也寫情，山谷並非杜甫的避風港，而是被驅使的暫歇地，且是背離著中原方向。「中原」與「山谷」的對比，與先前秦州時期的望遠思歸不同，山勢之隔成為回歸的阻礙。句末「從天來」為「山谷」打開向上的聯繫關係，因無法平視遠望，故召喚向上的悲風掙脫谷內的險境。

〔註20〕浦起龍，《讀杜心解》，頁262。

〈同谷七歌〉第二、三、四首從不同層面詠懷生事，各以白木柄、弟、妹為題，從自身出發，悲及家人。第五首是七歌當中的轉捩點，〔註21〕亦是由家內事轉折出家國之思的關鍵，其曰：

> 四山多風溪水急，寒雨颯颯枯樹溼。黃蒿古城雲不開，白狐
> 跳梁黃狐立。我生何為在窮谷，中夜起坐萬感集。嗚呼五歌
> 兮歌正長，魂招不來歸故鄉。

楊倫認為「此首寫同谷實景」，但浦起龍持反對意見，其曰：「舊注泛言詠同谷，非也。七詩總是貼身寫」，〔註22〕究竟此章是否為同谷實景，方瑜認為：「但第五首卻突然變出與前四章截然不同的異聲，從平實敘事，飛躍而入淋漓、頓挫的抒情感懷，寫作技法也大異前篇，一直持續到終章。」〔註23〕第五章在組詩扮演著「變調」的角色，七歌從原本「自嘆凍餒」、「嘆兄弟各天」、「嘆兄妹異地」忽然轉至窮谷的寫景抒情當中。

〈同谷七歌〉第五首篇末的「故鄉」，除了前四首對於弟妹的思念外，雜揉「中夜起坐萬感集」的詠懷，此詠懷是延續著「心靈風景」而來，〔註24〕也暗示著不同於「懷鄉」的愁思。在「心靈風景」的渲染下，第三、四句的政治意涵便顯得重要，它是杜甫困境的結穴處，

〔註21〕 仇兆鰲認為七首的章法：「首二領意，中四敘事，末二感慨悲歌」，此詩位於敘事之末章；而第五首則「忽然變調」，其曰：「此歌忽然變調，寫得山昏水咽，雨驟風狂，荒城晝冥，野狐群嘯，頓覺空谷孤危，而萬感交迫，招魂不來，魂驚欲散也」仇兆鰲，《杜詩詳注》，頁697。

〔註22〕 浦起龍，《讀杜心解》，頁264。

〔註23〕 方瑜，〈困境與突圍──以杜甫〈同谷七歌〉與〈秋興八首〉中的春意象為例〉，《臺大文史哲學報》第69期，頁131。

〔註24〕 方瑜，〈困境與突圍──以杜甫〈同谷七歌〉與〈秋興八首〉中的春意象為例〉：「詩人不再只是描述現實，而是在近似阮籍〈詠懷〉首章『夜中不能寐』的情境，深夜起坐、萬感交集。於是，眼前現實風景，遂在詩人暗夜獨自沉思下，轉化為心靈風景，這種轉化過程與現實世界之關連，若即若離，似近似遠。類似的心靈風景，到〈秋興〉中更加圓熟，而為晚唐李義山繼承」。方瑜，〈困境與突圍──以杜甫〈同谷七歌〉與〈秋興八首〉中的春意象為例〉，頁131。

也是「魂招不來歸故鄉」的現實因素。三、四句的結構呼應前二句，前句寫大景、後句專注在動作描寫，但從意象並不能延續；「黃蒿古城雲不開，白狐跳梁黃狐立」是在暗示安史之亂，同時也表達受世亂波及而無法歸鄉的外在困境。〔註25〕「古城」即是「同谷」，「黃蒿」則延續著「枯樹」蕭瑟情調，毫無生氣的古城被層雲所蓋住，還有胡虜不時侵犯的警訊。在內外交迫的情境底下，詩人著眼於窮谷底下的枯樹，透過枯樹與自然的對抗，暗喻人與外界的緊張關係。「四山多風」，呼應了「天寒日暮山谷裏」的景色與「悲風為我從天來」的情境，悲風苦雨的情景，呼應杜甫的摧枯拉朽。由悲風淒淒的枯樹，轉到黃蒿古城，又有白狐跳梁的暗喻，似乎意味著杜甫雖因避禍而遠走中原、寓居同谷，但並不以為安穩，外邊胡虜仍四處肆虐。內外交迫的憂患意識，正是杜甫中夜不眠的原因。由長期羈旅、時局不穩的情景引發的是「魂招不來歸故鄉」的故鄉意識。〔註26〕

〈同谷七歌〉其六延續第五章的懷鄉衝動，「拔劍欲斬且復休」表現欲奮起而正朝綱的報國之志。但第七章卻又迴轉到身老不成的現實處境：

男兒生不成名身已老，三年饑走荒山道。長安卿相多少年，

〔註25〕 「黃蒿」於《前漢書》有記載：「長安城南有鼠銜黃蒿、柏葉，上民冢柏及榆樹上為巢，桐柏尤多」。「跳梁」在唐代用法中，有形容受胡虜侵擾的意思，如李觀，〈上宰相安邊書〉：「獨犬戎跳梁，獲我右陸」、魏元忠，〈上高宗封事〉：「故虜得跳梁山谷」，杜甫以「狐」代「胡」，在同谷七歌的章法上也能疏通。方瑜認為「黃蒿古城」是「谷裏狐城」，並且認為兩句是詩人眼前所見、歷歷在目。本文的立場當是同意方瑜先生的看法，並且以此基礎延伸出去，使同谷七歌的意象更為完滿。班固撰，高時顯、吳汝霖輯校，《前漢書》（臺灣：中華書局，1965 年，據武英殿本校刊），卷二十七中之上，第 3 冊，頁 13；董浩等編，《全唐文》（北京：中華書局，1983 年），頁 5403、1790；方瑜，《沾衣花雨》（臺北：遠景出版社，1982 年），頁 4。

〔註26〕 「招魂」有二說，意思相去不遠：楊倫、王嗣奭指「魂不傅體」，仇兆鰲則引胡夏客「身在他鄉，而魂歸故鄉，反若招之不來者」。按：筆者查檢胡夏客《谷水集》二十二卷，並無此評語，權衡後註曰仇兆鰲引胡夏客語。

富貴應須致身早。山中儒生舊相識，但話宿昔傷懷抱。嗚呼
七歌兮悄終曲，仰視皇天白日速。

身老無成已是憾事，如今卻又避走他鄉，更是不堪。杜甫想起旅食長
安十年的無所成就，自是憾恨萬分。篇末終曲，杜甫消極的「仰視皇
天白日速」，與首章「悲風為我從天來」都是向上的仰望，若從前四首
來看，「仰望」可能是「懷鄉」的意味，但五、六章的轉折，卻又不僅
是懷鄉，還帶有憂國、傷己無成的感慨。第七章結尾的仰望，很似〈自
京赴奉先縣〉的收束「憂端齊終南，澒洞不可掇」，也很像〈三川觀水
漲〉的「舉頭向蒼天，安得騎鴻鵠」，兩首詩作的仰望，都帶有「憂
國」的意味，都是抒發百感交集，卻又不知如何收拾的心緒，〈同谷七
歌〉的收束也有此意味。這麼說來，〈同谷七歌〉以懷念弟妹、憂慮生
事開頭，從第五章轉折，開展自身無用、無法匡世濟民的感懷，雖隱
然的有「憂國」之意，但還是側重於「羈旅」的抒懷。

　　從秦州詩作與〈同谷七歌〉當中，可以看到杜甫的故鄉意識已經
強烈，且是靜態的懷鄉之思。杜甫的入蜀之行以〈成都府〉告終，同
時也是「異鄉人」身分的確立，他初至成都，其風土民情與故鄉迥然
不同，除讚嘆成都的繁榮外，同時「異己」、「異鄉」的情緒也油然而
生。對於「異鄉」論述，筆者援引黃奕珍的說法：黃奕珍認為，異鄉
主題的核心是對立關係，它區隔出「故國／異鄉」、「中心／邊緣」等
詞組，〔註27〕用以說明「萬里悲秋常作客」的飄泊狀態。對於「異鄉」

〔註27〕詳參：黃奕珍，〈杜甫〈寫懷二首〉中的異鄉論述〉，《象徵與家國：杜
甫論文新集》（臺北：唐山，2010 年），頁 147～174。異鄉須與故鄉互
相參照才能成立，黃奕珍云：「〈成都府〉一詩在某種程度上總結了杜
甫入蜀的感想，……在得見異於中原的山川景物與之前未曾見過面的
蜀地人民時，詩人心裡那永遠的中心（亦即他的故鄉洛陽與政治理想
所繫的長安）仍是決定何者為新、異的基準。」黃奕珍，《象徵與家國：
杜甫論文新集》，頁 24。筆者案：該文於「異鄉論述」提出五組對比，
此處僅列其中二組對比。然尤應說明的是：「異鄉論述」的討論範疇不
脫「久客思鄉」主題，本文則將異鄉作為杜甫處境之基礎，更關心的
是詩人在異鄉的家國之思，以及如何藉由詩歌完成異地間的聯繫。

感受類似的有〈五盤〉：「故鄉有弟妹，流落隨丘墟。成都萬事好，豈若歸吾廬」將「故鄉」與「成都」對立，可見蜀地山水在京洛人家的眼中顯得「異己」，也突顯自身為客的身分。筆者認為，杜甫在〈成都府〉中自覺為「異鄉人」，進而有別於「羈旅」的另一層「阻歸」情感，同時「阻歸」是家國聯繫在懷鄉詩作中形成的重要因素。

杜甫自同谷至成都，沿途寫了 24 首紀行詩，〈成都府〉被視為旅途的總結，也是成為「客子」的心態的轉變：

> 翳翳桑榆日，照我征衣裳。我行山川異，忽在天一方。
>
> 但逢新人民，未卜見故鄉。大江東流去，游子去日長。
>
> 曾城填華屋，季冬樹木蒼。喧然名都會，吹簫間笙簧。
>
> 信美無與適，側身望川梁。鳥雀夜各歸，中原杳茫茫。
>
> 初月出不高，眾星尚爭光。自古有羈旅，我何苦哀傷。（頁 310）

詩中首先提到萬里行役之後，景觀都顯得不同，好似行走到天邊一般，杜甫用了「異」與「新」形容成都，表示他並不習慣於成都的風土民情，其中「異鄉」之感便油然而生。從秦州至成都，是由「客子／遊子」轉向「異鄉人」的過程。杜甫見了成都人民之後，隨之而來的是「未卜見故鄉」，由外在變化反饋而來的不適之感，使得他並頓覺回鄉之途有重重阻礙，故而下二句以「大江東流」比喻時間流逝，而遊子心思亦隨著去日之久，彌加強烈。〈成都府〉前八句言羈旅至此的心情，隨後八句著眼於成都景物，透顯「異鄉」之感。朱鶴齡認為「盛稱都會，愈見故鄉可懷，即所謂成都萬事好，豈若歸吾廬也」，「信美無與適」之句化用〈登樓賦〉之「雖信美而非吾土兮，謂弟妹等不可見」，成都之承平，更顯杜甫因避禍而離鄉之悲痛，所以又「望川梁」，希冀能盡早歸鄉。儘管杜甫看見大江東流，但自己卻「側身」佇立岸邊，突顯欲往卻不得歸去的困境，接著將自己比喻無巢的鳥，眼前所見乃是一片蒼茫「中原杳茫茫」。「初月」二句轉入家國之悲，暗示杜甫避走之因，「月」、「星」比喻唐室與叛將、吐蕃的亂事，中原已然無

章失序。最後強作寬慰之詞，說道自古便有羈旅勞苦之人，不必久困於此當中；此是正話反說，杜甫受盡羈旅之苦，見得成都萬事皆好的情境下，不必擔憂「生事」之餘，「異鄉人」的處境隨之而來。

〈成都府〉總結了自華州、秦州、同谷一路來「一歲四行役」的顛沛流離，其間詩作也多有提及故鄉，如「故鄉不可思」（〈赤谷〉）、「魂招不來歸故鄉」（〈同谷七歌〉）、「故鄉有弟妹」（〈五盤〉），足見杜甫亂後故鄉意識的形成與「行旅」有直接關係。然而，杜甫在成都獲得暫時的歇息，這段「靜態」期間的「懷鄉」該是如何表現？筆者以為，從〈成都府〉見得杜甫的「羈旅」與「阻歸」之情，兩者共同成為亂後「懷鄉」的特徵；避走他鄉的「羈旅」，到了成都時期以後轉為側重「阻歸」一面，他自比為欲歸的「鳥雀」，「中原」卻是杳茫茫，此種困於異鄉的心境，便可說是「阻歸」了。筆者以行旅的終點〈成都府〉為「家國聯繫」的起始點，原因在於杜甫成都時期至夔州時期的懷鄉詩作，很大部分帶有「憂國」的主題，這個現象與「羈旅」、「阻歸」之情（尤其是阻歸）有密切關係。

總結以上，杜甫亂後形成的故鄉意識，在離家初期的秦州時期表現為思親之作，入蜀期間的〈同谷七歌〉有對弟妹的懷念，同時也抒發世亂卻不為所用的憾恨，最後，行旅終點〈成都府〉是亂後懷鄉詩中「家國聯繫」表現模式的起始點：杜甫藉由異地的風土民情，進而認定自己是「異鄉人」，表現出「中原杳茫茫」的阻歸感受。杜甫亂後懷鄉詩中的「羈旅」、「阻歸」，在成都以及夔州兩個時期最為明顯，且懷鄉之中帶有「憂國」的家國聯繫現象，也在這兩個時期出現；但並非所有的懷鄉詩作，都有「家國聯繫」的現象，故而有必要先檢視兩個時期的懷鄉詩作，歸納前後時期「懷鄉」寫法的不同，並於第四、第五章專門論述懷鄉詩中併有「憂國」的特殊表現模式。

第三節　由羈旅到阻歸：「家國聯繫」的生成期

杜甫居成都的時期是較為閒適的時光，此時的鄉愁多半發端於

「異鄉」感受，由異鄉帶來的是不得回鄉的「阻歸」困境，本節將圍繞著此困境，說明杜甫表現阻歸的幾種方式。

安史之亂後，各地都出現零星戰火「故國猶兵馬，他鄉亦鼓鼙」（〈出郭〉），更加深杜甫的隱憂。此時寫成的〈恨別〉與〈散愁二首〉可以觀察他的心境，〈恨別〉曰：

> 洛城一別四千里，胡騎長驅五六年。草木變衰行劍外，兵戈
> 阻絕老江邊。思家步月清宵立，憶弟看雲白日眠。聞道河陽
> 近乘勝，司徒急為破幽燕。（頁 334）

此詩的思緒不斷在內在心緒與外在世界間流轉，題目的「恨」、「別」便揭示這層關係：「恨」是詩人羈旅在外之情、「別」是受阻他鄉的處境，恨與別互相對話，表現為異鄉人的鄉愁。〔註28〕特別的是，杜甫將沿著「恨」、「別」而來對兵戈的阻歸之感，雖非表述憂國之情，卻有家國聯繫的傾向。首聯交代恨與別的涵義，「別」是指離別故鄉、「恨」是指胡騎長驅中原而來的戰事不止，合之為「恨別」。首聯並列了兩個事件，我們自然的認為彼此有因果關係，並由「知人」的理解自行填補空白，然而，「並置」的意義卻是需要言明，「一別」與「長驅」的對應，使得詩人與時代有了關係，彷彿透過時代動盪說服自己為何在異鄉之中。頷聯言恨別之由，詩人一別故鄉之後，流落到劍外的蠻荒之地，歲月從此不斷逝去，行將就木的感受愈加強烈。時光不斷流逝的同時，兵戈卻阻絕在前，致使詩人無法回歸，隔離在外的感受如同棄臣，內心便投射為「草木行衰」之景。首聯的「四千里」、「五、六年」暗示著詩人流離多年，頷聯則言遭放、受阻之感，頸聯轉向私己之情，「思家」、「憶弟」都是受阻後的排解，「清宵反立、白日反眠，言恨之極也」，諸家皆作此解，〔註29〕然而杜甫所恨何事，

〔註28〕 筆者分解「恨」與「別」，是根據仇兆鰲「首二領起恨別」的說法：「首二」指洛城、胡騎二句，分別指離鄉遠、久之意。仇兆鰲，《杜詩詳注》，頁 772。

〔註29〕 王嗣奭，《杜臆》，頁 117；浦起龍，《讀杜心解》，頁 617；仇兆鰲，《杜詩詳注》，頁 772。

是胡騎兩破東都，抑或不得歸鄉？從詩意判斷，應是兵燹使故鄉淪陷，也是杜甫隔離在外之因。末聯詩人以另一則消息作結，「近乘勝」帶來一絲轉機，杜甫見機不可失，期以「破幽燕」弭平戰亂。

「恨」與「別」分別對應在懷鄉主題，是由漂泊在外的「羈旅」以及無法回鄉的「阻歸」兩大困境組成。〈恨別〉透過對戰事的鋪排，反襯自身的遊子心境、阻歸現實，核心仍在「鄉愁」，也就是杜甫描寫戰事，乃是為了突顯流離失所的處境。

〈散愁二首〉繫於〈恨別〉之後，有相似的背景，〔註30〕〈散愁二首〉其一：

> 久客宜旋旆，興王未息戈。蜀星陰見少，江雨夜聞多。
>
> 百萬傳深入，寰區望匪他。司徒下燕趙，收取舊山河。（頁335）

首聯以「久客」、「興王」兩端起筆，「宜旋旆」與「未息戈」暗示了愁緒分別從久客於外以及盜賊未除而起，點出「愁」的根由。次聯以蜀地自然表現詩人心境，由於身處邊地，對於中原戰事的消息斷斷續續，但似乎漸露曙光。第三、四聯則「望其急進」，寄望李光弼能夠大破賊軍，靖亂太平。其一的內容前半言詩人與外在世界的關係，後半則企盼能夠弭亂，從作客之愁緒到憂國之悲壯，杜甫在第一句當中就暗藏私己與國事相連的線索。其二延續前一首的思緒，杜甫除了寄望李光弼之外，也希冀王思禮能夠收復失地：

> 聞道并州鎮，尚書訓士齊。幾時通薊北，當日報關西。
>
> 戀闕丹心破，霑衣皓首啼。老魂招不得，歸路恐長迷。

首聯點出并州的節度使「尚書」，也就是王思禮，仇兆鰲引本傳說：「光弼徙河陽，思禮代為河東節度使，用法嚴整，人不敢犯。」〔註31〕

〔註30〕浦起龍，《讀杜心解》：「二詩與七律〈恨別〉同旨。」頁408。
〔註31〕出自《杜詩詳注》，《舊唐書・列傳第六十・王思禮傳》記載相去不遠：「思禮領關內及潞府行營步卒三萬、馬軍八千，大軍潰，唯思禮與李光弼兩軍獨全。及光弼鎮河陽，制以思禮為太原尹、北京留守、河東節度使、兼御史大夫，貯軍糧百萬，器械精銳。」

可見二將被視為中興的希望。頸聯將思緒回歸自身，「戀闕丹心」說明了前四句關懷國事的因由，「破」字帶來的緊張感，隨之而來的是皓首老人的啼哭聲。詩人於尾聯明確地將所感所懷表達出來：「老魂招不得，歸路恐長迷」，「魂歸」的用法在〈同谷七歌〉已經出現，且往後詩作都會看見；〔註 32〕然而，〈散愁〉特殊之處是將前一首的寫實性，轉入抒情的詠懷之中。「戀闕丹心破，霑衣皓首啼」將前一首以來對時事敘述所醞釀的情緒爆發出來，「啼」的動作直截了當地演示詩人的情感。若僅見「散愁」其一，便只覺得是老杜詩史的筆法，若與其二合觀，便覺其一乃是襯托後面的思鄉之情。

　　若將〈散愁二首〉視為同一作意的組詩，就結構安排來看，其一的首句與其二的末二句為歸鄉意，中間十三句（「興王未息戈」到「霑衣皓首啼」）作為靖亂之意，首尾呼應，中間敘述國家動亂，是杜甫借事抒情之作。關於〈散愁二首〉章法結構，諸家有相似看法：浦起龍將其視為首尾呼應的結構：

> 與前首作倒轉勢。以上半配前首下半，以下半配前首上半。
> 合兩首而觀，恰好將靖亂意包在中間，將思歸意管在兩頭。
> 〔註 33〕

王嗣奭也持相同意見，其曰：

> 二首總起總結，脈絡相連，而首尾二句正相應。蓋因客遊之
> 苦，思鄉之切，而屬望於李、王二帥，期其克復以自散其愁，
> 故以命題，非為二帥發也。〔註 34〕

「思鄉」與「靖亂」的排比，在內在脈絡的情調轉換方面需要梳理，儘管外頭戰亂造成杜甫阻歸，連帶著升起羈旅之情，故而連綴成篇，

〔註 32〕 之後有〈東屯月夜〉：「天寒不成寐，無夢繫歸魂」（頁 861）、〈歸夢〉：
　　　　「夢魂歸未得，不用楚辭招。」（頁 954）都以「魂」作為想像故鄉
　　　　的媒介。
〔註 33〕 浦起龍，《讀杜心解》，頁 409。
〔註 34〕 王嗣奭，《杜臆》，頁 117。

杜甫借事詠懷,又特別分做兩首以遣懷之,若僅以「懷鄉」看待,恐怕無法周全敘事與抒情間的調和。若我們細看前後四句的描寫,它不僅僅是懷鄉的動機,「興王」、「戀闕」指示詩人與外在世界互動,當中混雜了不同於「歸鄉」的情緒。王嗣奭認為此詩動機仍為「客遊之苦,思鄉之切」而發,但是杜甫在詩中討論的是整體國家的安定,不僅止於洛陽家鄉的範疇。〔註35〕

若依王嗣奭所言,〈散愁二首〉的本意是思鄉,那麼,為何要以詠懷國事作為思鄉的手段?筆者以為,杜甫藉由評論、詠懷國事的手段懷鄉,可能是當時戰事緊急,在戎馬倉皇的時代中,杜甫的儒者性格一面與思鄉遊子一面同時朗現,遂表現為歸鄉的意念;以「歸鄉」為核心,而非「戀闕」,應與「緬懷之所」的地理同一性有關係,從地理同一性來說,「阻歸」或許就能解釋為何杜甫亂後懷鄉詩容易有「家國聯繫」的現象。

杜甫也並非一定要曲折的描寫「阻歸」之情,他在成都時期的懷鄉之作,很多是從「異鄉」感受出發。杜甫在成都第一年相對閒適,繫於760年的〈村夜〉寓情於景,以靜思的態度寫出異鄉之情:

> 風色蕭蕭暮,江頭人不行。村春雨外急,鄰火夜深明。

> 胡羯何多難,漁樵寄此生。中原有兄弟,萬里正含情。(頁338)

風色蕭蕭,愴然淚下,而江頭人不得歸去。夜裡除春米聲外,另有驟雨陣陣,杜甫深夜不眠,心緒托於「江頭人」身上。江頭人不眠,乃因胡羯之阻而思鄉念親。「中原有兄弟,萬里正含情」,杜甫思及萬里外的中原親友,便覺含情脈脈,彷彿一切時空都渲染著此刻的心緒。從詩中首尾「江頭」、「中原」的地點來說,杜甫不安、不適於成都的「異鄉」意識明確,是由「思弟妹」的情感觸發。

〔註35〕浦起龍認為「關西」指長安,楊倫、仇兆鰲、王嗣奭都同意此說。筆者案:〈散愁二首〉其一言洛城、其二言長安,從「收取舊山河」、「當日報關西」的句意來看,杜甫是從國家興亡的角度看待二帥,並不只關心家園安危。

　　杜甫於 760 年客居草堂，762 年到 764 年因徐知道亂，避走於梓州、閬州之間，「一歲四行役」的動盪不安又再次浮現眼前。寶應元年，杜甫聽聞樸固懷恩破史朝義、收復東京，欣喜之餘寫下〈聞官軍收河南河北〉，表現出狂喜、放縱的情思：

> 劍外忽傳收薊北，初聞涕淚滿衣裳。卻看妻子愁何在，漫卷詩書喜欲狂。白日放歌須縱酒，青春作伴好還鄉。即從巴峽穿巫峽，便下襄陽向洛陽。（頁 433）

此詩節奏明快，描寫的是杜甫初聞平亂，亟欲歸鄉的心情，毛西河云，「即實從歸途一直快數作結」，〔註36〕浦起龍認為是：「生平第一首快詩」，〔註37〕陳貽焮指出明快的原因是快速堆疊地名且用有速度感的動詞串接：

> 「巴峽」、「巫峽」、「襄陽」、「洛陽」是沿途相距不近的四個地點。詩人標出它們，然後用「即從」、「穿」、「便下」、「向」這樣一些表示快速的字眼將它們串聯起來，就不僅從意思上，也從急促的節奏上將行旅的神速和渴望還鄉心情急迫表現出來了。〔註38〕

急迫還鄉的心情在詩中也經歷幾番轉折，起先「涕淚滿衣裳」而後破涕為笑，高漲到「喜欲狂」的程度，甚至高聲放歌、飲酒，將喜樂之色形於肢體，速寫出具體的歡樂情景。杜甫在聽聞平亂之後第一件事就是「還鄉」，詩下原注「余田園在東京」，反證「青春作伴好還鄉」一句。〈聞官軍收河南河北〉的計畫並不成功，隨後的〈天邊行〉則表露詩人不得回鄉的愁思：

> 天邊老人歸未得，日暮東臨大江哭。隴右河源不種田，胡騎羌兵入巴蜀。洪濤滔天風拔木，前飛禿鶖後鴻鵠。九度附書

〔註36〕楊倫，《杜詩鏡銓》，頁 433。
〔註37〕浦起龍，《讀杜心解》，頁 628。
〔註38〕陳貽焮，《杜甫評傳》，頁 639。陳貽焮也將行旅的地點考證一番，認為「巫峽」當指「巴縣（今四川重慶）一帶江峽的總稱」，陳貽焮，《杜甫評傳》，頁 638。

向洛陽，十年骨肉無消息。（頁476）

詩注家對此詩繫年有不同看法，〔註39〕大體而言，末句的「十年」指杜甫離開秦中的時間。首句的「天邊」、「老人」各從地點、時間兩端說明自己「歸未得」的困境，杜甫認為蜀地僅是「避地」，並非長久居所，卻一去十年，又身老無成，思及至此不由得嚎啕痛哭。仇兆鰲說「此詩為久客思鄉而作也」，是就動機而言，從痛哭的反應來說，可能是不斷在期望與希望間反覆而來的煎熬交迫，迸發出來的情感。三、四句描寫邊境，隴右已無人耕種，見出邊境戰事頻繁。五、六句旨在描寫一種情狀，巨浪滔天、風拔樹木，前方是性情貪惡的禿鶖，後方則是常喻為志向遠大的鴻鵠。〔註40〕巨浪狂風的場景相當紛雜，導致善惡不分的散亂，安史之亂以來的動亂，已非國內的亂政，而是牽涉到漢文化的存亡。詩人營造一種絕天滅地的災害，自身（國家）在風雨飄搖之際，前途更顯堪憂。末二句則從大時代的眼界收束，表達久無故鄉消息，以及望歸之情。

從〈聞官軍收河南河北〉與〈天邊行〉當中，可以看到「久客思鄉」是懷鄉詩的動機，其表現是充滿感官、動作的身體感，如「涕淚」、「放歌」、「東臨大江哭」等等，這種外放的情思是行旅的躁動，從中可見杜甫心心念念於戰況，並且時時忖度「回鄉」的可能性；然而，〈天邊行〉直言「天邊老人歸未得」，「阻歸」在此成為不得不面對的困境，也影響後來懷鄉的情思。

〔註39〕 《杜詩鏡銓》繫於廣德年間，朱鶴齡繫於永泰元年，前者根據蜀地戰亂，後者根據「十年」之推算。

〔註40〕 類似的句法亦見於〈乾元中寓居同谷縣作歌七首〉其三：「前飛駕鵝後鶖鶬，安得送我置汝旁」，言亟欲藉鳥歌之力飛往兄弟身旁。然而此詩「前飛」者乃是「禿鶖」，鄭玄箋《詩·小雅·白華》「有鶖在梁」云：「鶖之性貪惡。」可見前飛者乃非善物，鴻鵠指有具有高遠志向的鵬鳥，兩造相對，故以「君子小人」的對比解之，承續上句淒風苦雨之景，此解更逼顯交迫之感。毛亨撰，鄭玄箋，孔穎達疏，龔抗雲等整理，《毛詩正義·小雅》，《十三經注疏·標點本》（臺北：臺灣古籍出版，2001年），第57冊，頁1090。

〈至後〉寫於杜甫往返梓、閬之後，第二次回歸草堂（764 年）之時。詩人將追憶納入懷鄉的寫法中，透露出「故鄉」在杜甫心中的印象：

> 冬至至後日初長，遠在劍南思洛陽。青袍白馬有何意，金谷銅駝非故鄉。梅花欲開不自覺，棣萼一別永相望。愁極本憑詩遣興，詩成吟詠轉淒涼。（頁 548）

此詩是杜甫廣德二年（764）任嚴武幕職所作，其中透露了生計與計劃的抉擇，杜甫經過一番抉擇而選擇不出蜀地。冬至初過，思鄉之情又襲上心頭，〈至後〉乃感時命題之作。〔註 41〕「時間推移」與「身滯異鄉」的對比是此詩的動機，第一聯開展了時與空不對等的困境：「冬至至後」暗示著一年將近，杜甫離鄉的日子又多一個年頭，但身滯「遠在劍南」的異鄉現實僅能以「思」開脫，詩興就此萌發。次聯延續「劍南」與「洛陽」的對立：「青袍白馬」指的是在劍南幕府職所著之衣，代表生事生計，也是現實；「金谷銅駝」借代洛陽故鄉，然而，為何要說「非」故鄉呢？金谷銅駝固然是指洛陽，但已非昔日故鄉的洛陽情景，杜甫料想亂後兩京的殘破，已無法恢復往昔的氣象，故稱「非故鄉」。〔註 42〕「昔貌」的洛陽才是杜甫心中的「故鄉」，是詩性的樂園。在想像故鄉的時候，詩人將它確切的鎖住在回憶的美好時刻，儘管並不存在、也無法復原，但詩中故鄉成為詩人「思鄉」時一個重要的依憑，所有懷鄉主題都是立基在這個建構的想像之上。

〔註 41〕 陳貽焮認為：「過了冬至，白天開始變長了，他見新的一年即將來臨，而自己卻依然滯留劍南，不得還洛陽與兄弟們團聚，心裡感到很難過，就吟成〈至後〉，想藉以解悶。」陳貽焮，《杜甫評傳》，頁 739。

〔註 42〕 此解釋得自陳貽焮：「『非故鄉』，不是說洛陽不是他故鄉，而是說故鄉經亂已非昔貌。」陳貽焮，《杜甫評傳》，頁 739。另外，王嗣奭認為：「金谷、銅駝在洛陽，公因不見而嘆其非故鄉也」王嗣奭，《杜臆》，頁 208。筆者案：此解似乎不通：「金谷、銅駝」，明顯指出洛陽，「不見」之語顯得突兀，並無法承接第一聯的「思洛陽」之語，「非故鄉」純是想像之詞。此洛陽非彼洛陽，經過戰火摧殘後，那「盛世」的洛陽已經不復以往，僅落在杜甫回憶的想像之中。

前二聯所拈出的「劍南」、「洛陽」，是在思鄉的情境下提出，可見「此地」（異地、異鄉）的意識強烈，兩地間「長、遠」距離表現出「阻歸」的無奈。頸聯延續著「時間流逝」的感慨，「梅花欲開」是自然的規律，詩人欲忽略卻也無法阻止時間流逝。「梅花」一句，王嗣奭說「梅花開不覺，以在院中故」，〔註43〕「院中」是屋外的庭院，詩人處於屋內，因為視線阻隔而沒有察覺梅花又開。「處於室中」心情與「阻歸」相似，都處於封閉狀態、無法察知外界變化，正說明杜甫遠在劍南，不知道洛陽亂後的情況，也由於杜甫被隔離在外，兄弟（棣萼）也不知何時能再相見。浦起龍解「永相望」說，「『相望』各天，有不忍見者矣」，〔註44〕將「劍南」與「洛陽」兩地分作各天，「不忍」的意思是杜甫與兄弟久未相見，「相望」既表示距離，也暗示著相望的狀態會持續到未來。〈至後〉在尾聯歸結對時光流逝與地理阻隔的無力感，詩人欲藉由「詩」來宣洩自己的愁緒，當排解完成時，那股空虛感卻無法終結鄉愁；「轉淒涼」意味著，詩人藉由賦詩所追憶的往昔片段，又強化開頭所揭開「遠在劍南思洛陽」的阻歸困境。

〈至後〉相對於〈聞官軍收河南河北〉與〈天邊行〉，情緒的表達並不僅是身體、感官的反應，近似於有意經營的吟詠愁思。〔註45〕懷鄉詩中蘊含時間與空間兩面的迷茫，乃是顧慮到現實的因素。杜甫面對現實困境時，屢見欲超越阻礙、甚至有起身回鄉的衝動，但實際上要回歸故里的時候，卻忖度不前，如此「行／止」的矛盾在「登高」場合被強化，而「登高」是受到典範化的懷鄉表現。

〈春日梓州登樓二首〉作於763年，成作時間稍晚於〈聞官軍收

〔註43〕 王嗣奭，《杜臆》，頁208。

〔註44〕 浦起龍，《讀杜心解》，頁618。

〔註45〕 〈聞官軍收河南河北〉與此詩先後作成，但兩詩的「歸鄉」情緒，卻有莫大轉變，對此，許師銘全曾如此推斷：「杜甫之所以對回秦中遲疑卻步，最主要的原因是正式察覺到關中時局不穩。剛聽到東京收復亂事已平時，歸鄉之思是急切的，但知道了河北諸鎮的詳細情形後，急切的情緒便迅速退去，變得有所斟酌遲疑。這就是態度轉變的原因。」許銘全，《杜甫詩追憶主題研究》，頁22～24。

河南河北〉，兩首同是思鄉，但展現不同情調。此詩的特別之處是「春季」以及「登樓」兩個元素的結合：「春」為一年之始，杜甫棲遲異鄉多年，每至春季便會特別感傷，「羈旅」之情也隨之濃烈；「登樓」則是「遠望」懷鄉的場合，望鄉之際所之而來的「阻歸」困境，隨著視線的延伸而更加深刻。

〈春日梓州登樓二首〉其一：

> 行路難如此，登樓望欲迷。身無卻少壯，跡有但羈棲。

> 江水流城郭，春風入鼓鼙。雙雙新燕子，依舊已銜泥。（頁435）

浦起龍認為兩詩都是基於懷鄉之情寫作而成，王嗣奭也持相同意見，認為主題是「羈棲者感而思家」。〔註46〕首聯提及「行路難」與「登樓」兩個文學傳統，杜甫從「望遠」的動作類推到「行路」之茫然，進而比附到人生的無所適從。仇兆鰲認為第一聯「有語似承上，卻是突起者」，意思是首聯看似承接著上句而來，卻作為第一句出現；詩人不以標準的登高寫法，反以抒情的獨白起筆，從整首詩的結構來看，它成了需要被解釋的部分。因此，第二聯便分承「難」與「迷」兩字，開展羈旅者的自我安頓：行路之難，在於遲暮的「身無卻少壯」；遠望之迷，在於作客他鄉的「跡有但羈棲」，我們可以將頷聯看作是對首聯的解釋。前四句環環相扣，與五、六句的景色對立，江水、春風是春意盎然的景致，這是登樓的實景；然而「春風」下接「入鼓鼙」，將讀者從景色意象導向戰事的聯想，逗起懷鄉之心。此詩繫年於史朝義初滅，「春風入鼓鼙」也許暗示此事，以此推論上句「江水流城郭」，「江水」也有如春風般的生意，「城郭」是堅固的，江水環流於旁，紓解緊張的戰備情形。〔註47〕「生意」的感受，來自溫暖的動作「流」、「入」，兩者都是溫和的、緩慢的動詞。杜甫奔走於梓、閬之間，不免勾起「一歲四行役」的經驗，春意盎

〔註46〕浦起龍，《讀杜心解》，頁439；王嗣奭，《杜臆》，頁160。

〔註47〕王嗣奭曰：「春風今入鼓鼙，轉殺氣為生氣矣」。浦起龍，《讀杜心解》，頁439；王嗣奭，《杜臆》。

然之際，肅然登樓抒懷，便成萬端心緒的作品。結尾富含韻味，楊倫認為此聯是「嘆己之無家」，仇兆鰲引《杜臆》說法，認為「新燕巢樓，而旅人無定，對景傷情，語意雙關」，「依舊」引出詩人思家的愁緒，對應於戰事初歇、春意爛漫的景致下，「懷鄉」便呈現多元的意涵。

仇兆鰲的「有語似承上，卻是突起者」說法，或許可尋得一種解釋。事實上，此詩的章法與起興過程是相反的順序，詩人以「倒敘」來說「登高羈旅」的心情，實際順序是：「登樓、見燕銜泥、望遠、見江水城郭、思及身老異鄉、行路難的感慨」。讀者必須前後參照才能還原登高的過程，經過不斷想像並置身於情境中，「懷鄉」之心才更加深刻。詩人登高遠望，本意便是透過視線的延伸來舒緩異鄉的愁緒，然而，詩人將結尾收束在樓中所見「新燕巢樓」的近景當中，視野困於城樓當中，並沒有隨著想像飛奔到故鄉當中。視線縮減的效果便是關注到「此地」的狀況，杜甫棲遲不行、猶豫不決的態度，更突顯登樓本身「望」與「行」的身體矛盾。

若說〈春日梓州登樓二首〉其一表現的是「止」於異鄉的困境，其二便是欲「行」走歸鄉的嚮往，其曰：

　　天畔登樓眼，隨春入故園。戰場今始定，移柳更能存。

　　厭蜀交遊冷，思吳勝事繁。應須理舟楫，長嘯下荊門。（頁 435）

相對於其一的鬱結起筆，其二開頭登高並馳騁遠望懷鄉的想像。杜甫聽聞戰事稍定之後，轉而關心破敗的家園。首聯「天畔」的異鄉之所，藉由登高將「眼」字落入下句的「故園」當中，隨著戰事稍歇，「春意」也吹入家鄉當中。次聯則從現實緬懷遠方家園，「移柳」典出〈哀江南賦〉：「日暮途遠，人間何世？將軍一去，大樹飄零；壯士不還，寒風蕭瑟。……釣台移柳，非玉關之可望；華亭鶴唳，豈河橋之可聞？」〔註48〕庾信亦有「玉關道路遠，金陵信使疏。」（〈寄王琳〉）的鄉關

────────────

〔註48〕庾信，《庾子山集注》，頁 98～99。

之思。杜甫藉由「移柳」的典故說的是在戰事稍緩之餘，慶幸故鄉尚未覆滅。〔註49〕但詩人並未安於戰事的暫止，「厭蜀」、「思吳」都見得出峽的嚮往，連帶著「應須理舟楫，長嘯下荊門」，「應須」兩句的寫法，對比於「即從巴峽穿巫峽，便下襄陽向洛陽」，顯得遲疑許多。杜甫登高、望遠乃是為了消解自身愁緒，卻反而揭露出「心欲走而身不行」的矛盾心理，此是「阻歸」之困境，也是懷鄉詩由「羈旅」漸趨「阻歸」的過程。

　　本節透過以上詩作的討論，試圖說明杜甫亂後「羈旅」之情的懷鄉詩，經過草堂閒居、奔走梓、閬之後，轉趨為「阻歸」之情。但這並不是說「羈旅」在往後的詩作中不會出現，而是說由「羈旅」到「阻歸」之間，側重面的轉移有其意義，一方面是亂後已十年餘，卻仍滯留他鄉的現況，二方面是杜甫對於歸鄉的諸多考慮，致使行／止的矛盾不斷顯現在詩中，這兩重因素都影響「家國聯繫」在懷鄉詩中的發展。接著，下節將論述懷鄉詩的「阻歸」之情在夔州詩期的表現概況，其中，「登臨」是相當重要的場合，其間的阻歸之情與家國聯繫的關係也當一併討論。

第四節　滯留他鄉：「家國聯繫」的大量創作期

　　成都時期的懷鄉詩，大略可從「羈旅」到「阻歸」的過程中描述，而後到了夔州時期，詩作的「阻歸」性質更加深刻。本節以登臨為主軸，說明夔州之後是懷鄉主題的大量創作期，此時延伸出以物象、時氣為主的懷鄉之思。由此脈絡來觀察杜甫的「憂國」詩作，發現也有著質量的變化，此連帶著「家國聯繫」的大量創作（於第四、五章說明）。夔州時期「懷鄉詩」質量的提升，造就了「家國聯繫」的大量創作時期，關於「家國聯繫」在夔州時期的運用情形，將於第五章深入

─────────────

〔註49〕楊倫說：「言亂雖定，而家未必存，故下復思他適也。」楊倫，《杜詩鏡銓》，頁435。

分析，本章且先著重在夔州時期「懷鄉」詩作的探討。

杜甫於大曆元年（766）進入夔州，此時「歲暮游踪」，[註50]「白帝城」是杜甫經常登覽的名勝。杜甫第一次登臨，賦有〈登白帝城〉一首，是詠懷古跡之作，隨後有〈上白帝城二首〉，其一則有懷鄉意味，其二則就白帝祠起興，是懷古之作。〈上白帝城二首〉奠定夔州時期登臨望遠的詠懷基調，見〈上白帝城二首〉其一：

> 江城含變態，一上一回新。天欲今朝雨，山歸萬古春。
>
> 英雄餘事業，衰邁久風塵。取醉他鄉客，相逢故國人。
>
> 兵戈猶擁蜀，賦斂強輸秦。不是煩形勝，深愁畏損神。（頁594）

「白帝城」有自己的故事，當年公孫述在此築城自立、擁兵自重，有一方梟雄之氣勢，後來仍被漢光武帝所平定，白帝城見證時間推移下的物是人非。杜甫在幾百年後登上白帝城，撫跡詠懷。該詩前四句寫景，不若〈上白帝城〉首句的「城峻隨天壁，樓高望女牆」從下往上望的視角，詩人直接從登後寓目所及處描寫。第三聯承續上聯，由「一上一回新」的空間變化引起的感慨轉化到時間推移的悲哀，歷來英雄事業，如今飄散在風塵之間，「英雄」與「衰邁」的對比，令人不勝唏噓。「久風塵」的迷茫之感使第四聯將感懷歸結自身，「取醉」、「相逢」說明杜甫與舊鄉友人攜酒登城，兩人同屬他鄉異客，相逢固然可喜，但久客他鄉更顯悲沉，與其相應的是「何時歸鄉」的追問。這個追問成為此詩「暗線」，它暗示著身在異鄉（他鄉）的「阻歸」狀態，當詩人與故國人相逢、相飲，兩人的話題必當是故鄉情事，隨之而來就是異鄉人的鄉愁。第五聯描述當時崔旰欲擁兵自立的情勢，又見輸秦赴京的物資，即「見蜀亂而秦亦未安也」，[註51]國中各地皆不安穩，又何能歸鄉？至此，杜甫漸覺登高遊覽，所望及之處皆怵目驚心，故

〔註50〕 陳貽焮認為白帝城樓諸首是閬外「歲暮游踪」的詩作。陳貽焮，《杜甫評傳》，頁926。

〔註51〕 王嗣奭，《杜臆》，頁242。

嘆曰「不是煩形勝，深愁畏損神」。〔註52〕所愁、損神，絕非僅是家
國動亂不安，更深刻的是歸鄉無期的茫然感受。

　　此時的登臨作品還有登於自家後園的〈上後園山腳〉及〈又上後
園山腳〉，與初至夔州的遊覽之作不同，詩人百感交集、各抒其蘊，並
不只有鄉愁。杜甫不若〈上白帝城二首〉一般描寫大、廣、遠的景色，
也不若〈春日梓州登樓二首〉欲歸的嚮往，「懷鄉」成為追憶的對象，
是對自我總體的檢討與反省。〈上後園山腳〉云：

> 朱夏熱所嬰，清旭步北林。小園背高岡，挽葛上崎崟。
>
> 曠望延駐目，飄颻散疏襟。潛鱗恨水壯，去翼依雲深。
>
> 勿謂地無疆，劣於山有陰。石根遍天下，水陸兼浮沈。
>
> 自我登隴首，十年經碧岑。劍門來巫峽，倚薄浩至今。
>
> 故園暗戎馬，骨肉失追尋。時危無消息，老去多歸心。
>
> 志士惜白日，久客藉黃金。敢為蘇門嘯，庶作梁父吟。（頁766）

首先言夏季徐步登臨小園，園上「曠望延駐目」，頗能一展鬱結心緒。
接著便詠懷志向，「潛鱗恨水壯，去翼依雲深」即是作者借游魚、飛鳥
比喻自身潛隱深山壯水之中，「恨水壯」、「依雲深」既言隱於世，另一
面也暗示著「阻歸」的困境。杜甫因戰亂而避地於此，為保全自身於
而隱居山林。下句「勿謂地無疆，劣於山有陰」，朱注說「言九州雖
大，不若此山之陰可以避世也」，同樣講述因禍亂避隱他鄉的現狀。
然下句拈出隨處可見的「石根」，顯然詩人並不滿足於隱居山林，而
是希望能遍及天下，由此我們可知杜甫仍是關心「天下」、積極出世，
性格、志向並不受時代戰禍所影響。杜甫登臨望遠，胸中滿溢回鄉報
國之心，然「阻歸」之困境乍起，不禁開始自省、追憶，「自我登隴

〔註52〕相似的語句在〈峽中覽物〉也可見得，皆指思歸的情感，其曰：「形
　　　　勝有餘風土惡，幾時回首一高歌」（頁609），楊倫注「回首謂北歸
　　　　也。」見形勝而懷鄉是杜甫的慣例，他試圖在夔州尋找故鄉的痕跡，
　　　　但巫峽絕非華岳、蜀江並非黃河，愈尋愈愁，故曰「風土惡」。

首，十年經碧岑」，追憶的轉折並非無端，而是由「石楸」遍及天下，自身卻困居此地的對比而來。

「自我」二句開始，詩人將單純的懷鄉主題深化、廣化，仇兆鰲分作三層轉折：「上四，留蜀之久。中四，思鄉之切。下四，窮老而傷情也」。〔註53〕上四句的前後兩聯指陳自秦入蜀、自蜀入夔的往事，而杜甫已「作客他鄉」十年餘，如今歸鄉之事仍遙遙無期。中四句懷想「故園」戰事暗潮洶湧、風雨欲來，〔註54〕故園如此，更念茲在茲的是遠方鄉人的消息，「老去多歸心」語似平淡，但其實「歸鄉」現在卻成最不易之事。下四句的思緒從懷鄉情景回到當下，扣緊「老去」的時間推移，將前八句鋪陳的「時」、「事」沉痛之心緒更轉一層，感慨自己仍久客他鄉。篇末「蘇門嘯」與「長嘯下荊門」同意，「梁父吟」則言經世之志，猶言雖身老而壯志未酬，呼應「志士惜白日」。

由上述可知，「自我」以降的十二句，結構緊密，形成獨立的作意，且已然脫去「曠望延駐目，飄颻散疏襟」的創作情境。這樣的現象是夔州時期詩作的特色，尤其在長篇、組詩等作品中，杜甫以不同主題雜揉、並置於一篇之中，呈現雄渾、壯闊的氣勢，同樣地，「家國聯繫」亦在懷鄉詩作中發展及大量創作。

筆者由登高作品，觀察詩人如何組織萬端愁緒，從寓目所及，到追憶詠懷，最後嘆息身老無成，至少經歷了三層轉折，且愈轉愈深。〈上後園山腳〉的「老去多歸心」的愁緒延續到〈又上後園山腳〉，更

〔註53〕仇兆鰲，《杜詩詳注》，頁1648。

〔註54〕浦起龍認為故園指東京、王嗣奭則認為故園是「故國」，指長安。兩家的癥結點在於，「暗戎馬」繫於周智光犯京，而杜甫弟處在洛陽，上下兩句分指東、西二京，其「故園」便有歧見。本文認為，杜詩中的「故園」具有三解（後文論述），東、西二京俱包含在內。從這裡可以看出，杜甫在登高懷鄉的主題當中，常以時事為動機、背景，不單是抒情的筆法。浦起龍，《讀杜心解》，頁174。王嗣奭解「故園」、「時危」二聯云：「故國尚亂，骨肉分離，久無消息，老去思歸」王嗣奭，《杜臆》，頁302。

沉轉一層，此詩不從寓目景色寫起，直寫回憶中的「登高」。見〈又上後園山腳〉：

> 昔我遊山東，憶戲東嶽陽。窮秋立日觀，矯首望八荒。
>
> 朱崖著毫髮，碧海吹衣裳。蓐收困用事，玄冥蔚強梁。
>
> 逝水自朝宗，鎮石各其方。平原獨憔悴，農力廢耕桑。
>
> 非關風露凋，曾是戍役傷。於時國用富，足以守邊疆。
>
> 朝廷任猛將，遠奪戎虜場。到今事反覆，故老淚萬行。
>
> 龜蒙不復見，況乃懷舊鄉。肺萎屬久戰，骨出熱中腸。
>
> 憂來杖匣劍，更上林北岡。瘴毒猿鳥落，峽乾南日黃。
>
> 秋風亦已起，江漢始如湯。登高欲有往，蕩析川無梁。
>
> 哀彼遠征人，去家死路旁。不及祖父塋，纍纍冢相望。（頁 775）

就情思來說，較前一首要深沉許多，且季節由夏至秋，詩中充滿蕭瑟之情。王嗣奭說：「此因上後園山腳，忽憶舊登東岳，無限情事，偶然觸發，無關後園也」，「忽憶」並非偶然，若我們將〈上後園山腳〉與〈又上後園山腳〉並列而觀，詩人是在同樣情境下，又登後園而進行反思、自省。杜甫立在後園山腳，遠望懷國，歷數安史之亂以來的情景。「蓐收困用事，玄冥蔚強梁」一聯成為「回憶登高」與「追憶戰亂」的紐帶，楊倫說：

> 時蓋在秋冬之交。蓐收，金神西方也。玄冥，水神北方也。
>
> 窮秋之時，蓐收方退，而玄冥方來，喻長安漸凋蔽，而祿山
>
> 方強梁於范陽也。（頁 775）

以「時序」比附長安與安祿山消長情形，浦起龍則從長安在西、范陽在北的「方位」解釋，其實都是指同一件事。安史之亂不只是政治的混亂，也連及百姓生計，「平原獨憔悴，農力廢耕桑」，描寫百事荒廢的情景，也強調「非關風露凋，曾是戍役傷」。安史之亂原本是邊境的小動亂，國富民安的唐室何以為懼，然「到今事反覆，故老淚萬行」，

一連串的事故讓杜甫猝不及防，於今避走他鄉，困居異地而登高詠懷。

杜甫回憶當初登臨泰山之景，故「龜蒙」二句乃是說當初的寓目之景。杜甫從泰山西望，遙想家鄉何方，卻連東嶽之「龜、蒙」二山都不可見，何況再往西的舊鄉洛陽呢？思及此，他便欲以劍為杖，誓要出峽北歸。「瘴毒」四句言南方之景，雖有壯志拳拳的「骨出熱中腸」，但實際上卻困於南方。欲出峽往北方，實踐志業，卻又無奈「蕩析川無梁」，此時想起古來征人常客死他鄉，原本的稷契之志，遂軟化為首丘之心。

〈上後園山腳〉與〈又上後園山腳〉兩詩同為「久客思鄉」之作，結撰方式也各有異同之處。從相同一面來說，兩篇皆有「老去多歸心」，也有「羈旅」在外之情，以及困居異鄉的「阻歸」之意。懷鄉的過程中，杜甫是「反思與自省」的多方詠懷，且往往以安史之亂為起點的回憶離鄉的過程。「老去多歸心」並非單純的嘆老而思歸，隱然還有杜甫欲仕進之志，表示他始終懷抱著重返廟堂的志向。兩詩相異之處，在於「國事」所占的篇幅：〈上後園山腳〉的時事並非詩人所強調，僅為思及懷鄉所糾連的背景；而〈又上後園山腳〉則有意的追憶安史之亂發生前後的局勢變化，試圖為自己的遭遇找到合理的解釋，到了「到今事反覆，故老淚萬行」，才又轉回嘆老懷鄉的脈絡。從兩詩的比較當中，可以看見同是懷鄉主題，杜甫在秋季顯然更加惆悵，且傾向於追憶式的思索，並於其中更加堅定回鄉的理由。

登臨之作到了杜甫晚年，思緒無端、百感交集，情感愈顯悲沉，反倒氣勢雄張。〈登岳陽樓〉是杜甫出峽後作（768 年），他以短小的篇幅展現了年老、望歸、憂國等主題。

> 昔聞洞庭水，今上岳陽樓。吳楚東南坼，乾坤日夜浮。
>
> 親朋無一字，老病有孤舟。戎馬關山北，憑軒涕泗流。（頁 952）

杜甫登上岳陽樓，遊覽洞庭湖景，卻僅以「吳楚東南坼，乾坤日夜浮」形容水勢；頸聯一轉氣吞夢澤之勢，遁入傷己之思「上言不復相存問，下言無家」，無友無家，杜甫在岳陽樓寓目大景之前，感受到的竟是

自我的渺小卑微。晚年杜甫在自然巨景中，所見得自我的老病無家，尾聯又將視野投射洞庭湖外的兵馬倥傯，暗示自己「無歸」的困境。歷來對〈登岳陽樓〉的解釋，不外「氣象闊放，涵蓄深遠」，若言杜甫性情者，則以末聯「望北」統括全詩之旨：

> 杜子美生平忠君愛國是其天性，故隨處發現，能使人興起，只如此詩「戎馬關山北」，下一「北」字，便是回首長安而心在朝廷也。若只作流連光景，羈窮無聊之態，便是寒乞身份，豈復有此卓舉雄傑乎？〔註55〕

這樣的批評，似乎將大丈夫的雄氣與兒女的懷鄉私情對立，認為此詩豪氣萬千，並不可能僅有歸鄉之意。杜甫憂國的心態是有的，但是在「懷鄉」為主導的情況下，憂及關內戎馬，與先前〈秋風為茅屋所破歌〉表現的情志有所不同。由此詩對照夔州時期的登臨之作，「國事」的憂慮減少，傷己漂泊無歸之情增多，也傾向用更簡短的語句表達當下心境。「登臨」作為文學傳統的母題，杜甫在此擴充許多意涵，在最後時候選擇以大開大闔的方式映照歸鄉之思。

〈登岳陽樓〉是杜甫出峽後作，與夔州的登臨詩相比，顯然擺脫愁緒縈繞、曲折繾綣的寫法，這可能與他出峽後的心境有關。總之，杜甫出峽後的登臨作品，主題並置的情形退卻許多。

筆者藉著三首夔州時期的登臨作品，與出峽後的登臨相比，說明夔州時期確實有著無端傷感、主題轉換的現象。接著舉出以時氣、物色為對象的懷鄉詩，論析在不同場合當中，杜甫也同樣能有思歸之情。

〈悲秋〉作於大曆二年（767），此時杜甫身居夔州，詩中渲染著孤獨、冷清的情調，從平淡的氣氛中透露出詩人的心情與獨白：

> 村僻來人少，山長去鳥微。高秋藏羽扇，久客掩荊扉。
>
> 懶慢頭時櫛，艱難帶減圍。將軍思汗馬，天子尚戎衣。

〔註55〕《杜甫全集校注》，頁5679。

白蔣風颭脆，殷檉曉夜稀。何年減豺虎，似有故園歸。（頁853）

前四句言客居夔州的境況：「村僻」、「山長」儼然將居所隔離於人群之外，「人少」、「鳥微」點染出冷僻的情調；「高秋藏羽扇」說時序轉涼，羽扇可藏，比喻杜甫客居他鄉已久，無人問津、老而無用，「久客掩荊扉」從空間的隔離看待久客的困境。仇兆鰲說「猶久客則人厭，而柴門長掩也」，不僅是人厭、更是自厭，第三聯描述「懶慢」不拘、甚至「頭時櫛」的無精打采貌，「帶減圍」則說明衣帶漸寬的消瘦身形，這些現象都指出「艱難」的心境。「艱難」一詞，浦起龍認為「為亂阻也」，乃是從久客他鄉的角度詮釋，同時，「艱難」也領起下聯的憂國情緒。「將軍思汗馬，天子尚戎衣」，楊倫注曰「按史大曆二年九月，吐蕃寇靈州、邠州，京師戒嚴」，仇兆鰲也說「此感長安時事，乃悲秋之故」。〔註56〕綜兩家所論，「艱難」亦能指外在國事的危急事態，將軍仍驅汗馬戒備、天子身披戎衣，無法安寧，杜甫在天邊地隔，對於長安戒嚴的艱難困境，想必相當無力。杜甫面對「久客他鄉」與「京師戒嚴」的雙重困境，以寓目秋景表達「白蔣風颭脆，殷檉曉夜稀」，「蔣」與「檉」都是植物，用分別以白、黑的強烈色調以及「脆」、「稀」的衰弱狀詞加強秋景蕭瑟的意象。讀者自然的將此聯描寫的景色與前四聯所鋪陳的愁思比附，並認為此景亦沾染詩人的心緒。〔註57〕夔州時期的思鄉之作，在〈悲秋〉獲得更深一層的推進，由於久客他鄉，杜甫甚至不必登高望遠，直以漫想的方式表述懷鄉憂國之情，他時而自傷、時而鬱悶、時而憂愁，不斷流轉在家、國之間。尾聯在懷鄉主題當中特別重要，因為它負責收束詩人無邊際的悲慨，「何年

〔註56〕仇兆鰲，《杜詩詳注》，頁1782。
〔註57〕王嗣奭與浦起龍認為第五聯是寫秋景，仇兆鰲則認為此景有寓意「是借草木零落，以比兵亂凋殘。」仇兆鰲，《杜詩詳注》，頁1782。筆者認為，此聯景色乃是〈悲秋〉的核心意象，它容納了多種詮釋的可能，至少有三層意義：一、秋景搖落，二、寓目而自傷，三、懷想京師兵亂而傷。其中，第二與第三層意義都由詩人自傷而觸發，第三層添入更多詮釋，故本文以第一、二層為主軸。

減豺虎，似有故園歸」，在一聯之中容納了「國」與「家」兩面，並將兩者賦予因果關係。「豺虎」肆虐中原已久，中原的消息斷斷續續，「似有」是杜甫對歸期的強烈動搖且自我懷疑的沉痛發言，王嗣奭說：「似有，且然而未必」，〔註58〕是矛盾語，突顯詩人內心舉措不定的焦慮。

〈悲秋〉從秋天的時氣感起興，阻歸已久的倦怠感，致使他「久客掩荊扉」，然而，此時詩人卻點出「京師戒嚴」的事件，這種「主題」間的轉換，就是家國聯繫，但杜甫的心志是退卻的，我們並不能從中看到「詩聖」的表現。儘管中間一聯點出國事，杜甫未將憂國的「壯志」表現出來，而是關切「似有故園歸」的可能性。

〈東屯月夜〉稍晚於〈悲秋〉，時節都是秋天，兩首都從秋氣、戰事當中強化「阻歸」的困境。杜詩中京師的緊張態勢常以景物喻之，例如杜甫取雨景言國事：「楚雨石苔茲，京華消息遲」（〈雨〉四首），或是直接感慨世亂：「遠山回白首，戰地有黃塵」（〈東屯北崦〉），〈東屯月夜〉將外在世界的動亂藏在背景當中，僅以片段暗示讀者內心的擔憂，是相當老成的一首作品。其曰：

抱疾漂萍老，防邊舊穀屯。春農親異俗，歲月在衡門。

青女霜楓重，黃牛峽水喧。泥留虎鬥跡，月挂客愁村。

喬木澄稀影，輕雲倚細根。數驚聞雀噪，暫睡想猿蹲。

日轉東方白，風來北斗昏。天寒不成寐，無夢寄歸魂。（頁861）

遲暮、思歸、憂國的主題在詩中並俱，杜甫巧妙的利用景物的排列營造氣氛，致使詩評家往家國之悲聯想。首聯點出身老、東屯的意義：「漂萍老」同時有空間、時間兩面的感懷，即「久客異鄉」；「穀屯」有征戰的意味，《杜臆》說「東屯之田，乃公孫述所開，而積糧以養兵者」，〔註59〕前句言客老、後句言世亂，將杜甫月夜不寐的心情點出。

〔註58〕 王嗣奭，《杜臆》，頁330。
〔註59〕 王嗣奭，《杜臆》，頁328。

次聯延續「久客異鄉」的主軸,陳貽焮解的最通順「我抱病久滯於此,因代管屯田而親見巴鄉異俗;從春到秋,長期住在鄉間。」〔註60〕但此解未提及「歲月在衡門」之意,更仔細來說,「衡門」出自《詩經‧國風‧衡門》:「衡門之下,可以棲遲」,取其棲遲之意,杜甫本該是暫留此地,卻耗費歲月於異鄉。第三聯寫景,「青女霜」對「黃牛峽」、「楓重」對「水喧」,此聯借時序與地景的對比形成「留/行」的對立關係:上句的秋露繁重,意味著杜甫留滯的狀態;下句的峽水奔騰,暗示「出峽歸鄉」的契機。〔註61〕「泥留虎鬥跡」諸家並無深入解釋,惟王嗣奭認為「言其地之險巇」,此當是直觀看法;我認為,該句借景感慨安史之亂以來的種種紛擾,泥留遠指安史之亂之餘緒、近指十年來吐蕃不斷進犯的禍害,中原猶如猛虎受困其中。如此,才能解釋為何詩人「客愁」。「月挂客愁村」乃是從詩人地面觀照「客村」、又借月想像中原的視角,前句時間、後句空間,兩造的對立與消解在詩中不斷循環,也加深「留/行」的關係。

〈東屯月夜〉的前四聯形成封閉的詩意,杜甫繼以寫景開展,「喬木澄稀影」化用曹植〈歸思賦〉:「嗟喬木之無陰,處原野其何為」,自比無陰之喬木,〔註62〕「輕雲倚細根」則出自「浮雲蔽白日,遊子不顧返」,自比無根之雲。〔註63〕無陰之喬木、無根之雲,猶如無鄉之遊子、久客他鄉的處境,悲愴之情借景事全然嶄露。此聯借兩事言歸思,總結前四聯的情緒,領起後三聯的收束。結尾部分開始自白月夜不寐的原由,「風來北斗昏」,仇兆鰲:「倏驚倏睡,思及長安,故瞻北

〔註60〕陳貽焮,《杜甫評傳》,頁914。

〔註61〕「黃牛峽」位於夔州,〈送韓十四江東覲省〉當中也有提及,「黃牛峽靜灘聲轉,白馬江寒樹影稀。此別應須各努力,故鄉猶恐未同歸。」(頁361)其黃牛峽的構思與本詩相仿。

〔註62〕喬木的意象在〈向夕〉也有出現:「深山催短景,喬木易高風。」詩人自比喬木,獨自挺立在風中,王嗣奭說得精道切:「歲寒多風,喬木值之,其聲更悲」。王嗣奭,《杜臆》,頁328。

〔註63〕「無根之雲」的譬喻,在〈江漢〉也有出現:「片雲天共遠,永夜月同孤。」(頁935)

斗而寢不成夢」，〔註64〕原來這一切是因「京師戒嚴」的隱憂，尾聯「天寒不成寢，無夢寄歸魂」，杜甫思及戰亂之兆，又恐歸期綿綿，故倏驚倏睡、寢不成眠。

相較於〈悲秋〉，〈東屯月夜〉表達的心事更加複雜，失眠而來的百感交集，其實只是為了襯托最末一聯：「天寒不成寢，無夢寄歸魂」，由此可見，「夜色」是容易引起追憶、詠懷的場合，而「歸鄉」正是杜甫殷切盼望之事。

大曆二年作成的〈歸雁〉，借雁的北返南歸反襯詩人阻歸異鄉之苦：

闐道今春雁，南歸自廣州。見花辭漲海，避雪到羅浮。

是物關兵氣，何時免客愁。年年霜露隔，不過五湖秋。（頁 915）

杜甫晚期的懷鄉之作當中，「雁」是很特別的意象，它消解、超越了「魂不歸」的現實阻礙，將入蜀後的頡頏、矛盾渾融在詩歌境界之中。這很可能是延續著庾信所詠的意象，子山有〈詠雁〉一首：「南思洞庭水，北想雁門關。稻粱俱可戀，飛去復飛還。」〔註65〕將雁南北往返的特質突顯出來，杜甫以此特性賦予鄉愁的色彩。〈歸雁〉前四句的動詞用的巧妙，將「雁」辭南向北的動態勾勒出來，仇兆鰲說得很清楚：「辭漲海，言今春之去。到羅浮，遡去秋之來」〔註66〕上句言眼前歸雁往北，下句言去秋由北往南，杜甫看著雁鳥往返不止，而自己卻滯留南方。春雁本該是自然規則，在詩人眼中卻有不一樣的意義，他將雁子避冬的現象理解為「避兵禍」的緣故，認為「是物關兵氣」。從春雁開始聯想，進而體物抒情，類推到自己作客他鄉的處境，不禁悲愴萬分，故而又再次發出感慨「何時免客愁」，此句情調與「似有故園歸」相似，都是相當沉痛的發問。將驅使雁南行的動機想像成「兵氣」，彷彿春雁之往返也是受時勢所逼。黃生對此詩有獨到看法：「事起景接，事轉景收，亦虛實相間格」，「事起景接」言前四句、「事轉景

〔註64〕仇兆鰲，《杜詩詳注》，頁 1770。
〔註65〕庾信，《庾子山集注》，頁 380。
〔註66〕仇兆鰲，《杜詩詳注》，頁 1884。

收」指後四句，將雁行之事與南方景致相互轉接。從章法來看，黃生認為：

> 五六本屬結意，卻作中聯。七八本是發端，翻為結語。前半
> 先言歸，次言辭，後言到，終乃言不過，章法層層倒捲，矯
> 變異常。〔註67〕

就章法而言，〈歸雁〉並不符合作詩的慣例，但這個看法在家國聯繫的脈絡當中卻可以尋得一個解釋。首先，前四句點出題旨，以歸雁起興，隱隱帶入私己的思鄉情感，五、六句自我的聲音出現，「關兵氣」、「免客愁」將杜甫避禍入蜀的形象勾勒出來，並且將自身的命運與亂世綰合，同時也為彼此賦予因果關係，七、八句將前六句家—己—國的詩心收束在一個封閉、渾沌的狀態之中，也就是詩人當下之心境。「年年」意味著重複循環、停滯不前的生命情調，「霜露」的體感呼應前面的「南歸、避雪」，杜甫從五湖向外看歸雁的來回往復，因為現實的阻礙，儘管心緒隨著歸雁，身體卻無法跟上。第三聯與第四聯一問一答，將歸雁的層次轉了一層，詩人並非透過雁的眼睛想像家園景色，而是從雁的足跡反襯自身凝滯受阻的寂寥。

　　〈歸雁〉藉由雁之南北往返，假想是否為兵氣所驅使，這是就自身境況而起的聯想，也同樣由雁的往返，反襯自身滯留南方的困境。在此，杜甫以「雁」為憑藉，抒發異鄉阻歸之情，而外在兵禍同樣地妨礙回歸的希望。

　　歸雁的意象在大曆五年的時候更進一層，成為杜甫晚年懷鄉詩作的重要意象，〈歸雁二首〉其一：

> 萬里衡陽雁，今年又北歸。雙雙瞻客上，一一背人飛。
>
> 雲裏相呼疾，沙邊自宿稀。繫書無浪語，愁絕故山薇。（頁
> 1017）〔註68〕

〔註67〕黃生，《杜詩說》，頁192。

〔註68〕此詩第七句採「繫書無浪語」，「元」字俗本作「無（无）」，「繫書」
　　　　與「無浪語」意義相連，若採元字，則與繫書扞格。

其一就歸雁起興，就作客他鄉之境況，抒發歸鄉之情。〔註69〕首聯點
起在南方的「衡陽燕」即將北歸，反襯客居潭州的杜甫無處可歸。頷聯
是其一的核心意象，點出人、雁的不同處境，它由兩層對比組成：第一
是懷鄉主題「行／留」的慣例，除此之外，詩評家也點出人、雁對揚的
「孤／群」的層次，王嗣奭說：「且同侶相呼，未嘗獨宿，人固不如雁
也」、浦起龍說：「羨其形之不孤」，〔註70〕人雁相望的章法延續到頸聯。
頸聯上句言雁、下句指客，「相呼疾」與「自宿稀」加深頷聯的詩意，
同時延宕歸思的愁緒。尾聯將懷鄉之情昇華，詩人將「雁」聯想到「書
信」，「無浪語」指信息並無妄語、即通篇皆血淚文字，杜甫真摯的切望
這封「家書」能夠藉由雁行送入骨肉手中。最後「故山薇」的典故給了
這首詩不一樣的情調，此典出自《史記·伯夷列傳》，伯夷、叔齊是兄
弟，他們「義不食周粟」，所以采薇於首陽山，最後餓死。前人所用之
典，多半強調「隱」與「義」的層面。杜甫引此做為思鄉主題的結尾，
卻給了不同的意思，也就是「伯夷、叔齊」的兄弟之情。從尾聯的前後
句來看，「繫書」典出蘇武因「得雁足有繫帛書」之事得回漢中，暗示
著杜甫與蘇武一樣被囚困在胡地，下句則言伯夷、叔齊因不認同周室
而隱居首陽，蘇武、伯夷等人都是由於國家動亂而不得回鄉的歷史人
物，杜甫感念於此，將「故山薇」作為思鄉與憂國疊合的象徵。〔註71〕

「故山薇」的象徵兼及歷史的感慨與手足之情的喟嘆，杜甫從歸
雁的意象當中開展出這兩個類型的情感。〈歸雁二首〉其二延續著「愁
絕」的氛圍，將思弟之情繫在雁行往返的路線當中：

　　欲雪違胡地，先花別楚雲。卻過清渭影，高起洞庭群。

〔註69〕仇兆鰲曰：「首章，見歸雁而切故鄉之思。」仇兆鰲，《杜詩詳注》頁
　　　　2059。
〔註70〕王嗣奭，《杜臆》，頁385；浦起龍，《讀杜心解》，頁593。
〔註71〕庾信的〈擬詠懷二十七首〉其二十：「倏忽市朝變，蒼茫人事非。避
　　　　讒應采葛，忘情遂食薇。懷愁正搖落，中心愴有違。獨憐生意盡，空
　　　　驚槐樹衰。」將國事代謝與外在風景結合，在此杜甫以手足之情與國
　　　　事代謝比附，使得語末又使人玩味。庾信，《庾子山集注》，頁244。

> 塞北春陰暮，江南日色曛。傷弓流落羽，行斷不堪聞。（頁
> 1017）

其二承接其一的情調，延續「歸雁」的意象，詩中不斷將「來／往」、
「今／昔」對立。首聯前句言「昔之來」、後句言「今之往」，雁每年
來往南北，而詩人卻在原地自傷。雁之行與人之止造成的張力勾起鄉
愁，藉由二元關係開展，最後詩人與歸雁同一，尾聯自比「傷弓之雁」，
而「行斷」也暗示著骨肉失尋的傷痛，浦起龍認為：「弟隔固以身遙，
身遙長使弟隔，二詩情辭互發。」〔註72〕杜甫兩詩的結尾都發出沉痛
的呼救，「愁絕」、「不堪」將外在世界內化到內心的情緒，他藉由想像
雁行之沿途，來寬慰自己的鄉愁。之所以能夠如此，乃是杜甫將雁行
痕跡想像為歸鄉的路途，暮年的杜甫，不若「老魂招不得，歸路恐長
迷」的消極態度，用一種超越的態度想像歸鄉的景致，但更反襯身老
多病、歸鄉無望的愁思。

若以「懷鄉歸思」來看〈歸雁二首〉，相較於入蜀前期奔放、隨
著戰事狂喜的歸思，顯得收斂與深刻。「想像」與「寫景」的成分加
重、「敘述」的成分減少，「動身」的起念消失了、「魂歸」的消沉之辭
成為主軸，換言之，杜甫自夔州開始以各種手法、對象抒發無法歸鄉
的愁緒。

綜上所述，本節所討論的懷鄉詩以「登臨」為主，也討論〈悲秋〉、
〈東屯月夜〉、〈歸雁〉等詩，揭示出夔州時期的「阻歸」表現。結論
是，懷鄉詩到了夔州時期，不僅有懷鄉主題，也出現了追憶、感時、
憂事等主題的並置，這些並置現象都是為了強調「阻歸」之情，目的
是紓解久客他鄉的愁思。

第五節　小結

　　本章透過四個部分論證「家國聯繫」模式在亂後懷鄉詩中的發展。

〔註72〕浦起龍，《讀杜心解》，頁594。

首先，從生平及詩作界定杜甫詩中的「故鄉」為何處，認為論及懷鄉詩，必須將「長安」以及「洛陽」都納入考慮範圍。其次，以「異鄉人」的自覺為線索，說明秦州時期是較為單純的思親之作，杜甫經過長程跋涉之後抵達的「成都」，方始為「異鄉人」，唯有此自覺下，「家國聯繫」的現象才會發生。第三，以成都時期為例，說明此時延續入蜀期間奔波不止的「羈旅」之感，而後漸趨轉為側重「阻歸」的懷鄉傾向。最末，說明夔州時期的「阻歸」情境，更能觸發多種主題並置的懷鄉表現，其中以「登臨」、「時氣」、「夜色」三類為代表。藉由以上推論，得知「家國聯繫」在杜甫亂後懷鄉詩的起始點是「成都時期」，後以「夔州時期」為大量創作階段，出峽之後則退卻。

揆諸本章，我們考察「懷鄉詩」自秦州、成都、夔州、出峽等時期的特色，歸納出自「成都」到「夔州」時期的詩作有主題並置的現象，其中，「家國聯繫」作為詩聖的表現，則表現為「憂國」的壯志。

第四章　在「家國聯繫」模式中突顯的「詩聖」特質

　　上一章藉著懷鄉詩作，論析家國聯繫是以懷鄉為基礎，透過登臨、物色，抒發離鄉的異地處境。同時，憂國的情志也於此處境中派生，故憂國同由異地處境而來，且往往有懷鄉的意味，準此，本章沿著懷鄉意識形成之脈絡，依次離析客居秦州、自秦入蜀、成都三個階段的詩作，以描述家國聯繫表現模式的生成過程。從此生成過程當中，我們可見杜甫在客居秦州時期，雖表現出「感時憂生」的憂國情調，其「懷鄉」的意味卻不明顯，隨著入蜀之途，「懷鄉」意識漸趨濃烈，且與「憂國」主題並置，成為一種表現模式。在此模式中，杜甫自有的「詩聖」情懷，將隨著家國聯繫而有「價值取捨」，意即：杜甫對於歸家與平天下的取捨，往往以天下國家作為終極價值，反倒將歸家視為私情的、可被犧牲的願望。杜詩中家國聯繫所突顯的價值取捨，正是杜甫被稱「詩聖」的原因之一。

　　「憂國」詩與「政治」詩不同。杜甫的「憂國」詩作，是以親身感受，並且抒發自我心志的悲壯情感，乃是以「情」為主軸的詩歌。而詩歌內容涉及政治的主題，則稱之為政治詩；呂正惠概括中國政治詩的兩個類型：一是就作品來說與政治事件相關者，二是表現詩人政治心態的作品。兩類分別對應至傳統詩論的諷刺與歸隱：「美刺問題

屬於第一類作品，隱士與山水詩所蘊含的政治問題則屬於第二類」，
〔註1〕合乎第一類者有杜甫、白居易與李商隱；第二類則以陶淵明為
代表。由此可知，杜詩的「政治」是基於「社會性、寫實性」，其「美
刺」就是對事件的評述。所以，呂正惠所言之「政治詩」乃指能尋得
「本事」之作品，顯然地與「憂國」之情有所區別，家國聯繫中的憂
國之情不必要對著本事而言，也能抒發情志。

　　本章分作三節進行，是就杜甫離鄉行跡，論述家國聯繫表現模式
的形成過程。首先討論離鄉度隴後的秦州時期，其憂國表現是「感時
憂生」，且是在異地中感事、憂國的書寫情形；其次，以入蜀紀行詩為
對象，析論故鄉意識形成時，憂國如何參入異地處境，並以「異鄉人
的自覺」為主題並置現象的完成；最後，從成都時期的議論詩、寄贈
詩當中，說明家國聯繫的表現模式。

第一節　感時憂生：杜詩中「家國觀」的形成

　　諸家論杜甫「詩聖」性格者，多半以〈自京赴奉先詠懷〉的「竊
比稷與契」作為依據，而此關懷社稷之心，體現在關懷國事、憂心國
事上頭，杜甫的「一飯未嘗忘君」更是說杜甫時刻都在憂國、憂民。
這樣的評價，若對照詩人生平，則可知後半生遠離政治核心，不曾回
歸朝廷，其憂國憂民的詩作基本上都是在「異地」當中完成。故而，
「一飯未嘗忘君」一方面指杜甫不改稷契之志，另一面則指詩中充滿
「感時」的精神，使讀者能夠在詩作中屢屢見得關懷國事之情。筆者
以為，這樣的現象背後，實際上牽涉到杜甫度隴後所突顯的「家國觀」，
〔註2〕它解釋杜甫即使身處異地，卻又能關懷國事的價值觀。由此「家

〔註1〕呂正惠，《抒情傳統與政治現實》（臺北：大安出版社，1989年），頁
　　　81。
〔註2〕之所以提出「家國觀」的概念，乃自「詩聖」是成型於宋代接受現象，
　　　則不得不考慮宋代文士所面臨的處境。筆者以為，安史亂後士人開始
　　　感到「外族」（蠻夷）的存在，此動搖了漢族作為宇宙核心的觀念，
　　　其中尤以杜甫詩對於此現實感受最深。關於安史之亂與詩人的影響

國觀」而來的情感，結合「感時憂生」的精神，成為「憂國」的詩作。準此，本節以「感事憂生」為線索，勾勒杜甫度隴之後的處境，並說明杜詩藉此家國觀以表現的憂國之情。

　　杜甫於 758 年「出為華州司功」，離官先至東都，後赴往華州，759 年「春，自東都回華州，關輔饑。七月，棄官西去，客秦州」；〔註3〕由行跡來看，杜甫棄官度隴，又「滿目悲生事，因人作遠遊」（〈秦州雜詩〉），可見客居秦州的詩作，多半有著「感時憂生」為寫作動機。詩作取材方面，第一部分以杜甫寄贈友人的三首為主，看待他如何與友人談論當今時事，第二部分則以〈秦州雜詩二十首〉為討論對象，說明杜甫如何利用景色的描寫來表達憂國的情志。

（一）寄贈詩作中「核心—邊陲」的家國觀

　　初至秦州，杜甫寫了三首詩，分別投給六人，三篇作品各從不同角度抒發情感，除訴說自身境況外，對「國事」的描寫也深淺不一，從中可見杜甫憂時憂國的心志。

　　第一首是〈喜薛據畢曜遷官〉，該詩前半言世亂動盪，之後遙賀二子遷官，並兼述索居。詩的開頭不免稱頌二子遠紹風雅，並且言自身潦倒、而二子才力神妙，「大雅何寥闊，斯人尚典刑。交期余潦倒，才力爾精靈」，點出遠喜遷官的題意。其後便高論漢唐盛世的衰落，杜甫認為「漢」是宇宙核心，「夷」是妖邪之氣，此以文化正統的角度談論時勢：

　　　俗態猶猜忌，妖氣忽杳冥。獨慚投漢閣，俱議哭秦庭。

關係，可參考：呂蔚，《安史之亂與盛唐詩人》（北京：中華書局，2010年）；關於中晚唐士人所認知的國家型態，可參考：王德權，《為士之道：中唐士人的自省風氣》（臺北：政大出版社，2012年），敘論當中〈核心—四方」的國家型態〉一節，頁 18～23；關於宋人的「中國觀」，可參考：葛兆光，《宅茲中國：重建有關「中國」的歷史論述》（臺北：聯經，2011年）第一章〈「中國」意識在宋代的凸顯〉，頁41～65。
〔註3〕〈杜甫年譜〉，引自《杜詩鏡銓·附錄二》，頁1148。

還蜀祇無補，囚梁亦固扃。華夷相混合，宇宙一羶腥。

帝力收三統，天威總四溟。舊都俄望幸，清廟肅惟馨。（頁269）

開元、天寶總共43年，是唐世最安穩的時期，突如其來的動亂打破了秩序，這對杜甫而言是「宇宙」的衰落，同時是價值觀的崩毀。從以上陳述可見，杜甫對於未能防範「妖氛」（安祿山）自愧不已，華夷尊卑的階序遭到破壞，回復之道就是收復長安：「舊都俄望幸」。由此可見，「長安」對盛唐人而言有崇高的意義——是宇宙、太極五行的象徵，當長安失守，「宇宙」也就沾染腥羶。面對宇宙衰落的危機，杜甫卻身處邊地，「士」的憂患感、責任感所帶來的焦慮，迫使他必須思考回朝的可能性，然而卻是徒勞。從中，杜甫兼述索居有強烈的憂國特質：

旅泊窮清渭，長吟望濁涇。羽書還似急，烽火未全停。

師老資殘寇，戎生及近坰。忠臣辭憤激，烈士涕飄零。

上將盈邊鄙，元勳溢鼎銘。仰思調玉燭，誰定握青萍。

隴俗輕鸚鵡，原情類鶺鴒。秋風動關塞，高臥想儀形。

將「旅泊」與「烽火」相提並論，一方面講述自己遭受戰火波及而遠走他鄉，另一面則藉「羽書」、「烽火」來描寫邊境戰事的緊急與混亂，既是「憂生」也是「感時」。首二句自述遠居秦州的旅泊境況，渭河在秦州、涇水則在長安。頭二句以「窮」對「望」，展現杜甫身窮遠居他鄉，卻是憂慮中央的情態。接著論現今局勢戰火不歇、內外交迫的窘迫，呼應而來的是「忠臣辭憤激，烈士涕飄零」。忠臣、烈士不僅是杜甫自謂，也同指二子的忠烈性情，也據此，才引出杜甫對兩人的期許：「仰思調玉燭，誰定握青萍」，也順勢帶出投書之志：「隴俗輕鸚鵡，原情類鶺鴒。秋風動關塞，高臥想儀形」。杜甫從國家安危之勢，帶出兩人遷官的重責大任，最後由「忠臣烈士」的相近性情期許能夠獲得提拔。

第二首詩〈寄高使君岑長史〉則是表現出身處羈旅又遭瘧疾的困

境，不若前一封信充滿政治意味，而是勉勵高適、岑參要保重自身，以待日後相聚。開頭四句便是全篇主旨：「故人何寂寞，今我獨凄涼。老去才難盡，秋來興甚長。」（頁271），關懷友朋同時，其自述的形象與「不改其志」的儒者形象有所差別：

> 男兒行處是，客子鬪身強。羈旅推賢聖，沈綿抵咎殃。
>
> 三年猶瘧疾，一鬼不銷亡。隔日搜脂髓，增寒抱雪霜。
>
> 徒然潛隙地，有靦屢鮮妝。何太龍鍾極，於今出處妨。
>
> 無錢居帝里，盡室在邊疆。劉表雖遺恨，龐公至死藏。
>
> 心微傍魚鳥，肉瘦怯豺狼。隴草蕭蕭白，洮雲片片黃。（頁272）

杜甫自述羈旅他鄉，又患瘧疾，可謂內外交迫。在自述中，杜甫與前一篇憂國的情調很不相同，他自認不能重回廟堂，反覆言及「病」、「窮」、「老」的處境，最後顯現退世之心「心微傍魚鳥，肉瘦怯豺狼」。這個窮困潦倒的形象，呼應了頭二句「故人何寂寞，今我獨凄涼」的總述，後以隴草、洮雲的景色作結，下段便展開退居山水的願望。陳貽焮認為全篇的概意是「故人何嘗寂寞，惟我獨見凄涼。於今才盡而興長，惜知名詞客天各一方，未能相聚，徒增懷念。」〔註4〕是側重於懷念友朋，同時又有「憂生」之意。儘管通篇情調不若前首詩有悲壯的心緒，還是能從一些蛛絲馬跡中見得杜甫對於國家的擔憂，比如說，杜甫自況「老去才難盡」的同時，卻又言：「羈旅推賢聖，沈綿抵咎殃」，其中的「推」是推重之意，杜甫自覺身處邊疆、又老弱多病，故將賢聖之責寄託於高適、岑參二人。由此可知，此詩是在「憂生」與「感時」的處境底下，一面自述羈旅之苦，另一面則是「會待妖氛靜，論文暫裹糧」的感時之作。

前兩封信各有「感時」與「憂生」的特質，惟側重面有所差異。在第三封〈寄賈司馬嚴使君〉當中則見他對政途的看法。杜甫與賈至、嚴武同為昔日僚友，同樣於房琯事件被貶謫，賈至時貶岳州司馬、嚴

〔註4〕陳貽焮，《杜甫評傳》，頁449。

武則是巴州刺史，在信件中，杜甫對宦海浮沉的看法是「開闢乾坤正，榮枯雨露偏」，縱然每人都有報效朝廷之志，卻往往遭讒慝所陷。杜甫開頭先追憶三人共處朝中，本該匡世濟民，篇末展開遭遷貶後的自述：

> 地僻昏炎瘴，山稠隘石泉。且將棋度日，應用酒為年。
>
> 典郡終微渺，治中實棄捐。安排求傲吏，比興展歸田。
>
> 去去才難得，蒼蒼理又玄。古人稱逝矣，吾道卜終焉。
>
> 隴外翻投跡，漁陽復控弦。笑為妻子累，甘與歲時遷。
>
> 親故行稀少，兵戈動接聯。他鄉饒夢寐，失侶自屯邅。
>
> 多病加淹泊，長吟阻靜便。如公盡雄俊，志在必騰騫。（頁278）

杜甫面對賈至、嚴武等昔日僚友，有同病相憐之感，自述當中對於秦州的「地僻」、「炎瘴」不甚滿意，群山疊嶂也不同於長安風景，之所以投跡「隴外」，乃因受漁陽戰事所牽連。杜甫與賈至、嚴武同被排拒於中央之外，他已非昔時隨行於百官之列的左拾遺，這樣的憾恨隨著兵革不止愈加強烈，也投射到秦州的異地處境，「地僻」、「山稠」、「隴外」都強化邊陲之感。「邊陲」與「漂旅」相伴而生，「他鄉饒夢寐，失侶自屯邅。多病加淹泊，長吟阻靜便。」便表現無依漂泊之感，這不僅是抒發處於邊陲的心事，同時也是描述在政途上的孤立無援。杜甫客居秦州，其「多病加淹泊，長吟阻靜便」便有羈旅、阻歸的意味，但並非由懷鄉的語境而來，在這個詩例中，杜甫是針對羈宦在外的賈至、嚴武所抒發的情事。

從三封書信當中，可知杜甫面對不同對象時，所展現的情志有所不同，〈喜薛據畢曜遷官〉強調「忠臣」、「烈士」的大義，〈寄高使君岑長史〉表現自己困守他鄉，老病窮苦的近況，〈寄賈司馬嚴使君〉則對同處異鄉的僚友產生了羈旅、阻歸之情。三篇作品都是在「感時憂生」的處境下完成，杜甫親身地感受時代的巨大變動，進而引發儒者性格的憂國之志，所以說，「憂國」揭示出自我與時代的互動關係。從憂國詩作當中，我們可見杜甫從「憂國」當中對於「家國」的想像，

有著「核心─邊陲」的同心圓結構，位處核心的「長安」，不僅是政治中樞，亦為「宇宙」的價值體系核心。杜甫的「羈旅」，就憂國詩作來說，是遠離政治、價值核心的狀態，故而，身處「異地」對於杜甫而言，是「稷契之志」的違背，也是面對亂世卻無法整治的失責。就此層面來說，杜詩之所以有強烈的「感事」精神，正是因為詩人面對「宇宙／長安」的失落，亟需自我調適，以堅守固有的價值體系，並彌補身處離心位置的「失責」。

（二）由家國觀而來的憂國之思：以〈秦州雜詩二十首〉
為例

從上述三首詩的分析中，可見杜甫「憂國」與「羈旅」有密切關係，且造成強烈的「感時」傾向。接著，筆者將分析秦州時期的抒情雜詩，說明杜甫若不以寄贈的態度創作詩歌，而以抒情的態度詠懷國事，將會如何表現。

杜甫的憂國情感源於親身感受家國動亂，他度隴後集中表現心境的詩作，當屬〈秦州雜詩二十首〉。這二十首詩作的主旨不一，大約各述居處秦州的所感所聞，其間夾雜安頓家人以及對未來的徬徨與無奈。〔註5〕第一首總括杜甫為何而來，因何事而憂：

> 滿目悲生事，因人作遠遊。遲迴度隴怯，浩蕩及關愁。

> 水落魚龍夜，山空鳥鼠秋。西征問烽火，心折此淹留。（頁239）

杜甫棄官西去，乃為維持生計，不得不因人遠遊，「度隴」實非心甘情願，仍攜著一家老小前往西邊的要衝，投靠親友。詩末的「心折此淹留」道出杜甫的憂患之心，不僅是自身的安頓，更有吐蕃未靖的隱憂。〔註6〕杜甫度隴而來，欲依親保全自身，然秦州位處要衝，在此明顯

〔註5〕仇兆鰲引劉克莊：「以入秦起，以去秦終，中皆言客秦景事。」《杜甫全集校注》引汪灝語：「久居秦州，觸緒成詠，非一時之作也。事不相蒙，題不相類，前後皆在秦州所得，遂統而名之曰〈秦州雜詩〉。」仇兆鰲，《杜詩詳注》，頁589；《杜甫全集校注》，頁1406。

〔註6〕《杜甫全集校注》謂：「其時中原戰事未平，吐蕃又燃烽火，近逼秦

地感受胡人進犯的壓力，例如其四：

> 鼓角緣邊郡，川原欲夜時。秋聽殷地發，風散入雲悲。
>
> 抱葉寒蟬靜，歸山獨鳥遲。萬方同一概，吾道竟何之。（頁240）

此詩情境是杜甫居秦州夜裡有感而作，象徵戰事的「鼓角」緊鄰在旁，整首詩的開頭是不安躁動的情緒，彷彿此際的安寧是風雨欲來的預兆。鼓角的聲響如雷聲般震動大地，其迴盪高舉入雲，並將遠方鼓聲聲響予一「悲」字坐收，烘托出邊警不斷的隱憂。詩意在頸聯一轉，承二句「夜時」描寫，「寒蟬靜」、「獨鳥遲」象徵著孤獨無依的個人處境，回應著「因人作遠遊」的無奈。最後詩人由此在的萬端愁緒躍昇到人生的悲慨，「萬方同一概，吾道竟何之」，將夜中鼓角所引發的種種心情轉化為對前途未知的茫然感受。由此詩意經營的角度來看，二、三聯的聯繫、抗衡是推擠出末聯壯闊情感的樞紐。領聯的鼓聲沾染大地，是對國事蕭條的警覺，頸聯則是以「抱葉寒蟬」、「歸山獨鳥」自喻，說明自我欲往而無所立命之慨。〔註7〕從情意一面來說，「萬方同一概」將萬端心緒從空間的廣闊轉化為瞬間的、無以名狀的孤絕感，予以「道路」的譬喻示之。此「道路」如同〈五百字〉、〈北征〉的「征途」，杜甫此時客居秦州，是避難的難民，「吾道」既是對自我未來的感慨，也是對天下未來的憂慮。「吾道竟何之」的悲愴之情如同〈五百字〉最後的悲壯情緒「澒洞不可掇」。

杜甫將所聽聞的國事消息，寄託在景色之中，眼前一草一木，接渲染著遠方的戰火不息。詩人身處關塞之地，其「邊郡」作為感發場

州。杜甫問戰事而憂國家，所以心折而淹留於此。」《杜甫全集校注》，頁1408。筆者案：此語固然沿著「烽火」而來，但顧及首聯悲生事之語，可知杜甫所憂不必然純指一事，同時也懷著自家安頓的浮躁不安。

〔註7〕《杜甫全集校注》解此句為：「此聯言蟬抱葉，鳥歸山，俱各得其所，以反興己之無處安身也。」《杜甫全集校注》，頁1418。筆者案：蟬固然抱葉、鳥固然歸山，然杜甫對於兩個意象的各賦予「靜」、「遲」，誠非「反興」之感，或以為自喻將歸之鳥、將噪之蟬，乃貼合「安身」脈絡。

合，它所引發的憂慮自然會與邊地警急有所牽涉。杜甫將之轉化為悲
壯的情感，不若以往選擇鋪陳、跌宕的紀實敘述，而直以物色（秋、
風、蟬、鳥）的組合排列表露心境，最後發出沉痛的喟嘆。〈秦州雜詩
二十首〉當中對於邊郡警意的詩作還有第七首，更明顯地以景色象徵
對國家的隱憂：

莽莽萬重山，孤城山谷間。無風雲出塞，不夜月臨關。

屬國歸何晚，樓蘭斬未還。煙煙塵一長望，衰颯正摧顏。

「萬重山」與「孤城」的對比呈現出孤絕無所適的困境，此實指秦州
之地勢，也象徵國家正處孤立無援的緊張情勢。三、四句描寫城上所
見的風景：無風卻見雲出塞、未入夜卻見月臨關，兩句的「方向」相
反且凌於「萬重山」之上，呼應身處孤城的困頓感受。王嗣奭將「雲
出塞」指為「征西士卒，絡繹出塞」，或可不必，但渲染著邊愁警事是
確定的，僅能說兩句著眼於「關、塞」風景，於此刻興發對歷史憂患
的情緒。「屬國」典出蘇武，「樓蘭」則用傅介子之事，指吐蕃進犯而
恐神州陸沉。〔註8〕杜甫長望煙塵，憂的不僅是邊事警急，也憂當時
中原「鄴城之戰」後史思明、史朝義的藩鎮勢力（〈秦州雜詩〉其六：
「恨解鄴城圍」也指出此事）。在極遠視線的盡頭，彷彿見得諸將為
未靖之勢而愁苦，而自己身處秦州，更顯無可奈何。〔註9〕將詩意的
層層挖掘，杜甫由登高寓目所及，思及身困孤城，憂國之心無法紓解，

〔註8〕《世說新語》記載桓公登高望遠所興起的家國之悲，與杜甫秦州長望
　　　的心境頗似，可供參照之：「桓公入洛，過淮、泗，踐北境，與諸僚
　　　屬登平乘樓，眺矚中原，慨然曰：『遂使神州陸沈，百年丘墟，王夷
　　　甫諸人，不得不任其責！』」劉義慶著，余嘉錫箋疏，《世說新語箋疏》
　　　（臺北：華正書局，1991 年），頁 834。

〔註9〕諸家對末句「衰颯」指誰有歧異，一是望長安所見，「煙塵一望，惟
　　　見衰颯之氣」；二是杜公自謂，「身困萬山之中，一長望無處不是煙塵，
　　　我衰颯之容顏」。《杜甫全集校注》，頁 1428。筆者以為：前說無法周
　　　全「正摧顏」之意，後說無法解釋「長望」之後，卻回頭寫自身衰頹
　　　之顏貌；筆者認為：「長望」者是詩人，他登樓眺望遠方，卻見重山
　　　雲月，不見故鄉，思及中原兵燹，若見得兵將行役之苦，兩造「衰颯」，
　　　更得摧顏。

遂「由景生事」，將邊事、中原等百年興亡一併交集，瞬覺蒼生「衰颯正摧顏」，盛世、家園不復存在。

〈秦州雜詩〉的政治意涵是透過親身所感來體現，也就是呂正惠所說「他（杜甫）是在『感覺』政治，而不是在對政治做各種推理活動」的特殊之處。〔註10〕「感覺」政治並非抽象的評論時政，是以私情為基底，進而向外的擴張情志。杜甫客居秦州，所感受到的是遠離中央的「邊陲」，而中央具有「政治」與「家鄉」兩種意義，他自比為「客」，但異鄉人的感受尚未強烈，仍以感時憂患為重，〈秦州雜詩〉其十八：

> 地僻秋將盡，山高客未歸。塞雲多斷續，邊日少光輝。
> 警急烽常報，傳聞檄屢飛。西戎外甥國，何得迕天威。

杜甫客居秦州，其「地僻」、「山高」的異地景色與關中大不相同，也是鄉愁的根由；三、四句的景色與第七首取意相仿，表現出「關塞」的蕭瑟感受，與京華「光輝」的繁榮相襯。「客子」無法安居於此，乃因吐蕃侵擾不休，故而怨懟和親無益。起意之思家情意最後歸結在國事的感懷，其轉折之處在頷、頸兩聯間的聯繫。如何能從「景」跳脫到「事」，最後指向吐蕃進犯的憂患之感？浦起龍從章法層次入手：「一、二，就谷中寫，三、四，引到邊塞，五、六，落出烽檄，七、八，點明吐蕃，妙在逐層拓出」，〔註11〕詩人處於邊陲，自然容易引起關塞之悲，但思及「西戎外甥國」便稱得上是憂國之情了。「少光輝」不只是形容落日、或是山阻日光之景，也暗喻著政局不靖的混沌情形，如「聖圖天廣大，宗祀日光輝」（〈重經昭陵〉）、「願枉長安日，光輝照北原」（〈建都十二韻〉），都以日光譬喻宗室的安定。詩人賦予雲、日「邊」、「塞」的空間感，又予以「少光輝」、「多斷續」等動作，使得景中有情，而此「情」承自地緣的「客悲」，後拓出「憂國」之感。筆者認為次聯的景色，可能代表詩人的情緒轉折：「塞雲多斷續，

〔註10〕 呂正惠，《抒情傳統與政治現實》，頁84。
〔註11〕 浦起龍，《讀杜心解》，頁387。

邊日少光輝」是寫實之景，也是心理狀態的投射，「雲」、「日」徘徊於
關塞之上，詩人困於群山之中，在秋季將盡的蕭瑟氣氛，抬頭遠望的
雲煙是斷斷續續，不相接連，而日光萎靡，有將盡之勢。杜甫客居秦
州，乃避禍而來，此刻還未尋得久留之處，望歸之情寄託於「雲」之
中，雲煙斷續，猶如未來的飄渺無蹤。據此可以說，此詩的頷聯「以
景表情」，而頸聯言「事」，末聯則以臣子口吻發聲，而此種結構安排，
在第七首同如是。

　　由上述可知，〈秦州雜詩〉雖各言不同景事，在造意的結構上有
相似之處，尤其是在頷、頸兩聯的安排，各別以「景」、「事」表示。
由此再回過頭來檢視第七首的「無風雲出塞，不夜月臨關」，同為頷
聯是否也會有「以景表情」的現象發生。《杜甫全集校注》認為，「此
聯寫景而已含邊愁，故下即寫邊事」，後又引陳式意見：

> 此即景即事憂生之作。秦州在山谷之中，而又當關塞之上，
> 雲月自是不同。三、四承上二句為一氣，則景之可憂。是時
> 由秦州出境講和之使未歸，實不定使之何以不歸，則事之可
> 憂。可憂之在景與事如此，所以悵望煙塵，催心衰颯。〔註12〕

「景之可憂」的前提是「屬國歸何晚，樓蘭斬未還」，因處邊地，所思
慮所及也是邊事。「出塞」與「臨關」方向相反，卻能自由出入群山窮
谷之間，與困守秦州的杜甫形成對比。杜甫在孤城山谷之間，其思緒
紛亂無端，不僅因時局無定，也依著生涯漂泊無歸有所感慨。詩中的
景中有情、有事，表現在頸聯之中，突顯杜甫此時最深切的關懷，也
醞釀最後「烟塵一長望」的混雜心理；此心理不只是憂患邊事，也可
能同時含有歸思。詩人以「孤城」起筆，思及使臣未還，安定無日，
便無還鄉之日，故衰颯摧顏，也因年華流去，難以再一展壯志。從此
可以看到，杜甫心繫國事的表現方式乃是從即事即景當中，翻湧出懷
志天下的情緒，或有議論、或有抒懷。

〔註12〕《杜甫全集校注》，頁 1428。

　　除了以景色表達憂國之情，秦州詩延續著杜甫的「核心—邊陲」家國觀。「邊」在〈秦州雜詩〉當中反覆出現，如「鼓角緣邊郡」（其四）、「山邊漢節歸」（其六）、「送老白雲邊」（其十四）、「邊秋陰易夕」（其十七）、「邊日少光輝」（其十八），從空間的邊陲突顯核心的思切，它同時是杜甫家鄉、也是政治的核心，亦為漢文化存亡的關鎖。杜甫困守在邊郡、重山之中，無奈群山阻歸、同時感受到安史之亂以來所帶來的「邊事」與「藩鎮」問題，猶如漢政權無法觸及邊郡，導致邊事警急、征討不斷。杜甫處於邊陲，一面因為不能戮力於回復帝國秩序，另一面憂慮邊城戰事緊急，其憂國的特質便展現在「感時」、「憂生」兩面。諸多煩絮與憂慮，也促使杜甫「望向長安」，如〈夕烽〉則藉想像之語將此地連向長安：

> 夕烽來不近，每日報平安。塞上傳光小，雲邊落點殘。
>
> 照秦通警急，過隴自艱難。聞道蓬萊殿，千門立馬看。（頁 261）

「夕烽」即是平安火，為防邊之通常事務。[註13]杜甫長年身處秦中，自然不常見夕烽，如今於邊關見之，便起興詠懷。首聯杜甫登高遠望，見初夜夕烽點點，綿延自塞外，每日戍守關地要塞；次聯則將視線放遠，極目所見火炬光點殘落雲邊；頸聯述及烽火「防邊」本意，則是要通知秦州邊情，以備進犯，嚴戍如此，隴山更是難以接近；末聯轉至長安「蓬萊殿」，揣想千門之內的羽林軍立馬觀望，猶恐西邊征火再起，綿延至京。從夕烽的火炬明滅，思及京內軍馬戒備之景，杜甫憂國之情可謂深入日常經驗，仇兆鰲解詩頗為精切：

> 凡平安火，止用一炬，故傳光少而落點殘。若警急之報，則炬多光熾，便當照秦過隴矣。蓬萊立馬，西看烽煙也。隴山在長安之西，秦州在隴山之西，吐蕃又在秦州之西，詩云「來不近」，起於塞外也。自塞上而秦隴，自秦隴而蓬萊，皆從

[註13] 夕烽乃平安火。《唐六典》：「凡烽侯所置，大率相去三十里，其逼邊境者，築城以置之。」李林甫等撰，陳仲夫點校，《唐六典》（北京：中華書局，1992 年），頁 162。

西說向東，層次甚清。〔註14〕

從「烽火」的連綿揣想長安戒備森嚴的警急情勢，乃是由西向東的逐層推進。從此地到彼地，杜甫依憑綿延的烽火將視線延伸，最後落在「蓬萊殿」外，在結尾上頭是一種聯繫的想像，亦是抒發身處邊地的抑鬱之情。「夕烽」的形象，與「道路」的連綿感有相呼應之處，都是在異地中想像彼地的情景。

　　由〈秦州雜詩二十首〉與〈夕烽〉的對讀，可見杜甫的國事詠懷，乃是藉由景色、感時來表現憂國之情，其登高望遠的情境亦能引發思鄉之情，不過杜甫此時故鄉意識尚未濃烈，故無明顯表現之。誠如第三章所述，杜甫必須自覺為「異鄉人」之後，才會大量寫作懷鄉主題，故而，此時的憂國主題作品，大多是「感時」之作。秦州特殊的地理位置，使得杜甫常感受到生存脅迫與戰事緊急，胸中稷契之志騰湧而無所用，遂著詩以自適之；其中，杜甫因移動而顯現的家國觀，以及因遠離中自覺的家國責任，都隨著入蜀之行而漸趨濃烈。

　　杜甫於乾元二年七月棄官西行，期間寫下的〈秦州雜詩二十首〉總體來說是在靜止的狀態下登樓遠眺寫成。子美同年十月動身，自秦州出發至成都為止，共寫前後十二首，總共二十四首的紀行詩，兩組紀行詩中間則穿插一組〈乾元中寓居同谷縣作歌七首〉。綜觀而論，自秦入蜀詩作的情調延續著杜甫度隴以後的心境，隨著行旅的路途艱辛而反應在紀行詩上頭。

　　在入蜀之前，杜甫寫了〈發秦州〉作為再次行旅的開端。〈發秦州〉的情調延續〈秦州雜詩二十首〉，其動機、目的皆相仿，但已有遷徙移動的意味，同時，也意味著杜甫將再次「遠離」核心，是在「邊城」之外，向疏離政治核心的方向移動。杜甫原是「因人作遠遊」而來到秦州，後來期待落空，便不得不尋找下一個安頓處，乃強作開脫之詞：「此邦俯要衝，實恐人事稠。應接非本性，登臨未銷憂」。以下，將從

───────────
〔註14〕仇兆鰲，《杜詩詳注》，頁617。

「遠離核心」的視角，以〈發秦州〉的「道路」隱喻為例，說明杜甫的「憂國」情感。筆者以為，此「道路」隱喻，實貫穿入蜀紀行詩作，成為家國聯繫形成過程的重要一環，亦即揭示出詩聖的情感特質。

〈發秦州〉末段以景色烘托自身羈旅的心境，且表現出悲壯的情懷：

> 日色隱孤戌，〔註15〕鳥啼滿城頭。中宵驅車去，飲馬寒塘流。
>
> 磊落星月高，蒼茫雲霧浮。大哉乾坤內，吾道長悠悠。（頁288）

歷來對末段的寫景多半著重在「中宵」的考證，較少從「景」的一面觀察杜甫心境，以及篇末「吾道」的感慨。日色隱沒在城戌一角，烏鳥聲音迴盪於間，這是杜甫對秦州城的最後印象。由「孤」所渲染的昏黃景色映襯出杜甫離開的心情，呼應了〈秦州雜詩〉其七「莽莽萬重山，孤城山谷間」的自我形象，使此詩又增添複雜的心緒。由「重山孤城」的秦州出發，其行役之苦也內化為心中苦悶──車馬非往故鄉駛去，且更行遠方，其星月之「高」、雲霧之「浮」的距離感暗示著杜甫離理想、歸屬越來越遠的現實，由此，「吾道」的意象才更顯逼真、切實。

杜甫使用「吾道」一詞，最早出自〈三川觀水漲〉：「浮生有蕩汨，吾道正羈束」，與〈發秦州〉相比，更有憂國憂民的意味，這也提示我們，杜甫的「道路」可能具有「感事」與「憂生」的雙重意義。陳文華在〈杜甫入蜀紀行詩之道路意象〉當中分析中國傳統中對「道路」的用法，進而推定杜甫的「道路」意象：

> 「道」「路」乃是象徵了其所肩負的生命意義，一種人生責
>
> 任，一項有待完成的使命。漫長的道路，就是他必須走完的
>
> 艱鉅任務。〔註16〕

〔註15〕《杜詩鏡銓》做「日色隱孤樹」，而《杜詩詳注》、《杜甫全集校注》
　　　皆作「日色隱孤戌」，玩其詩意，以「孤戌」對下句「城頭」，在意象
　　　與句意皆較通順。

〔註16〕陳文華，〈杜甫入蜀紀行詩之道路意象〉，收入《杜甫與唐宋詩學：杜
　　　甫誕生一千二百九十年國際學術研討會論文集》，頁294。

陳文華認為，「道路」對杜甫而言有任重道遠的承擔意義，乃是對生命價值有所體悟的意象；黃奕珍延續其說法，將「吾道」解為對人生未來孤獨與漫長的歲月。〔註17〕由「道路」的譬喻觀照詩人的意象佈置，則推出道路的綿延與荒涼感，也就是由「孤」、「高」、「浮」所營造的氣氛。由「道路」轉譯而來的「人生」譬喻，對應到「人」與「乾坤」的拉鋸，則此天地當中承載著昔時輝煌與現實命運的頡頏。進一步說，「乾坤」除指身外宇宙，也象徵詩人內心深處所謂「憂端齊終南，澒洞不可掇」的無以名喻之傷，它反襯出在時代劇大洪流底下一位客子的飄泊流盪。所以說，杜甫的「道路」隱喻的生存意義，即是指「滿目悲生事」底下的徬徨、無所適從。

若將「道路」的悲壯一面納入考量，則有助於理解詩聖面目。詩人面對天災的巨力表現出「應沈數州沒，如聽萬室哭」的恐懼與悲憫，進而有「浮生有蕩汩，吾道正羈束」的悲慨；在〈發秦州〉當中的道路，則是面對戰爭、世亂，並以「乾坤」、「道路」意象對比呈現。由「吾道」的譬喻深入思考，杜甫以「獨」的形象對抗天地間宏大無形的壓力，這是長安遭陷、宇宙崩裂而來的價值觀塌陷，亦表現如水漲淹沒數州萬室的悲憫之心。從家國一面來說，杜甫將自我的遷徙與外在世亂並比而觀，他「回歸」的欲望，意味著帝國秩序的回覆、天地宇宙的重建，然而，杜甫此刻卻是更加遠離家鄉、家國，朝往蜀地前進，無疑是加深了家國淪陷與道德失責的現實。

小結

綜上所述，本節透過二類詩作析論杜甫度隴時期的憂國之作，並以「感時」、「憂生」說明詩聖的特質表現。首先，在寄贈詩作方面，筆者以三首詩作討論杜甫客居秦州的家國觀，即是「核心—邊陲」的概念，由此概念支撐的情感，即憂國之情。其次，筆者藉由此時期的

〔註17〕黃奕珍，《杜甫自秦入蜀詩歌析評》（臺北：里仁書局，2005 年），頁11。

抒情之作，說明「景色」、「言事」的方式，是憂國的表現途徑。最後，由〈發秦州〉中的「道路」隱喻，說明「感時」、「憂生」兩面意義，此亦延續到入蜀相關詩作。由此來說，「核心—邊陲」的家國觀，構築了杜甫「必須回歸」的正當性，而「道路」正具有通向核心的功能，然而，「道路」卻也將他不斷推離核心。故而，杜詩中的「思家」、「懷鄉」之情隨著入蜀途經，漸趨濃烈，而憂國之情，也因遠離核心而更顯悲沉。

第二節　回首肝肺熱：憂國與思家的回歸趨力

　　在上一節當中，筆者透過「感時憂生」描述詩聖的感事精神，從中提出「核心—邊陲」的家國觀，並認為杜甫身處邊境，其心態是對未來無所適從，卻也因為離開政治核心，於道德責任上有所不安。因此，杜甫的度隴、入蜀可視為不斷駛向邊陲的離心過程，對於「家國」的責任感也愈趨沉重，這也反映在入蜀紀行詩的心境。接著，本節以入蜀紀行詩為對象，析論杜甫在不斷遠離核心、朝向邊陲的旅途詩作中所展現的「回歸趨力」，此趨力來源，一者是憂國，二者是思家，兩者因方向性的同一，使得在兩種主題在一首詩中並置，便是「家國聯繫」的表現模式。必須補充的是，家國聯繫於此時乃是雛形，在質、量上都遠不及成都時期，其原因有二：杜甫此行身心俱疲，仍受「憂生」的生存威脅，二是杜甫還未自覺為「異鄉」之人，最多是「遊子」、「征夫」，故在紀行詩中確實有思鄉情緒，但與後期相比，畢竟是少數。

　　乾元二年（759）春天，杜甫自華州度隴，七月客居秦州，十月前往同谷，隨後入蜀，對此路途，他以「一歲四行役」稱之。一年內遷移四次，不僅身體勞累不堪，心理上也備感疲憊。若比較秦州時期與入蜀後的詩作，杜甫在心境上有不同的轉換，除懷鄉意識的顯題化之外，也藉國事動盪抒發客居異鄉的情感。在上節中，筆者分析杜甫度隴後的心跡，認為隴右詩作多以「登臨」來感時憂生，其中更以「道

路」表達自身前途未卜的焦慮,以及家國淪陷的憂患。杜甫在秦州短暫歲月,已見得家國聯繫的端倪,其懷鄉意識隨著入蜀行旅而顯題化,並與憂國情感相結合,日後成為杜詩懷鄉憂國之主題並置現象。

　　杜甫自秦入蜀的系列詩作,以〈發秦州〉為首、〈成都府〉為結,共計二十四首。就筆者寓目所及,對於杜甫紀行詩研究以黃奕珍先生的《杜甫自秦入蜀詩歌析評》之專論為要,該研究評價紀行詩以「紀行」、「山水」兩面的突破為文學史上的意義。〔註18〕筆者在前人研究上,進一步析論「家國觀」詩人在行旅過程中的作用,乃是「回歸趨力」的表現,此回歸趨力即是描述杜甫背離中原、遁入蜀中的同時卻又心繫家國的心緒。

　　從秦州前往同谷是杜甫這一年中第三次行旅,此時約莫於十一月,經二星期到達同谷縣。〔註19〕如果實地考察杜甫的路線,並無紀行詩所描寫的重重阻礙、窒礙難行,可見杜甫是有意的挑選的地點,使讀者感受到入蜀之行的嚴峻殘酷。換言之,若我們撤除「紀行」的實證考察,將杜甫在詩中所設色之「景」視為詩人的「情」的表現,於此面向論述杜甫在「行旅」主題下所延伸、轉折之情志,應能說明杜甫紀行詩的不同意義。〈發秦州〉的末二句是杜甫行旅心境之總綱:「大哉乾坤內,吾道長悠悠」,「吾道」的道路象徵上節已論述,杜甫「行旅紀行」便是扣著「道路」的時(時間譬喻:人生)、空(空間譬喻:行旅道路)交錯兩個涵義而成。

　　〈赤谷〉是杜甫啟程後一天所落腳之作,同時也是夜宿之地。全詩如下:

　　　　天寒霜雪繁,遊子有所之。豈但歲月暮,重來未有期。

〔註18〕詳細論述可參見:黃奕珍,《杜甫自秦入蜀詩歌析評》第二章〈論杜甫自秦入蜀紀行詩的成就與其文學史地位〉,頁41～82。

〔註19〕舊注曰:「公往同谷在十月」,簡錦松據〈發秦州〉「磊落星月高」考訂出杜甫約在11月中旬出發,本文引杜甫入蜀紀行之日期及距離皆依此。詳參:簡錦松,〈從現地研究看杜甫秦州入蜀詩的旅行日期〉,《東吳中文學報》第22期,頁75～96。

> 晨發赤谷亭，險艱方自茲。亂石無改轍，我車已載脂。
>
> 山深苦多風，落日童稚饑。悄然村墟迴，煙火何由追。
>
> 貧病轉零落，故鄉不可思。常恐死道路，永為高人嗤。（頁288）

原本「磊落星月高」的清澈天象轉眼間成「天寒霜雪繁」的滿目紛亂之色，杜甫自比離鄉遊子，感慨「重來未有期」。前四句俱含懷鄉詩的兩大動機「羈旅」之情調、「阻歸」之現實，而詩人所憂乃最為現實的「生事」——歲暮、童饑、貧病、無歸。細讀赤谷艱行之處，乃是道中「亂石」、山深「多風」，並無赤谷的顯著之處，對於「山水」的外在描寫甚微，取而代之的是自傷之辭。由詩中的氣氛可知，此處「道路」的隱喻仍具有影響力，詩人以「遊子離鄉」的情境訴說行路難的艱辛，這是由「距離」而來的焦慮感，「常恐死道路」說明了「吾道長悠悠」的生存危機。

杜甫行旅之初，感受到的是遊子般的飄泊無歸，但隔一日行至鐵堂峽時，由景色搖盪內心的感觸，表現於峽路的高、深、峻、險之中。〈鐵堂峽〉全文如下：

> 山風吹遊子，縹緲乘險絕。峽形藏堂隍，壁色立積鐵。
>
> 徑摩穹蒼蟠，石與厚地裂。修纖無垠竹，嵌空太始雪。
>
> 威遲哀壑底，徒旅慘不悅。水寒長冰橫，我馬骨正折。
>
> 生涯抵弧矢，盜賊殊未滅。飄蓬踰三年，回首肝肺熱。（頁289）

「山風」仍吹拂遊子，猶如歸心馳騁不止，詩人立於峽中，頓覺雪色飄渺而車行險絕；「縹緲」既形容車乘隊伍的搖盪不定，也暗喻人生的艱辛礙行。峽高而曰「堂皇」，峽窄而「藏」，沿路壁色深黑如鐵，兩句將鐵堂峽的由來與感受點出。然則杜甫處於峽中，心思卻跳脫出來，他由水寒及馬之不行的處境聯想至征伐的難行；楊倫評此轉折到「前寫地險，末帶及憂亂之情」，然而卻未說明何以由地險轉及憂亂。杜甫行於鐵堂峽間，其冰橫阻馬的情境與〈前出塞〉相似：「驅馬天雨雪，軍行入高山。逕危抱寒石，指落曾冰間。」在鐵堂峽行旅的情境，

竟與征人艱辛相合,杜甫由「遊子」轉換到「征人」的思維,故而有
「生涯抵弧矢,盜賊殊未滅」的慷慨悲昂。詩意至此轉折一層,落入
〈自京赴奉先縣詠懷五百字〉的語境:「窮年憂黎元,歎息腸內熱」。
由末八句表現的情志流轉,其模式與杜甫兩次行旅的自述詩相吻合,
也就是說,杜甫自秦入蜀的紀行詩作有很大部分的寫作慣例有跡可
循,且除景物摹寫之外,還有一個面向是憂懷國事、緬懷自傷。由此
可知,杜甫心志、理想與安史之亂無關,但由於世亂身老,此種抑鬱
不得志的心情也隨著入蜀離鄉逐漸隨之加深。

　　藉由〈赤谷〉與〈鐵堂峽〉的分析,我們可知在前一首主要以是
「遊子」的角度抒情,而後一首則是「征人」的角度發聲。兩種角色
的共通點是「道路」、「行旅」的意味濃厚,都有行路難的感慨。從家
國一面來說,這就是「遠離核心」、「朝向邊陲」的離心過程,杜甫從
道路行旅中感受到遠離的焦慮,卻又不得不繼續前行,此種「兩難」
成為道德的情感表現,特別是做為征人角色的聲音,帶有憂國憂民的
聖賢胸懷,如此,我們就會將「飄蓬踰三年,回首肝肺熱」視為真摯
的呼告。「回首」即是指此種進退維谷、道德兩難的處境,杜甫為旅途
作下記號,所表示的是亟欲「回歸」的「肝肺熱」;此種心志,便是我
們稱之為「詩聖」的道德情懷,筆者在此稱為「回歸趨力」,用以描述
入蜀紀行的身心狀態。

　　接著,杜甫行至龍門鎮時見戍守零落,不禁聯想到中原時局未靖,
反見自身的憂患之心,全詩如下:

> 細泉兼輕冰,沮洳棧道溼。不辭辛苦行,迫此短景急。
>
> 石門雲雪隘,古鎮峰巒集。旌竿暮慘澹,風水白刃澀。
>
> 胡馬屯成臯,防虞此何及。嗟爾遠戍人,山寒夜中泣。(頁293)

連日的急行加上難以忍受的濕冷道路,更加劇行旅的艱困,卻又不能
稍事舒緩,故詩人有被日影追趕的急迫感。在杳無炊煙的古鎮之中,
杜甫見得旌竿慘澹、白刃銹蝕,不得所用,故「生涯抵弧矢」的感慨

又浮上心頭，後便轉入憂國之思。由眼前物件觸發的國事詠懷，連及驚覺此在「行旅」與「征途」方向正背道而馳；杜甫揣想被史思明佔據，位於洛陽城東的「成皋」——乃詩人應然所至，在此反襯為生計奔走的現實。末二句的「遠戍人」所指可能有二：因戰亂而出征的士卒，或是杜甫自謂，也就是自嘲之語。就前者而言，杜甫行至龍門鎮，見戍守之處卻無人鎮守，可想是因為中原兵燹而徵兵遣將；以後者來說，杜甫連日行旅，身心猶如遠戍之人，可見「征途」之感強烈。〔註20〕兩種可能以後者為善，因為末句「山寒夜中泣」正貼合杜甫入蜀的心境，也將冷冽的氣氛托出。由此，我們可猜測戍人「泣」的緣故：詩人行旅之路艱辛，偶見戍守零落之景，乍繫起中央遭胡馬賤踏之情景，不禁慟然哭泣，一是因為生靈塗炭，二是自身未能盡得大丈夫之責任，於道德上有所愧歉。由此說來，「泣」亦能展現回歸趨力，即「遠戍人」所泣之目標：在「邊陲—核心」架構中所揭示出「回歸中原」的欲望。

　　〈龍門鎮〉後半段的詠懷，正體現出杜甫即使身去他鄉，卻仍心繫天下的情志，如浦起龍評「防虞此何及」說：「寬遠鎮，正以緊中原耳。」〔註21〕也注意到心繫中央的現象。比較特別的詩作是〈石龕〉，在後半部分則借伐竹者的聲口，暗示戰事正在遠處發生：

　　　　伐竹者誰子，悲歌上雲梯。為官采美箭，五歲供梁齊。苦云
　　直幹盡，無以充提攜。奈何漁陽騎，颯颯驚烝黎。（頁293）

伐竹者聲音來自高處的雲梯，不見其人，但聞其聲，他的工作是採集竹子，將其製作成弓箭以運往河北（齊梁），而今已過五年。五年前正

〔註20〕《杜詩詳注》引黃淳耀語，認為「時東京為史思明所據。秦成間密邇
　　　關輔，故龍門鎮兵有石門之守。然旌竿慘憺，白刃頓澀，既無以壯我
　　　軍容，況此地又與成皋遠不相及，而防戍於此，則亦徒勞吾民而已。」
　　　然筆者以為古鎮蕭瑟而冷冽，所謂「石門之守」也瀰漫雲雪，詩人見
　　　戍守之人已去，徒留旌竿、頓刃，故興發慷慨。蕭滌非則認為戍人實
　　　指鎮守龍門鎮之卒，但未周全為何戍人於夜中哭泣不眠。
〔註21〕浦起龍，《讀杜心解》，頁78。

值安史之亂,而河北正是藩鎮盤據之處,杜甫從民生物資的角度看待戰事的殘酷,也暗示著若持續下去,將民不聊生。故語末「奈何漁陽騎,颯颯驚烝黎」明確的指出禍根。縱觀〈石龕〉並無如〈鐵堂峽〉般描寫山水地理,更多是描寫「我」行山中的心情,首四句描寫被「熊、羆、虎、豹、鬼、狨」困住的境況,渲染出「天寒昏無日,山遠道路迷」的昏昧不明。仇兆鰲說此「悽慘陰森之象」,〔註22〕其構思承自《楚辭·九思》的疊句章法:「將升兮高山,上有兮猴猿。欲入兮深谷,下有兮虺蛇。左見兮鳴鵙,右睹兮呼梟。」〔註23〕〈石龕〉開頭描寫不只形似九思章法,更取章名「悼亂」之意,其後半的「憫人」情懷與九思的結尾:「吾志兮覺悟,懷我兮聖京。垂屣兮將起,跓俟兮碩明」,兩造合觀,則知杜甫特意取用《楚辭》的敘述手法,其「聖京」的感懷由伐竹者的口吻顯現。

　　由以上詩例可知,杜甫確實是有意將中原時事納入詩作當中,他利用伐竹者的口吻,點出「漁陽騎」的禍端,且藉由〈九思〉的對讀當中,發現背後是以「聖京」為關懷核心,此亦呼應杜甫的詩聖之情,乃是經由「家國觀」顯現之。

　　杜甫自秦州出發至中繼站「同谷縣」之前,以〈鳳凰臺〉作為前半行旅的總結。〔註24〕從「行旅」角度看待〈鳳凰臺〉,確實不若前十一首有「吾道長悠悠」、「常恐死道路」、「徒旅慘不悅」、「未敢辭路難」、「嗟爾遠戍人」、「旅泊吾道窮」的道路意象及行旅艱澀之感;若依此見,以議論為重的〈鹽井〉以及同是登臨的〈法鏡寺〉嚴格來說也未必符合紀行詩的標準。筆者以為,看待〈鳳凰臺〉在系列的紀行

〔註22〕 仇兆鰲,《杜詩詳注》,頁687。

〔註23〕 洪興祖,《楚辭補注》(臺北:大安出版社,1995年),頁535~536。

〔註24〕 〈鳳凰臺〉在入蜀系列詩當中較具有爭議,據黃奕珍的整理,後人如《分門集註杜工部詩》、《杜詩分類》、《刻杜少陵先生詩分類集註》將此詩不列入紀行系列詩作;其餘如《宋本杜工部集》、《杜詩詳注》、《杜詩鏡銓》等將此詩納入紀行詩。詳參:黃奕珍,〈論〈鳳凰臺〉與〈萬丈潭〉「龍」、「鳳」之象徵意義〉,《杜甫自秦入蜀詩歌析評》,頁114「附錄」。

詩的意義，應從「詩人歷經長途行旅後的心境」看待之，杜甫雖已暫息歇腳，卻又無法抽離行旅的心緒，此時登上高臺，懷鄉與憂國的情緒藉鳳凰形象一洩而下，故篇中抒懷言志多過於眼前所見之景。

〈鳳凰臺〉全文如下：

亭亭鳳凰臺，北對西康州。西伯今寂寞，鳳聲亦悠悠。

山峻路絕蹤，石林氣高浮。安得萬丈梯，為君上上頭。

恐有無母雛，飢寒日啾啾。我能剖心血，飲啄慰孤愁。

心以當竹實，炯然無外求。血以當醴泉，豈徒比清流。

所重王者瑞，敢辭微命休。坐看綵翮長，舉意八極周。

自天銜瑞圖，飛下十二樓。圖以奉至尊，鳳以垂鴻猷。

再光中興業，一洗蒼生憂。深衷正為此，群盜何淹留。（頁 295）

此詩以亭臺之名起興，著重在祥禽「鳳凰」的象徵意義與詩人的抒懷言志，注家以此見得杜公忠烈性及企盼中興之望。〔註 25〕詩中對鳳凰的描述與祈願，呼應著杜甫「窮年憂黎元，歎息腸內熱」的性情，也由此探知入蜀紀行詩的另一面。浦起龍說此詩「為十二詩意外之結局也」，其實不然，由〈鳳凰臺〉的言辭當中回顧紀行詩的書寫，或許更能體會詩人心中的糾結情緒。杜甫沿路紀行不只是記述沿途所經，其景色與心境的相契也是對「生事」與「國事」的依違關係：「因人作遠遊」是由現實所迫，不得不度隴求生的抉擇，然眼見時局未靖，卻獨走天涯，心中的難耐在詩中以「奉身」的行動表明。詩中「我能剖心血」之「能」，正突顯自身「遠離核心」的現實，而杜甫在途中所見所

〔註 25〕 王嗣奭：「公因鳳凰臺之名，無中生有，雖鳳雛無之，而所抒寫者實心血也。」朱彝尊：「始以生事之艱，終致中興之望，此少陵本懷，每飯不忘者也。」吳瞻泰：「此公想望中興，托興西伯，不惜自剖心血，效死以圖王業，特借鳳凰鋪張，以揚聖瑞。乃極無聊賴之時，懸空揣度，思見中興盛事耳。」浦起龍：「是詩想入非非，要只是鳳臺本地風光，亦只是老杜平生血性。不惜此身顛沛，但期國運中興，興會淋漓，為十二詩意外之結局也。」《杜甫全集校注》，頁 1765～1767。

感，是身處現實的景色，卻又是脫自現實的感時憂民。生事與國事的矛盾態度以入蜀途經的「重重阻隔」表現出來，紀行詩實寫入蜀之難，其實隱喻著「飄蓬踰三年，回首肝肺熱」的心境。此行詩人的心態既是「遊子」，也是「戍人」，兩個角色並行不悖的容納在「家國」詠懷當中，表現為詩聖的悲壯情感。

　　杜甫自秦州出發，約一個星期後到達同谷縣，於此地停留約九天後，接著啟程往成都府。離開同谷縣時，杜甫不禁感慨「奈何迫物累，一歲四行役」（發同谷縣），行至木皮嶺時從艱險的道路中更有「對此欲何適，默傷垂老魂」的悵然無所適從之感。愁悶、繁苦的心情隨著目的地的接近而有所好轉，在〈五盤〉中開始欣賞路途風景「五盤雖云險，山色佳有餘」，中段開始心繫關中情勢：

　　　喜見淳樸俗，坦然心神舒。東郊尚格鬥，巨猾何時除。

　　　故鄉有弟妹，流落隨丘墟。成都萬事好，豈若歸吾廬。（頁305）

由「喜見」的眼前風俗，忽然一轉，聯繫到史思明的餘黨未除，進而使故鄉的弟妹流落四方，由此心緒才又轉入現實，嘆息雖然途經「山色佳有餘」，可期「成都萬事好」，卻不如家鄉弟妹團圓的歡愉。杜甫的家國之思在〈劍門〉可見一斑：

　　　惟天有設險，劍門天下壯。連山抱西南，石角皆北向。

　　　兩崖崇墉倚，刻畫城郭狀。一夫怒臨關，百萬未可傍。

　　　珠玉走中原，岷峨氣悽愴。三皇五帝前，雞犬莫相放。

　　　後王尚柔遠，職貢道已喪。至今英雄人，高視見霸王。

　　　并吞與割據，極力不相讓。吾將罪真宰，意欲鏟疊嶂。

　　　恐此復偶然，臨風默惆悵。（頁308）

杜甫抵達劍門，兩旁峭壁的矗立、險立，詩人不由得有「天險」之嘆。劍門是入蜀門戶，也是具有戰略價值的關隘，杜甫登臨此處，自然從地勢與戰略兩面描寫。首六句描寫劍門山勢，接著以「一夫怒臨關，百萬未可傍」形容地勢之險要；第九至十六句則由「中原」的角度看

待劍門的物產（珠玉），用以說明古今英雄皆爭此地的理由；末六句收束議論，從劍門的立場反思歷來「并吞與割據」的爭端，不禁有「意欲鏟疊嶂」的發想。杜甫立於劍門，揣想古今以來劍門的紛紛擾擾，自己的「鏟疊嶂」之志也無用於世，又此時的焦慮乃是「偶然」的囈語，故將情緒歸結到無聲的「惆悵」之中。由於中原正處戰亂時刻，杜甫也不禁將此憂患擴及至劍門。〈劍門〉與前幾首紀行詩的不同之處在於「議論」的成分較多、寫景部分減少；從議論延伸而來的家國之思，是基由與「邊陲—核心」的「距離」而來，也就是說，杜甫從「中原」行至「劍門」，此地的所見所感，都與中原時勢緊密結合，足見杜甫身體遠離、心志卻亟欲回歸的趨力。

杜甫翻越劍門之後山勢趨緩，所見乃一片遼闊，有感於〈鹿頭山〉：

> 連山西南斷，俯見千里谿。遊子出京華，劍門不可越。
>
> 及茲險阻盡，始喜原野闊。（頁309）

翻過劍門的寓目所及，乃是居高臨下的廣袤平原，杜甫自度隴以來的顛沛不堪，於此刻豁然開朗。結尾是「入境頌邦君」的歌頌之語「斯人亦何幸，公鎮踰歲月」，此「公」指裴冕，杜甫將蜀地的安和平祥歸於裴冕，乃稱頌其治理有道之意。杜甫在〈鹿頭山〉自稱出自京華的遊子，以旅者的身分進入蜀地，其身分認知的隔閡在〈成都府〉更為衝突，同時也是杜甫自秦入蜀紀行詩的尾聲。〈成都府〉全文如下：

> 翳翳桑榆日，照我征衣裳。我行山川異，忽在天一方。
>
> 但逢新人民，未卜見故鄉。大江東流去，遊子日月長。
>
> 曾城填華屋，季冬樹木蒼。喧然名都會，吹簫間笙簧。
>
> 信美無與適，側身望川梁。鳥雀夜各歸，中原杳茫茫。
>
> 初月出不高，眾星尚爭光。自古有羈旅，我何苦哀傷。（頁310）

「我」風塵僕僕地抵達成都，而成都的風土民情與京華有所差異，使得詩人有「忽在天一方」的不容己之感。這份「異己感」致使杜甫思念故鄉，緊鄰的大江東流與江邊日月暗示著「未卜」還鄉的隱憂。杜

甫行至天之一隅，回鄉談何容易，但又不甘於避走天涯，心志仍流轉
於兩地，故羈旅之情在末八句顯露出來，將歲月流逝與時局未靖的隱
憂相繫。杜甫初至成都的心情是強烈的異鄉感受，故而「信美無與適，
側身望川梁」，乃呼應王粲〈登樓賦〉，摘引如下：

> 惟日月之逾邁兮，俟河清其未極。冀王道之一平兮，假高
> 衢而騁力。懼匏瓜之徒懸兮，畏井渫之莫食。步棲遲以徒
> 倚兮，白日忽其將匿。風蕭瑟而並興兮，天慘慘而無色。
> 獸狂顧以求群兮，鳥相鳴而舉翼，原野闃其無人兮，征夫
> 行而未息。〔註26〕

「信美無所適」化用〈登樓賦〉的「雖信美而非無土兮」，因思鄉而
望川梁，是希冀能乘舟歸去。「烏雀」二句呼應賦中「獸求群」、「鳥
相鳴」，同樣表現詩人欲「歸」的意圖。儘管詩人亟欲起身回鄉，現
實卻是受阻，其「中原杳茫茫」的原因，在下句委婉地表示：「初月
出不高，眾星尚爭光」，初月無光，而眾星欲奪其明，用以暗示中原
時局的紛亂乃是阻歸之由。〔註27〕杜甫初入蜀，並未安頓好，思鄉
之情便已濃烈，又遠方戰亂使他的「冀王道之一平兮」之志翻騰不
止。〈成都府〉的結尾同樣呼應〈登樓賦〉，「自古有羈旅」與「征夫
行而未息」語脈相合，扣緊去國懷鄉的心境。〈成都府〉表現的是在
異鄉中油然而起的憂國之心，郭永吉在分析王粲〈登樓賦〉也有類
似看法：

> 這就如同阮籍所感嘆：「時無英雄」，遂使「豎子」猖狂。
> 以致「河清」之盛世、天下「一平」的「冀」望依然遙遙
> 無期（未極），不知道要等（俟）到什麼時候？而自己雖有
> 淑世之心，無奈當時所從之主「非霸王之才」，所以自己就

〔註26〕俞紹初輯校，《建安七子集》，頁104。
〔註27〕注家有一派認為星月用以譬喻肅宗即位，而思明之亂未定，反對者
　　　　斥其穿鑿。筆者以「懷鄉」為主軸，認為此句乃詩人應及中原紛亂，
　　　　思平定而後歸鄉的心境，否則將無以說明末八句的承繼關係，以及
　　　　為何收束在「羈旅」情緒之中，

像那「征夫」一般，於茫茫天地中偶偶獨「行而未」得停
「息」。〔註28〕

杜甫與王粲之心跡相共鳴，讀〈成都府〉如〈登樓賦〉，杜甫將王粲的
「士不遇」之感進一步指涉中原的戰亂，此乃兩首不同之處。〔註29〕
在〈成都府〉與〈登樓賦〉的對讀之下，我們可見〈成都府〉的「憂
國」一面，即在於篇末的「羈旅」，將「遊子」與「征人」身分統合起
來，逼使讀者聯想到〈登樓賦〉中「惟日月之逾邁兮，俟河清其未極」
的憂患心志，進而將「中原」、「鳥雀」、「星月」等物色視為有諷刺之
意。讀者對於〈成都府〉的二重解讀，實是由「遊子」與「征人」的
不同視角詮釋，除了與「家國觀」相互呼應之外，「家國聯繫」的主題
並置現象在此之後形成一種寫作模式，屢屢見於各篇什之間。

小結

　　本節透過杜甫自秦入蜀的紀行組詩，試圖說明杜甫的家國觀如何
作用於詩作當中，並表現為家國聯繫表現模式。首先，杜甫自認「不
斷遠離核心」的狀態當中，這表現在「遊子」與「征人」兩個角色上
頭，「遊子」所對應的是思鄉主題，「征人」則對應到憂國主題，兩種
角色在行旅的道路上，時而重疊、轉換，成為一種獨特風格。其次，
在議論成分較重的詩作，如〈鳳凰臺〉、〈劍門〉，我們可見杜甫身處於
邊陲，卻心向家國核心的「回歸趨力」，此趨力源自〈發秦州〉的道路
隱喻，是對於未來歸處以及道德責任的空乏所欲調和的補償心理。「回
歸趨力」亦為家國聯繫的內在趨力。最後在〈成都府〉中，它作為杜
甫自秦入蜀的紀行詩之終點，除了表現詩人對於風土民情的不容己之
感外，其意義是「異鄉人」的自覺。「異鄉人」的角色別於「遊子」、

〔註28〕　郭永吉，〈王粲〈登樓賦〉結構分析及創作技巧探索〉，《淡江中文學
　　　　　報》第 21 期，頁 71～72。
〔註29〕　郭永吉以〈登樓賦〉的分段立論，將中間二、三段分為「懷鄉」與「士
　　　　　不遇」兩個主題，並於第四段收束之，使其有其章法結構之感。詳參：
　　　　　郭永吉：〈王粲〈登樓賦〉結構分析及創作技巧探索〉，頁 81～82。

「征人」，若說二者的回歸趨力是在道路隱喻中顯現，那麼，異鄉人的回歸趨力，具體表現在原是懷鄉主題的「羈旅」、「阻歸」，這涉及了杜甫「欲歸而不可歸」的焦慮心理，以及天下未靖，自身卻居處於邊陲的愧疚感。

第三節　平天下／歸家：詩聖的價值階序

本章首節提出「核心—邊陲」的家國觀，次節則從家國觀的運用中舉出「回歸趨力」的概念，說明為何一詩之中為何能同時出現遊子與征人的角色——此乃「家國聯繫」所欲突顯的主題並置現象；接著，本節析論「主題並置」所揭示的價值階序，也就是當面對無法歸去的現況時，要如何安頓「士」的道德失責。筆者將於成都時期的詩例當中，勾勒出「憂國」與「懷鄉」的價值衝突（也就是既無法歸鄉，卻仍要憂心於國事的心態），以及杜甫在詩作中的權衡與抉擇。由家國聯繫看待「詩聖」的特質，即是杜甫無論身處邊陲、遲暮身老、鬱不得志等種種因素，卻仍堅守自身的「稷契之志」，此不改之志具體表現在「平天下／歸家」的價值階序。

（一）初抵成都的憂國之情

杜甫自抵成都、興築草堂後，度過一段較為悠閒的時光。〔註30〕然而，自安史之亂以來的動亂與藩鎮還未結束，自身安頓並非等同心境的安穩，例如〈雲山〉便透露出期待親友信息，身體又有「衰疾」以及亟欲回鄉的想法。〔註31〕〈遣興〉則是淺明地道出自己的處境：

> 干戈猶未定，弟妹各何之。拭淚霑襟血，梳頭滿面絲。
>
> 地卑荒野大，天遠暮江遲。衰疾那能久，應無見汝期。（頁322）

〔註30〕關於杜甫成都巴蜀時期的閒適詩作研究，可參考：李欣錫，《杜甫巴蜀詩「生活」題材研究》（國立臺灣師範大學國文研究所碩士論文，1999年）。

〔註31〕〈雲山〉：「京洛雲山外，音書靜不來。神交作賦客，力盡望鄉臺。衰疾江邊臥，親朋日暮迴。白鷗元水宿，何事有餘哀。」（頁322）

此詩語意平實，情感卻是深刻。由干戈戰亂導致弟妹四散，詩人儘管拭去臉上淚痕，但沾襟的血痕卻無法抹滅，欲梳理裝容卻仍滿面髮絲，此展現了戰事下顛沛流離的困窘情境。從「干戈」與「弟妹」的對舉，除了突顯戰事將親人阻絕之外，「猶未定」與「各何之」暗示了戰事綿延不止，尚未能使人心安的憂患意識。足見杜甫雖暫時閒居草堂，卻仍心繫家國的儒者胸懷。頸聯以天、地之疏遠感、荒野暮江的意象襯托自身的寥落無適，尾聯則收束到身體衰老與相見無期的哀事之中。頸聯所渲染的空間感與尾聯烘托的時間感，刻畫出離鄉之人的心理狀態。在離鄉人的眼中，眼前之景往往會聯繫到遠方的家園，如〈出郭〉的「故國猶兵馬，他鄉亦鼓鼙」（頁334），兩地之聯繫，往往會顧及時、空兩面的拉鋸。又如〈恨別〉所經營的情志：

> 洛城一別四千里，胡騎長驅五六年。草木變衰行劍外，兵戈
> 阻絕老江邊。思家步月清宵立，憶弟看雲白日眠。聞道河陽
> 近乘勝，司徒急為破幽燕。（頁334）

首聯「洛城一別」指的是杜甫離鄉入蜀之事，「胡騎長驅」則泛指安史之亂以來的中原兵燹，詩人將離鄉與國事相對照，猶言自身處蜀是被戰亂所驅趕而至；這層因果關係深刻的在懷鄉詩作重複操作，也是杜甫藉寫實筆法舒張離鄉心緒的理由。次聯延續上聯的因果關係並深化之，言「我」行旅在外的境況，以及遭兵戈「阻隔」的現實。也由於詩人被阻隔在外，故而思家、憶弟，也造成「清宵立」、「白日眠」夜不成眠的焦慮感；黃生說此乃「情緒無聊之狀」，乃就杜甫處蜀的一面言說，若論及他對「關中」情勢，則顯得緊張難耐、坐立難安。尾聯以戰事告捷作終，詩人彷彿看見回鄉的希望，但能否如願仍是未知。

從〈遣興〉與〈恨別〉當中可知，杜甫雖處成都的閒適歲月，但心中掛念常繫心頭——中原戰事未弭，連帶的是自身受阻而無法歸鄉。在〈建都十二韻〉中，杜甫藉由非議朝廷政策以表明天下太平的祈願，開頭「蒼生未蘇息，胡馬半乾坤」以士人的立場勸諫朝廷，認為應以安內為先，建都之事不宜此刻商討。然而杜甫此詩並

非全然議論，中段便開展詠懷、自述：

　　　牽裾恨不死，漏網荷殊恩。永負漢庭哭，遙憐湘水魂。

　　　窮冬客江劍，隨事有田園。風斷青蒲節，霜埋翠竹根。

　　　衣冠空攘攘，關輔久昏昏。願枉長安日，光輝照北原。（頁338）

此段可視為杜甫「流離」至蜀欲還的自白。〔註32〕「牽裾」二句，仇兆鰲以為「牽裾，為救房琯。漏網，謂謫司功」，乃指疏救房琯獲罪一事。杜甫面對「不死」、「漏網」的再造之恩，至今仍銘感五內，但欲投效廟堂之志仍懸而未解，故以賈誼、屈原的遭遇自比，顯其自怨自艾之情。在流離狀態下的「諫臣」無法發聲，僅能客居成都，所幸有田園小產維持生事，然不能自己的「丹心」猶如斷裂之青節、霜埋之竹根，無法見於世道。〔註33〕杜甫感嘆羈旅在外之際，又思及關中喪亂未弭，呈現「攘攘」、「昏昏」混亂不明的態勢。「長安日」化用《世說新語》中「日與長安孰遠」之事，雖是機智問答之趣聞，但杜甫卻用一種深刻的心情看待，認為「日」與「長安」乃俱遠不可及，而這是由離鄉處境所致的「望長安」之舉。杜甫此刻省視當下的「窮冬客江劍」，乃是身處邊陲、遠離核心，此差異感是由「羈旅」派生而來的「憂國」之情。「長安日」既是典故也是當下的「所見」與「不見」：杜甫藉由日光之形象發願，希冀唐宗室能重振朝綱，將河北亂象平定；同時，因身處劍外而無法望見長安，如同賈誼、屈原遭到放逐。

　　由〈建都十二韻〉觀察杜甫度隴入蜀後的心事，乃知杜甫聞知朝

〔註32〕楊倫注曰：「牽裾以下皆自敘。公以陷賊孤臣，擢居兩省，凡國大政，義當直言。此段正傷己之削跡流離，不能參預朝議以進諫也。」仇兆鰲也採此說：「此傷削跡流離，不得參預朝事。」楊倫，《杜詩鏡銓》，頁338；仇兆鰲，《杜詩詳注》，頁776。

〔註33〕此解援引自單復的說法：「今當窮冬，風斷青蒲之節，霜埋翠竹之根，自傷流落蜀梓，而丹心不能自己也。」單復，《讀杜愚得》，《杜詩叢刊》（臺北：大通書局，1974年，據明宣德九年江陰朱氏刊本）第二輯，第28冊，頁598。「青蒲」典出史丹事，杜甫〈壯遊〉亦有「斯時伏青蒲，延爭守御床」之句。則知此聯非單純寫景，乃回扣任拾遺之事。

廷政策，儘管沒有權限對朝廷進言，但仍作詩以明志；其中最沉痛的心情表現在「離鄉」的情景之中，而杜甫之所以能將離鄉與憂國聯繫，實與兩京乃杜甫生長之處的緣故，其「方向性的同一」造就了兩種情感的相合、共感。我們可以說，杜甫成功的調和「思鄉」的私人情感到「憂國」的儒者性格，這使得「議論」與「抒情」並置於一詩之中，這也是〈建都十二韻〉動人之處。

綜上所述，筆者透過〈遣興〉、〈恨別〉、〈建都十二韻〉，說明杜甫經過「一歲四行役」的顛簸行旅之後，在相對安逸的處境之下，仍有著心繫親友、憂患國事的心志。由此可知，杜甫身在「邊陲」所憂慮之事，不外乎「核心」的「家事」與「國事」，兩者常被置於一詩之中，形成悲壯的情感表現。由詩例當中也可見得，杜甫初抵成都時心有餘悸，頻繁提及「干戈猶未定」、「兵戈阻絕老江邊」、「蒼生為蘇息，胡馬半乾坤」，而尚未有久客思鄉的「阻歸」心理。在第二部分當中，筆者將從成都時期的寄贈詩當中，說明由對話情境所衍生出的「阻歸」之情如何成為主題並置的重要因素。

（二）寄贈、應酬詩中的「阻歸」之情與「平天下」之志

在上一個部分中，筆者認為杜甫初抵成都，所憂所慮皆涉及家事與國事，但其思鄉之情尚不明確。若觀察此時期的寄贈、應酬詩作，在對話的情境之下，杜甫必須描述自身處境，其中便會涉及「成都」之於「長安」的相對關係，從這當中，便可見得杜甫身為異鄉人的情感樣貌，也就能夠見得家國聯繫的現象。杜甫初抵成都時有關社交的詩作，也反映他對政局的關懷，但由於遠離政治中心，故在談論戰事的同時，也會論及自身阻隔在外的鄉愁。杜甫在成都的回贈詩作有二，分別寄與楊譚及張叔卿，以下依次析論。

杜甫給楊譚的詩作中形容廣州「漢節梅花外，春城海水邊」，結尾「貧病他鄉老，煩君萬里傳」，頗有同病相憐之意。由此可側面觀察杜甫對於同樣處於中心之「外」、「邊」的士人，也懷抱著「他鄉老」

的自我描寫，隱然在此地（成都）、彼地（楊譚所處，即廣州）之外，另繫一處「故鄉」，除突顯杜公自京兆出身，也向對方揭露己欲返鄉的心情。此詩正好能夠說明杜甫入蜀後的家國觀，仍呈現以「核心—邊陲」的同心圓式架構。

除上述寄贈楊譚的作品，杜甫也寄給位於廣州的張叔卿。在詩中，杜甫向同樣身處邊陲、異鄉的友人表達異鄉人的鄉愁，並借詩聊以寬慰。此詩涉及三個地點：廣州、鄉關（中原）、蜀城，鄉關位居「宇宙」之中，廣州、蜀城則是邊陲地帶，此種家國觀念，使得讀者必然的在意杜甫是如何描述三者之間的關係。〈得廣州張判官叔卿書，使還以詩代意〉：

> 鄉關胡騎滿，宇宙蜀城偏。忽得炎州信，遙從月峽傳。
>
> 雲深驃騎幕，夜隔孝廉船。卻寄雙愁眼，相思淚點懸。（頁380）

首聯便開宗明義的點出史朝義據東都的史實，且倒反核心／邊陲的位置：「胡騎」本應處在國之邊境，如今卻長驅直入；「我」原本處在東都，如今卻趨之別院，身處他鄉。鄉關／胡騎的對照在下句重現以宇宙／蜀城的「偏」至關係，又同時有著因果關係：因鄉關遭胡騎佔據，故我流落至蜀城。此時杜甫忽得友朋信件，便有相憐之慨，然詩人與讀者的距離是重重隔阻，「遙傳」、「雲深」、「夜隔」的意象重複出現，只為在結尾處迸發——我心中鬱悶的情緒，在收到老友書信後尋得宣洩口，欲翹首盼望卻不可見，聊以此詩代替雙眼，將此相思之意抒發。趙星海的釋意甚佳：「嘆窮老之羈旅，思良朋之榮遇，流連箋札，俯仰江山，已獨何心能復無情，然而雲深夜隔，愁眼空懸，亦祇欲寄此雙淚以耳。」[註34] 詩人身老羈旅之境遇，此情此心受阻而更為高漲，進而流連箋札、俯仰江山；由此見得杜甫論及同處為邊界的親友，在蜀地與炎州、廣州之外，也關懷著「第三地」，也就是故鄉／家國身上。杜甫思念、憂慮故鄉，延及國家的安危，實是有其感同身受的基

〔註34〕趙星海，《杜解傳薪》卷三，《杜甫全集校注》，頁2479。

礎，並非無來由地反映時局。

　　從寄贈的兩首詩當中，可見杜甫身在成都寄給遠方友朋，除了敘寫兩人的相思相念之情，背後有著家國觀的運作，詩中也提及故鄉遭據的隱憂，足見杜甫自覺地聯繫成都與中原的關係，當中呈現以懷鄉主題的「阻歸」之情、以及「憂國」的詩聖之志。

　　儘管杜甫在無法返鄉，但在與他人交往、送別情境亦會觸及離鄉、憂國之情。例如在〈贈別何邕〉時便以地勢譬喻分離情境：「綿谷元通漢，沱江不向秦。五陵花滿眼，傳語故鄉春」，「綿谷」比何邕、「沱江」以自比，而「元通漢」、「不向秦」，除表述兩人別離的情境之外，「不向秦」也意味著自身欲離開此地的衝動。另一個例子是杜甫與嚴武登臨之作，〈奉和嚴中丞西城晚眺十韻〉前半奉和嚴武的人事、品格，後半便從登臨開展思鄉、憂國之情：

> 層城臨暇景，絕域望餘春。旗尾蛟龍會，樓頭燕雀馴。
>
> 地平江動蜀，天闊樹浮秦。帝念深分閫，軍須遠算緡。
>
> 花羅封蛺蝶，瑞錦送麒驎。辭第輸高義，觀圖憶古人。
>
> 征南多興緒，事業闇相親。（頁 394）

杜甫從登臨遠望，企圖在「絕域」之中尋得與故鄉的相似之處，「春意」的生機盎然似乎是詩人望歸的契機，但「餘」字帶有時光流逝之感，望歸的另一面則是羈旅身老之嘆。「旗尾」、「樓頭」兩句寫近景，「地平」、「天闊」則窮目遙望，由視線的延伸所觸及之處，油然升起對彼地之情。在高城上，杜甫俯視則見成都江流蔓延蜀地、仰視（或是平視，因為詩人身處高處）則見蒼鬱連綿的山勢，而青山「浮」於秦地之上；俯仰視線，合而觀之，便是蜀地登臨寓目所及，然不可視的「秦地」卻隱沒在青山之外，從詩人望遠的「凝視」中，讀者得以窺得詩人的思鄉之情。由「登臨」區分出的蜀地與秦地，杜甫以嚴武為憑藉，使兩地有聯繫的可能性。具體來說，杜甫在此的聯繫方式以「入貢」表現；「帝念」以下四句乃是透過嚴武入貢的路途繫聯的手

法。「辭第」引霍去病事，是取「匈奴未滅，何以家為」之意，杜甫以此勉勵嚴武以國事為重，家事則輕；「觀圖」一句，朱鶴齡說指詠蜀道地圖一事，觀〈同詠蜀道地圖〉一詩，其「日臨公館靜，畫滿地圖雄」、「華夷山不斷，吳蜀水相通」，足見杜甫對於嚴武分闈劍南節度使，期望其必當盡守本份，以俟河清之日。末二句杜甫標舉祖先杜預功業為例，期勉嚴武能有一番豐功偉業，不僅回扣「奉和」的旨趣，也將未竟的祖業挹注在嚴武身上，彷彿是一種轉移、補償。由「辭第」以來四句對嚴武的期許、期望，杜甫不僅是對好友說教，亦藉此安頓自己處於「絕域」的心境：若天下未能太平，我豈能獨善其身？這儼然將「阻歸」的現實轉化為「平天下」之志向，「何以家為？」的階序價值被突顯出來，用以合理化滯留他鄉的現實。

　　綜上所述，在〈奉和嚴中丞西城晚眺十韻〉當中，我們從杜甫對嚴武的回應及期許可知，杜甫儘管身處邊陲、也無任朝廷之職，但他將「阻歸」之情扭轉為「平天下」之志，並試圖塑造一種價值取捨，即是「何以家為？」的價值階序。杜甫將「平天下」置於「歸鄉」之上的價值階序，正能突顯其「詩聖」的特質。

　　由「阻歸」轉化而來的「平天下」之志，在〈奉送嚴公入朝十韻〉同可見得，杜甫藉由嚴武入朝一事，抒發自身的不得志之遇：

　　　鼎湖瞻望遠，象闕憲章新。四海猶多難，中原憶舊臣。

　　　與時安反側，自昔有經綸。感激張天步，從容靜塞塵。

　　　南圖迴羽翮，北極捧星辰。漏鼓還思晝，宮鶯罷囀春。（頁404）

前十二句言嚴武昔立功於中原，而今召還回朝，必有一番成就。詩人由歷史的眼光看待嚴武此次入朝的意義：觀當今時局，肅宗即位，立法更新之象，嚴武昔時在中原的功業，實有「張天步」的復京之功，而後「南圖」入蜀，如今再度還朝，兩人儘管即將分別，但實是可喜之事。「漏鼓還思晝，宮鶯罷囀春」則承「北極」的眾星共主之意，揣想嚴武於天暗未明之際便待詔庭外，等候入朝晉見，此時宮

鶯已罷囀春，既言侍朝之久、也點出時節。〔註35〕此詩前半篇幅由時勢入手，一面說嚴武昔時的豐功偉業，另一面則期許嚴武如今自北迴南，必當有所建樹。詩文的下半段開始變調，顯露出詩人滯蜀的不快，將「丹地」（朝廷）與「錦城」（蜀地）相比，開展由現實困境而來的詠懷：

> 空留玉帳術，愁殺錦城人。閣道通丹地，江潭隱白蘋。

> 此生那老蜀，不死會歸秦。公若登台輔，臨危莫愛身。

嚴武入朝之後的空缺，其德治無法澤披於蜀，將使錦城人民無比惆悵；面對從劍閣直通朝廷的「歸返」之路，杜甫自比白蘋，「隱」於江潭之中。細玩詩意，杜甫即將目送一個自蜀地直通朝廷的官員，而自己卻被迫隱居草堂之中，其不堪的情境躍入眼簾，由「地點」的聯繫所引發之家國之思渲染開來。杜甫「隱」而不得歸，其不平之氣一洩而出：「此生那老蜀，不死會歸秦」。〔註36〕末二句回扣題旨，勉勵嚴公若登臨三公之高位，勿使貴己而輕天下。

　　由此詩可知，杜甫雖然自覺受阻他鄉，但是奉送嚴武入朝時，卻以人臣的身分告誡嚴武：「公若登台輔，臨危莫愛身」。杜甫不以滯留他鄉為恥，相反地，儘管不在朝中，他仍要以各種形式積極地維持與中央的關係，而「此生那老蜀，不死會歸秦」的宣言，便帶有「平天下」高於「歸鄉」的價值選擇；意即，杜甫以回歸廟堂為首要，而歸鄉只是第二次序的願望，儘管二者的意義相同。

　　在〈寄高適〉當中，則見杜甫較為私情的一面，與前一首相比，

〔註35〕此解稍異於楊倫、仇兆鰲，楊倫指「漏鼓」一句為「指蜀人思舊屬也」，於文脈不合；仇兆鰲則說「漏鼓」一句為「侍朝之久」、「宮鶯」一句為「夏時入覲」。筆者則注意到張綖的說法：「言今人入朝自南迴北，聽漏聞鶯於宮禁。」張綖，《杜工部詩通》，《杜詩叢刊》第二輯（臺北：大通書局，1974 年，據明隆慶壬申張守中浙江刊本），第 32 冊。杜甫揣想嚴武聽聞鼓漏、鶯囀於宮禁中，既點明入朝一事、亦帶出時節。

〔註36〕《杜甫全集校注》將解此句語氣更為肯定：「那，猶豈。會，定也。」《杜甫全集校注》，頁 2066。

此詩較不偏重於憂國之情，而是從對好友的關懷底下，論及兩地之勢：

　　楚隔乾坤遠，難招病客魂。詩名惟我共，世事與誰論。

　　北闕更新主，南星落故園。定知相見日，爛漫倒芳樽。（頁414）
杜甫送嚴武回朝之後，遇徐知道之亂而避於梓州，高適則代嚴武之位，
杜甫感念之，故有此詩。仇兆鰲以為首句表示梓州與成都之隔，筆者
以為，「乾坤」乃指秦地、朝廷，而非僅指涉高、杜二人之距離，如此
既能符合杜甫心意，也不使兩地有乾坤之隔的說法過於誇張。〔註37〕
若將此詩放回時代脈絡來看，代宗剛即位，又逢徐知道叛亂，此次調
職可見其兵荒馬亂；杜甫身處南方，坐看紛亂不止，遠憂近慮在寄予
高適的詩作中呈現。詩中首見便是「南」、「北」的相隔，南方的「楚」
與北方「乾坤」相對，而「病客」無力返北，此乃杜甫自述的語氣。
杜甫與高適交往甚深，並不會客套的讚頌對方的祖德，而是開宗明義
的闡述當下的心境，如先前寄詩給高適的開頭「故人何寂寞？今我獨
淒涼」，便是如此。次聯才提及高適，說明兩人雖在作詩方面有其地
位，但在國事紛擾之際卻無法有所作為，又兩人非處朝廷要位，難以
對天下有所助益。儘管杜甫說「與誰論」，其實也是對高適訴苦，頸聯
以「北闕」暗指代宗即位，而高適往南代職，杜甫則希望「南星」能
落腳故園，與之一句，共論世事。末聯則承接上聯意思，相約往後相
見日子，必當以酒肉相待。

　　由〈寄高適〉的分析可見，南北乖隔的意識縈繞在詩中，它是杜
甫愁思蠢動的現實因素。在自秦入蜀的過程中顯題化，旅途的終點「成
都」也成為杜甫離鄉的象徵地。例如，杜甫在〈送韋郎司直歸成都〉
中以回顧式手法再現初至成都的感慨：

〔註37〕杜甫將「乾坤」比擬秦中、朝廷的詩例有：〈投贈哥舒開府翰二十韻〉、
　　　　「日月低秦樹，乾坤繞漢宮。」（頁71）〈九日登梓州城〉「弟妹悲歌
　　　　裏，乾坤醉眼中。」（頁416）〈有感五首〉其二「幽薊餘蛇豕，乾坤
　　　　尚虎狼。」（頁494）〈奉漢中王手札〉「國有乾坤大，王今叔父尊。」
　　　　（頁660）足見杜甫寄給高適詩的首句，可能不是指兩人之間的距
　　　　離，而是點出兩人同遭兵燹流離的情境。

　　竄身來蜀地，同病得韋郎。天下兵戈滿，江邊歲月長。

　　別筵花欲暮，春日鬢俱蒼。為問南溪竹，抽梢合過牆。（頁452）

杜甫認為與韋郎司〔註38〕同是「竄身」一人至蜀，進而同病相憐，兩人離鄉背井來到蜀地的遭遇，自然勾起杜甫初至成都府的感受：「但逢新人民，未卜見故鄉。大江東流去，遊子日月長」，在此詮釋為：「天下兵戈滿，江邊歲月長」，將兩人無法北歸的理由點出。兩首情調相似，滔滔江水猶如無止的歸思、也代表歲月流逝、亦是乘船出峽的起點，種種懷鄉衝動卻因「天下兵戈」而阻歸，也帶出「竄身滯蜀」更深一層的感慨。「別筵」將詩人思緒拉回當下，所見只是花色欲暮、磋跎歲月，春意盎然的萬物，卻更反襯兩人鬢髮蒼蒼的老態。此時杜甫身處梓州，目送韋郎司回成都時，不禁思及成都旁的故園草堂，揣想此時草堂牆外的竹子應以高過圍牆，往堂內伸展。杜甫提及成都草堂而非中原的故園，除扣緊韋郎司的赴成都的題旨外，對他而言，草堂是竄身蜀地後的客居之所，如今避難梓州，連客居的草堂都無法歸返，而本屬青山之外的戰亂，卻禍延成都，杜甫儼然是「客居之『客』」。

　　從〈寄高適〉與〈送韋郎司直歸成都〉兩詩可知，雖然無正面描寫中原，卻由此見得杜甫將天下安定優於返鄉的階序概念，猶是〈寄題江外草堂〉中「干戈未偃息，安得酣歌眠？」的憂患意識。

　　杜甫在梓州時遇徐知道叛亂，雖經月餘平定，憂患意識卻是深植在生命中，並由詩歌表現出來，請看〈陪章留後侍御宴南樓得風字〉：

　　絕域長夏晚，茲樓清宴同。朝廷燒棧北，鼓角漏天東。

　　屢食將軍第，仍騎御史驄。本無丹灶術，那免白頭翁。

　　寇盜狂歌外，形骸痛飲中。野雲低渡水，簷雨細隨風。

　　出號江城黑，題詩蠟炬紅。此身醒復醉，不擬哭途窮。（頁458）

〔註38〕據《杜甫全集校注》考證，此詩的韋郎司疑是韋津，當時與杜甫同在梓州，與之後〈投梓州幕府兼簡韋郎絕句〉的韋郎是不同人。《杜甫全集校注》，頁2854。

杜甫因於梓州時參與章侍御的宴會，席間觥籌交錯，遂飲酒賦詩以記
此宴。陪宴賦詩本是樂事，然觀詩中盡為牢騷之語、慷慨之情，也難
怪單復讀此不禁說此乃「愛君憂國」之心。〔註39〕詩人首先點出所在
地是「絕域」之中的「南樓」，次聯便由此地聯繫到彼地，但「阻歸」
的意象仍在：廣德元年吐蕃入大震關，杜甫以「燒棧」來形容朝廷抵
抗入侵，而梓州在「漏天」之東，故杜甫「西歸草堂」不能，「北歸朝
廷」更是無望。〔註40〕接著，杜甫於宴會中不免酬謝主人之食宿，但
立即轉入層層的頓挫，「那免白頭翁」是詩人對生命蹉跎的焦慮、亦
是亟欲還鄉的嚮往，「形骸痛飲中」則將身體苦楚與寇盜作亂的人民
苦痛相繫，推己及人式的將私己苦痛擴張至整個時代的悲劇。對此表
現，讀者很自然地將詩人的感懷理解為自安史之亂以降，離鄉入蜀的
總體會，故而將「寇盜狂歌外，形骸痛飲中」視為「歷時性」、「跨空
間」的憂患話語，反覆吟詠、愈顯悲沉。「野雲」兩句，寫南樓宴中即
景，不如說是座中「痛飲」所見之情景，有風雨飄搖的惆悵感受。二
句是全詩唯一的寫景之句，野雲低壓渡水，彷彿是阻隔「渡水」的行
進，簷前細雨飄搖，有身不由己之感慨，杜甫以「渡水」、「細雨」揭
露自我心境，甚為精細。「出號」呼應前頭「盜寇狂歌」在外的危難，

〔註39〕浦起龍說：「詩當是最後所成。但自寫牢騷，絕不周旋世法，狂豪之
　　　　態如見。」而單復言：「末二章雖皆若自寬之詞，而有至悲之意寓焉，
　　　　其愛君憂國之心，真一飯不忘君者與！」可見杜甫雖處宴中，卻借著
　　　　酒大發羈旅他鄉之愁悶，從中顯現的憂國之情也躍然紙上。《杜甫全
　　　　集校注》，頁2882。

〔註40〕此詩前四句點出杜甫憂慮「犯邊」的焦急情態，稍後的〈王命〉則
　　　　針對此憂慮連級成篇，其曰：「漢北豺狼滿，巴西道路難。血埋諸
　　　　將甲，骨斷使臣鞍。牢落新燒棧，蒼茫舊築壇。深懷喻蜀意，慟哭
　　　　望王官。」（頁471）其中，將「漢北」與「巴西」對比，望其「王
　　　　命」能「喻蜀」至邊陲地帶。從〈王命〉篇末「望王官」的動作可
　　　　看出兩層意義，一面是承襲六朝「望京華」的慣習，另一面是杜甫
　　　　因「道路滿」、「道路難」的困境，進而「深懷」之、「慟哭」之的反
　　　　應。這是由己之困頓興發，藉由兩地相繫而迴盪的家國之思，即「憂
　　　　患意識」的生發過程，在〈陪章留後侍御宴南樓得風字〉則濃縮為
　　　　四句表現。

詩人卻只能在燭火下題詩吟詠，一外一內、一行一止，映襯詩人「困」
於此地的境況。最後與阮籍行跡對照，他不願「哭途窮」，點出當我們
面對世變下的種種紛亂、鬥爭時，該以何姿態回應時代的問題，阮籍
背對著世道，然杜甫卻更加挺立在世間之亂流中，試圖找尋因應之道。

　　從〈陪章留後侍御宴南樓得風字〉的分析中，可知杜甫價值觀所
具含的的價值取捨從兩方面彰顯：一是外在紛亂與自我處境的對比，
並將世界的苦痛視為自身的痛楚，二是面對世道崩亂，杜甫不若阮籍
的消極迴避，反倒挺身對抗亂流，以積極的態度面對之；此種情感表
現，可謂儒者的「仁者」，亦是「聖賢」的胸懷。難得的是，杜甫雖然
自覺為阻隔他鄉之人，其憂慮國事的心志不減反增，借由飲酒讌集，
同情共感地將國事視為私事，時常掛懷心中；也就是說，儘管在〈陪
章留後侍御宴南樓得風字〉當中沒有看到杜甫對懷鄉主題的闡發，但
詩人在情意轉折時所倚賴的情感，正以懷鄉為基礎，進而展開的憂國
憂民之思。

　　綜上所述，第二部分經由寄贈與應酬的詩作的分析，認為此時詩
作大多是從現實「阻歸」與「憂國」心志的激盪中產生，兩造隨著「回
歸趨力」產生共鳴，乃透過各種題材、場合以譴懷之。杜甫身於「邊
陲」，卻時刻不安於此地，進而透過詩作所表現出的「平天下」之志，
且視「平天下」為「歸鄉」之先。此種價值階序，正是由家國聯繫表
現模式所突顯的詩聖特質。

（三）「家國聯繫」所突顯的價值階序

　　透過上一部分的分析，得知杜甫在寄贈、應酬詩中將「平天下」
置於「歸鄉」之上的價值階序，然而，杜甫在歷經蜀中的動亂之際，是
否會消磨他的心志？本節第三部分將著重於杜甫奔走梓、閬之間，而
後回歸草堂期間的詩作，說明即使在動亂之際，杜甫反而更希望回歸
廟堂，為國家盡一分力的價值觀。此價值觀在「家國聯繫」當中表現為
「回歸趨力」與「阻歸」之間的衝突，並從中激盪出詩聖的悲壯情感。

　　杜甫送嚴武入朝之後，旋即遭遇徐知道之亂，〈嚴氏溪放歌行〉，
開頭四句便諷刺此事：「天下兵馬未盡銷，豈免溝壑常漂漂。劍南歲
月不可度，邊頭公卿仍獨驕」（頁486）詩人著眼於大時代，憐憫兵卒
百姓皆遭戰火波及，而鎮守邊疆的將軍公卿卻不為所動，思及此，便
痛下偕隱之語：「獨覺志士甘漁樵」。杜甫自覺處在羈旅漂泊的狀態，
眼前所見盡是「阻隔」的意象，〈對雨〉便是一例：

　　　莽莽天涯雨，江邊獨立時。不愁巴道路，恐溼漢旌旗。

　　　雪嶺防秋急，繩橋戰勝遲。西戎甥舅禮，未敢背恩私。（頁470）
杜甫是在廣德元年秋天寫下這首詩。〔註41〕詩人在江邊獨立觀眼前漫
天大雨，必然心中有所憂慮之事，故以下六句便藉著詩人「對雨」所
感來開展。杜甫由大雨的屏蔽聯想到未來的道路，又進一步思慮此時
正處「防秋」的重要時期，兩相權衡，仍以國事為重，其言「不愁」、
「恐溼」便是有價值選擇的意味；仇兆鰲串講兩句甚為精到：「雨時
獨立，憂思並起，故不愁身經梓閬，巴路崎嶇，但恐征人逢雨，旗溼
難行耳。」〔註42〕由「雨勢」思及「路阻」，又從「路阻」慮及「征
人」，杜甫可謂「憂國無時休矣」。〔註43〕杜甫將「憂國」視為「懷鄉」
的先決條件，在此詩已經很清楚表現出來了。同樣的想法在〈歲暮〉
中也可見得：

　　　歲暮遠為客，邊隅還用兵。煙塵犯雪嶺，鼓角動江城。

　　　天地日流血，朝廷誰請纓。濟時敢愛死，寂寞壯心驚。（頁483）
詩人首先意識到自己「客」的身分，下句「還」字有復加、深沉的意
味，將羈旅在外與邊事用兵兩事繫在一起。由「客」與「兵」互為因

〔註41〕詩評家對〈對雨〉是在梓州或是閬州所作有所討論。黃鶴訂此詩為從
　　　梓州赴閬州時作，仇兆鰲從此說；邵傅以「不愁巴蜀路」判斷此乃杜
　　　甫自閬回梓時所作，楊倫從之。各家說法請參《杜甫全集校注》，頁
　　　2955。

〔註42〕仇兆鰲，《杜詩詳注》，頁1035。

〔註43〕李因篤曰：「著意寫『對』字，知憂國無時休矣。」李因篤，《杜詩集
　　　評》，卷八，《杜甫全集校注》，頁2957。

果，杜甫既是因兵禍必入蜀中，也因兵禍滯於此地，次聯營造此地煙塵鼓譟，危機四伏的氣氛，頸聯指向彼地，將「朝廷」拈出，探問將帥何人何用。杜甫由邊地警急的事件，聯繫起蜀地與朝廷皆為困窘的情境，最後挺身欲言奮起的道濟天下之志「濟時敢愛死」，卻意外地收束在落寞的情緒間。「寂寞」的情緒，乃因在天邊為「客」，「壯心」則是見天地流血，為憐憫蒼生而起，「驚」字成為「寂寞」中奮起「壯心」的過程，然此心是稍縱即逝、或是縈繞心頭？我們或可揣想，杜甫身在天邊，羈旅漂泊，是「寂寞」的心境，然眼見、聽聞戰禍又起，那沉潛徘徊已久的「壯心」便會滿填胸臆，恨不得立即動身回鄉，為國家社稷捐軀效力；仇兆鰲以為「言當寂寞之中而壯心忽覺驚起，以世變方亟故也」，此語相當貼合杜甫的性格。

從〈對雨〉及〈歲暮〉當中可知，杜甫身處邊陲所感受到的重重阻隔以及內外戰事都無法止息的隱憂，而最後的「濟時敢愛死，寂寞壯心驚」既有〈鳳凰臺〉當中的奉獻精神，同時也多添一份「寂寞」的心緒。這個「寂寞」的情感，恐怕也有「阻歸」的意味，意即在「核心—邊陲」的國家觀中，杜甫是被排拒在外的士人，卻又有著強烈的「回歸趨力」，而「壯心」正是將「平天下」視為最高價值的表現。

在〈歲暮〉的末句「寂寞壯心驚」中，筆者認為杜甫客居異鄉的意識深植於詩歌作品，當中的「寂寞」與「壯心」互相頡頏，從中便得有道德價值的選擇。此道德價值的核心便是以「國家存亡」為第一考量，杜甫因避亂而往於返梓、閬之間，也許在途中中見吐蕃蠢蠢欲動，也或許是得知廣德元年（763）十月吐蕃攻陷長安，心中「安史之亂」的陰影猶存，故「壯心」激盪不已。兩次陷京的現實使得杜甫的「歸心」渺茫，「壯心」彌加蒼涼。是年十二月代宗便還長安，隔年春天，杜甫寫下追憶此事的組詩，題為〈傷春五首〉，筆者欲由此觀察「壯心」的變化情形：

其一：

天下兵雖滿，春光日自濃。西京疲百戰，北闕任群凶。
關塞三千里，煙花一萬重。蒙塵清路急，御宿且誰供。
殷復前王道，周遷舊國容。蓬萊足雲氣，應合總從龍。

其二：

鶯入新年語，花開滿故枝。天清風捲幔，草碧水通池。
牢落官軍遠，蕭條萬事危。鬢毛原自白，淚點向來垂。
不是無兄弟，其如有別離。巴山春色靜，北望轉逶迤。

其三：

日月還相鬥，星辰屢合圍。不成誅執法，焉得變危機。
大角纏兵氣，鉤陳出帝畿。煙塵昏御道，耆舊把天衣。
行在諸軍闕，來朝大將稀。賢多隱屠釣，王肯載同歸。

其四：

再有朝廷亂，難知消息真。近傳王在洛，復道使歸秦。
奪馬悲公主，登車泣貴嬪。蕭關迷北上，滄海欲東巡。
敢料安危體，猶多老大臣。豈無嵇紹血，霑灑屬車塵。

其五：

聞說初東幸，孤兒卻走多。難分太倉粟，競棄魯陽戈。
胡虜登前殿，王公出御河。得毋中夜舞，誰憶大風歌。
春色生烽燧，幽人泣薜蘿。君臣重修德，猶足見時和。（頁487）

「傷春」一詞出自《楚辭‧招魂》：「目極千里兮傷春心。魂兮歸來哀
江南。」[註44] 其「目極千里」是揣想登高遠望所見，「哀江南」則
呼應庾信在〈哀江南賦〉的鄉關之思。詩人從春意盎然當中翻出家國
之思，將原屬「士」的悲秋之情與傷春之情相混合，並且透過長篇組
詩結構深化傷春之心，是〈傷春五首〉不同於前人之處；[註45] 這也

[註44] 洪興祖，《楚辭補注》，頁341。
[註45] 杜甫以前使用「傷春」為題者，以沈約〈傷春詩〉為代表，其後是孤

意味著，詩人於其間所展現的手法、情思，甚至章法結構，都成為傷春主題的新典範。杜甫的「傷春」感受，簡要說明就是在〈江亭王閬州筵餞蕭遂州〉當中「離亭非舊國，春色是他鄉」的異地感慨。從歷來評論家的分析，大約可見〈傷春五首〉的題旨與章法，以第一首為總綱，後四首重複旨意，[註46] 這個解法是對著「本事」的情感反應而言，也就是受到吐蕃陷京一事所觸發的感懷。但是，「感春色」的時節意義卻被忽略了，若回顧杜甫在安史亂後所作的〈春望〉，便明白詩人當年在花團錦簇的日暖時節中所感受到「國破」與「城春」之破敗氛圍。[註47] 如今，杜甫流離在外，聞知吐蕃陷京，在春光爛漫的時節中所作的〈傷春五首〉，隱隱然與當年〈春望〉相互輝映，其思維興發、結撰之結穴，在於居處異地時，經由「遠望」聯繫而來的家國悲慟。

　　綜合以上兩條脈絡，〈傷春五首〉在文學傳統以及個人經歷（本

獨及（725～777）的〈登後湖傷春懷京師故舊〉、〈傷春懷歸〉、〈傷春贈遠〉三首作品，「傷春」主題才開始有遠懷地方的意思，至中唐則以孟郊〈傷春〉為代表，已經明顯有受杜甫的影響。本文言「移悲秋於傷春中」的意思是：儘管遠在《詩經》就有傷春主題，但於技巧、情思都與〈傷春五首〉迥異，杜甫的「傷春」顯然是從別的傳統移植而來。究其原因，筆者且引錢鍾書在《管錐編·毛詩正義·七月》的意見，該書認為「傷春」源頭自《詩經·七月》，且表現女子「女心傷悲，殆及公子同歸」的欲嫁心情，此乃是傷春的原始意義，並且傷春與悲秋乃與相對，有性別區分的感傷方式，故《傳》云：「春，女悲，秋，士悲」，其「懷春」也是相同意思。與其說杜甫的「傷春」沿襲自《詩經》，不如說杜甫另闢蹊徑，以《楚辭·招魂》為出發點，開展類似於「悲秋」的抒情方式。錢鍾書，《管錐編》（北京：三聯書店，2007 年），毛詩正義「七月」條，頁 221。

〔註46〕浦起龍說：「五詩大旨，誌失國之感，而切還京之望也。」王嗣奭則云：「五首皆感春色而傷朝廷之亂也。」浦起龍，《讀杜心解》，頁 737；王嗣奭，《杜臆》，頁 182。

〔註47〕〈春望〉：「國破山河在，城春草木深。感時花濺淚，恨別鳥驚心。烽火連三月，家書抵萬金。白頭搔更短，渾欲不勝簪。」（頁 128）在精緻短小的篇幅裡，詩人便已經將「國」與「家」迭次詠懷，並與生命流逝相對照，將國破家亡的情感昇華為人性本質的傷痛。

事）方面，都有特別的意義，且亟需後人深入研究。本文將以「家國聯繫」的視角剖析之。筆者認為，杜甫以〈招魂〉的架構，演繹出「目極千里兮傷春心」的招魂儀式，藉由招魂儀式中的招者／被招者的主從關係，其間蘊含「家國觀」與價值階序。

　　杜甫藉由「春意」來表達破敗之感，已有〈春望〉為前例，而〈傷春五首〉正是重複、深化〈春望〉的傷春之情。〈傷春五首〉首章首聯與〈春望〉起筆相似：天下兵雖滿／國破山河在，春光日自濃／城春草木深，言國家雖處烽火之中，但春光卻不會因人禍止歇，故詩人眼前所見所感與心中憂患相互乖離，又互相矛盾。〔註48〕詩人無疑地側重在憂患之心，故描寫眼前景致是「關塞三千里，煙花一萬重」，將煙花視為「阻歸」的外在因素，春意盎然的植披樹木被視為障礙，顯然與先前與花、鳥交感的情調不同，此是杜甫入蜀後態度轉變的證明。首章將滿腹牢騷傾洩而出，乃承自「天下兵雖滿」一語開展，次章便承著「春光自日濃」一句，描摹眼前之景。詩人面對爛漫生意，卻仍放不下憂患、擔憂之心，「牢落」二句又重彈詠懷國事的舊調，接著將對春感時的「白頭搔更短」轉化為「鬢毛原自白，淚點向來垂」，實為相同心事，結尾處將「煙花一萬重」上翻一層，試圖透過遠望將巴山靜謐春色的背後——意即隔山之外的景、事看透，「北望」將望歸、憂國的複雜心緒收攝在一個動作之中，並留下「轉逶迤」的心境曲折處留予下章發揮。「逶迤」的心境是三、四章的章旨，杜甫藉由「北望」將魂、神邁入中原，想像君王在乘輿播越於道路的情狀，並憾恨自己未能「應合總從龍」。所以說，杜甫是「身」隔於外而「魂」入其間，杜甫是在遠望的距離下憂懷國事，在想像中完成身體與國家共感的聯繫作用。在末章春色才又回眼前，此意味著杜甫遠遊的終結，故描寫

〔註48〕杜甫將「天下」與「山河」視為故鄉中原的代指，乃是就相對位置而言，如〈南池〉有「干戈浩茫茫，地僻傷極目」（頁500），〈地隅〉有「江漢山重阻，風雲地一隅」（頁936），〈天邊行〉有「天邊老人歸未得，日暮東臨大江哭」（頁476）都是將自身放置在天地山河的邊界地帶，因而論之。

當下「春色生烽燧，幽人泣薜蘿」，回扣首章「春光日自濃」的乖離感，春色盎然中卻生兵燹烽燧，自己卻只能如幽人般「余處幽篁兮終不見天，路險難兮獨後來」，困於此地的意識甚為明確。杜甫自白困頓於深山之中，而欲脫此地束縛的目的是為了實現「君臣重修德」的報國心志，「傷春」題材到了杜甫手中，成為扣應時事的絕妙題材，「春日」與「烽燧」恰巧能夠表現杜甫獨放天邊，不願自安而亟欲歸返報國的情志；這樣的心態與歲暮時節所寫下的「寂寞壯心驚」相同。

〈傷春五首〉與〈招魂〉除了在情感上相承以外，在寫法上也有呼應之處，特別表現在「外陳四方之惡，內崇楚國之美」的內／外之分上頭。對杜甫而言，自己形同游離在外的魂魄，中原是魂歸之所，然而，本應「內美」的國家社稷，如今卻也遭戰火波及，成了內外皆惡的情況；內外交迫的情景促使杜甫茫然四顧而招己之魂，翻轉〈招魂〉結構中的招／被招的主從關係，以「去惡」的憂患之心成為魂歸的動機。所以，面對吐蕃陷京的史實，杜甫將其理解為「內美」的漢文化中心被異端的「外惡」侵入，故中原秩序混亂、價值顛倒的情狀成為杜甫心中揣想的情景。在具體方面，〈傷春五首〉中對於四方的詞彙，如「西京」、「北闕」、「北望」、「北上」、「東巡」、「東幸」，獨缺「南方」顯然是有意為之，除顯示自身處於南方外，更呼應「誰憶大風歌」中「安得猛士兮守四方」的呼告，表明欲自南往北的企圖。儘管對於傷春主題沿襲自《楚辭》，但是杜甫對於南方習俗仍有抗拒心態；〈傷春〉作於廣德二年春季，前一年秋季作有〈南池〉，其中「歌舞散靈衣，荒哉舊風俗」一句，就被認為是「諷巴俗富而好巫」的作品。

綜上所述，若由家國聯繫的角度觀察〈傷春五首〉，可知由招魂的主從關係所突顯的「家國觀」，是「核心」遭受外惡侵入，又自身卻排擠到「邊陲」的價值倒錯的情形。〈春望〉與〈傷春五首〉寓目所及的殘破感相異的是，前者以「家」作為關懷對象，後者以「國」為主，處處可見「阻歸」的困境以及憂國之情切。從〈傷春五首〉三次提及春色的句子，也可見得杜甫傷春之心的頓挫：首章「天下兵雖滿，春

光日自濃」點明傷春之由；二章「巴山春色靜，北望轉逶迤」描述處於「邊陲」的現狀；五章「春色生烽燧，幽人泣薜蘿」則見因「阻歸」而「憂國」的愁緒。所以說，詩人藉由「北望」所蘊含的回歸趨力，將「阻歸」之情擺置在「家國觀」之中，進而呼應時事而來的憂國之情。

〈傷春五首〉的價值階序，與先前杜甫將「歸國」與「歸家」比序的價值階序不同層次，但由此可知，杜甫在面對外族入侵的亂象，所思所想皆是「國事」，「歸家」之念隱沒其間，但「阻歸」懷鄉的特質仍存於詩中。

杜甫在〈傷春五首〉所表現的是自外而內，以憂患之心為體的家國之悲，聽聞收京之後，紛亂之情收斂了些，隨之而來的還是欲歸之情。在〈巴西聞收宮闕送班司馬入京二首〉當中，藉由送別司馬入京感慨自身久客他鄉的處境，其中「劍外春天遠，巴西敕使稀」、「歎君能戀主，久客羨歸秦」便將久客「入京」的思歸之情轉化為「戀主」的政治意涵。隨著遠方吐蕃之亂結束，眼前徐知道之叛亂也平歇，杜甫也得以回歸草堂；詩人此刻的心情是較為舒緩的，旅途前後各賦〈春歸〉與〈歸來〉，兩詩都表現出欣喜欲狂的一面。也由於意識到即將歸家，才能寫下「遠鷗浮水靜，輕燕受風斜」的句子，在「乘興即為家」之後，杜甫首要便是「洗杓開新醞，低頭拭小盤。憑誰給麴蘗，細酌老江干」，〔註49〕足見在亂後詩人愜意自適的快意感受。

諸事抵定之後，杜甫反省三年來奔走梓、閬兩地的遭遇，並由眼前戰亂思及憂患家國的思歸之志，寫下六十句的長詩，命題為〈草堂〉。

〔註49〕關於「低頭拭小盤」一句之異文，本文據宋九家本，楊倫本、錢鈔本、二蔡本則作「低頭著小冠」；解「拭小盤者」斥「著小冠」云：「小盤以盛下酒之物，低頭而拭，塵垢多須細視也。若作小冠，於上下不倫矣。」仇兆鰲，《杜詩詳注》，頁1112。主張「著小冠」則說：「以公干戈之際，途中必另有裝束，今得歸，始低頭著小冠也。」《杜甫全集校注》，頁3139～3140。筆者以為，觀杜甫回歸草堂前後〈春歸〉與〈歸來〉二詩，詩人「醉歸」草堂，入室後又通篇言釀酒之事，在此情境中若顧慮裝束之事，實不合情理，故主張「低頭拭小盤」。

〈草堂〉全詩分作四段，〔註50〕開頭四句總括全首，第二段述知道作亂而敗、賊好殺而殘民的破敗情狀，第三段則反結自身，寫不能向東遨遊，卻西歸乍喜之感。陳怡嫄認為杜甫受困梓閬的遭遇，乃是安史以來「大逃難」之下的「小逃難」，〔註51〕如今緊迫生事暫為舒緩，杜甫在稍喜之餘仍心繫中原，〈草堂〉便是在小喜大悲的背景下寫成。筆者由此出發，進一步論述杜甫於詩中的悲壯情感與憂患之心，並將之視為具有家國聯繫的表現模式。杜甫將草堂視為家，可能是在草堂營造完成便已認定，但在詩中將草堂視為家園，要在身經徐知道之亂的相關詩作才明顯表現出來，其中，以初返家門後的長詩，更能剖析杜甫身處成都的心跡。

　　〈草堂〉首段四句破題，也說明此詩動機：「昔我去草堂，蠻夷塞成都。今我歸草堂，成都適無虞」，去與歸之間相隔三年，令人欣慰的是成都並無太大改變，而造成去、歸草堂之由，便是第二段所扣緊的主題：「蠻夷」。杜甫分析蠻夷之所以做亂，乃是嚴武入京所致「大將赴朝廷，群小起異圖」，在嚴氏離開後，蜀地就「其勢不兩大，始聞蕃漢殊」，徐知道等人便群起作亂，大肆殺戮「談笑行殺戮，濺血滿長衢」，杜甫歷歷在目，不禁大呼「國家法令在，此又足驚吁」。由此可知，第二段乃敘述徐知道戰亂之起與人民之慘狀，其間也夾雜對朝廷的責罵「一國實三公，萬人欲為魚」，杜甫也是被魚肉的萬人之一，故第三段將敘事的筆法轉為自我的剖析。詩人以「賤子」自稱，並自述三年來屢次欲下東吳，但戰事綿連，故「難為遊五湖」。東下未果，便回草堂「復來薙榛蕪」，入門後萬事皆喜，連用舊犬、鄰里、大官、城

〔註50〕《杜詩詳注》分作五段，將「請陳」一段截出「義士」，同斷於「賤子」一句。筆者以為仇兆鰲的五段分法旨在突顯「賊徒乘亂，好殺而殘民」的描寫，觀其詩意仍屬家國情思，故不細分，採《杜甫全集校注》分法。《杜詩詳注》，頁1115；《杜甫全集校注》，頁3141。

〔註51〕陳貽焮說，「老杜攜家入蜀、寄寓草堂，是大逃難。前年徐知道反，避地梓、閬間，是大逃難中的小逃難。他的〈草堂〉可說是這次小逃難前後經過及其感受的藝術總結」陳貽焮，《杜甫評傳》，頁711。

郭四方面表達喜歸之情，結尾本應是安穩的自處之言，杜甫卻從小喜當中躍騰出大悲之情，其曰：

> 天下尚未寧，健兒勝腐儒。飄颻風塵際，何地置老夫。
>
> 於時見疣贅，骨髓幸未枯。飲啄愧殘生，食薇不敢餘。（頁516）

楊倫解此段曰：「以草堂去來為主，而敘西川一時寇亂情形，并帶入天下，鋪陳始終，暢極淋漓，豈非詩史」；王嗣奭則云：「士既無用於世，則一飲一啄已愧殘生，而食薇甘之矣」[註52]，楊倫側重於詩史的敘事章法，王嗣奭以杜甫的士不遇之嘆詮解，合而觀之，杜甫從來去草堂的事件入手，描寫史實的背後是「天下尚未寧」卻「何地置老夫」的無力感。若〈草堂〉是杜甫三年奔走的心境總結，那麼末八句就是杜甫面臨「大動亂」的悲壯情感。悲壯是延續著入門見四松如故的小喜當中扭轉、升騰而來的情感，是由杜甫將「草堂」視為家的當下，卻猝然驚覺遠方家鄉未寧、天下未平的憂患之心所造成。故詩人在喜歸初定居所之後，復言「飄颻風塵際」，憾恨自身因為復歸草堂而喜樂，忽略了無用於世的事實，自嘲「腐儒」的羞愧感使人無地自容，卑微地「食薇不敢餘」。從此看到，杜甫若將「家」置於「國」之前是多麼不安，在歸返草堂後立刻在詩中譴責自己的「小喜」，而忽略遠方家鄉淪陷的事實。〈草堂〉末八句情感轉折的樞紐，是由詩中未顯明的家鄉安危聯繫到國家興亡的聯繫模式，進一步來說，杜甫將草堂視為家的同時，亦提示遠方家園的破滅，安史之亂以來「天下尚未寧」的憂患意識便遽然湧現；由此可見，杜甫堅守「國—家」的價值階序，與「家—國」的抒情方向是違背卻又相成的風格因素，於入蜀後表現為家國價值與情感之間的衝突。

小結

綜上所述，本節的第三部分以〈傷春五首〉及〈草堂〉說明由「家

[註52] 楊倫，《杜詩鏡銓》，頁516；王嗣奭，《杜臆》，頁190。

國觀」所突顯的價值階序。二首是因應不同本事而發，〈傷春五首〉以「國事」為主，而〈草堂〉則以「家事」為主，兩者對家、國有所偏重，但都可見得「國」的終極價值。若比較〈傷春五首〉與〈草堂〉，可見前者是借春色描寫憂國之情，後者則是在回歸草堂之餘，警惕自己勿喪稷契之志。兩篇作品的憂國之情，都是處於「邊陲」的位置發聲，並且同是以「國」為價值核心，「家」則處於第二序，卻是「回歸趨力」的情感來源。故而，在杜甫入蜀之後的憂國詩作中，時常見得懷鄉主題參雜其中，呈現為「家國聯繫」表現模式。

第四節　小結

本章分作三節論述，首先以「感時憂生」說明「家國觀」乃是「核心─邊陲」的同心圓架構；接著，以「回歸趨力」說明杜甫是如何運用家國觀於詩中；第三，以〈傷春五首〉與〈草堂〉為例，說明在「家國聯繫」中的價值階序，是以「國」為終極價值，同時又以「懷鄉」為情感基礎的現象。

揆諸前論，本章的關鍵論點如下：

（一）杜甫的「家國觀」自始便有，但是由「異地」的處境之中，更能突顯出「核心─邊陲」的同心圓架構。

（二）杜甫入蜀途經，由於身體不斷駛向「邊陲」，欲回歸核心的「回歸趨力」便愈發強烈，此「回歸趨力」具體表現在本屬懷鄉的「阻歸」之情。這便是「家國聯繫」的運作原理。

（三）由家國觀而來的價值階序，說明了以「國」為第一序的價值核心。若提及「國事」便很容易將「家事」隱沒，相反地，若提及「家事」，則第一序的「國事」很容易浮現出來。這樣的特性便是「家國聯繫」所突顯的「詩聖」特質。

第五章 「家國聯繫」模式運用面向的擴展

　　第四章論述「家國聯繫」模式所突顯的詩聖特質，乃是由「家國觀」而來的「平天下」優於「歸鄉」的價值階序。接著，本章在詩聖的特質底下，說明「家國聯繫」模式運用面向的擴展，也就是說，杜甫對於家國的關懷，不止是從「外事」消息抒懷，亦有從「外物」感懷起興的詩作。本章所指的「運用面向的擴展」就是從「外事」到「外物」的轉移，詳細來說，所擴展的面向可分為「傷春」主題、「夜月」與「悲秋」主題；出峽之後，「家國聯繫」則轉向了長篇自述詩的形式，處境的不同，其表現模式亦有所改變。

第一節 「傷春」主題中的家國聯繫模式

　　壯心與壯年，是杜甫入蜀之後時時感受到的焦慮，儘管壯心高遠，但歲月逐年消逝，推移的悲哀在春去秋來間不斷提醒詩人滯留他鄉的現實。以下說明「家國聯繫」模式的運用於傷春主題所突顯的情感特質，特別是詩人從「感時」到「傷逝」的時間意識之深化。

　　「傷春」主題源於《詩經》，傳曰：「春，女悲，秋，士悲。感其物化也」，錢鍾書認為《詩經・七月》是傷春主題的源頭：「吾國詠『傷

春』之詞章者，莫古於斯」。〔註1〕「傷春」原意是「女心傷悲，殆及公子同歸」，女子嘆逝年華老去，未能得其所歸，故傷其「春心」；「傷春」一詞出自《楚辭·招魂》的「目極千里兮傷春心。魂兮歸來哀江南」。由此可知，「傷春」的情感，始於《詩經·七月》，而字詞出自《楚辭·招魂》，魏晉六朝的士人的「傷春」或是「春恨」主題詩作很少，〔註2〕到了杜甫便開始大量創作，早期如〈曲江二首〉「一片花飛減卻春，風飄萬點正愁人」（頁180）與〈曲江對酒〉「苑外江頭坐不歸，水精宮殿轉霏微」（頁181），其中對於春光爛漫，反襯自身老大無成的傷感，可謂傷春的表現。杜甫入蜀之後，隨著季節遞嬗而逐漸老去的流逝感，與阻歸、羈旅之情相結合，遂成「傷逝」的情感型態。「傷逝」源於「感時」，而感時乃是詩聖的重要特質，由此，本節以「家國聯繫」表現模式論述杜甫透過「傷春」中的「傷逝」感引發而來的家國之思。

（一）傷春主題中「風格轉換」現象

杜甫於廣德二年（西元764）春天回歸草堂後，除以〈傷春五首〉表達對家國的思念之外，思鄉之作如〈登樓〉、〈歸雁〉也作於此時。隔年春天（西元765）是杜甫在成都最後的日子，此時杜甫離開嚴武幕僚的職位，躬耕於草堂，〈春日江村五首〉應可視為成都時期的心情總結。〈春日江村五首〉就章法而言，雖被評為一氣呵成之作，到末首才接露心事：「此五首如一篇文字，前四首一氣連環不斷，至末首總發心事作結」，〔註3〕但是五首詩之間的承續關係以及如何轉入末首心事的問題，卻有待商榷，例如《杜詩提要》以「忽」字形容前四

〔註1〕錢鍾書，《管錐編·毛詩正義·七月》，頁221。

〔註2〕關於六朝詩人的「傷春」主題研究，可參考：楊佩螢，《六朝詩「傷春」的連類譬喻》（國立臺灣大學中文系博士論文，2014年）。另外，《中國古代文學十大主題》當中對「春恨」主題有簡略的介紹，詳參：王立，《中國古代文學十大主題——原型與流變》（臺北：文史哲，1994年），頁173～200。

〔註3〕王嗣奭，《杜臆》，頁210。

首與第五首之間的轉折：

> 〈春日江村〉前四首，言艱難飄泊，放廢江天，名玷薦賢，
> 歸休扶病。然所以然之故，終未說明。到第五首，忽將王粲、
> 賈生反覆詠歎，口中只憐二子，言外分明自憐，此五首總結
> 法也。〔註4〕

吳瞻泰以為〈春日江村五首〉的題旨到最末首忽然間豁然開朗，而《杜詩言志》認為五首詩其實有兩個脈絡並行：

> 通前後五首，總以「乾坤萬里」、「時序百年」二句為之脈絡。
> 而少陵葵藿傾陽，與退休樂道之旨，並行不悖。豈汲汲於富
> 貴、戚戚於貧賤者，所可同日而語哉！〔註5〕

《杜詩言志》認為第一首「乾坤萬里眼，時序百年心」展現杜甫宇宙般的胸襟與氣度，能兼容並蓄的「出仕」與「退休」兩種不同的人生態度總括一起，以此說明前四首閒居樂道的氣息與末首所表現出的憂患滿眼之間的轉折。《杜詩言志》的說法顯然有待商榷之處：其一，「乾坤萬里眼，時序百年心」是否能「為之脈絡」來解讀全詩，實為可疑；其二，「葵藿傾陽」與「退休樂道」的兩個傾向，是如何能「並行不悖」，成為兩條解讀詩的理路，論者未深入探討；其三，「並行不悖」與王嗣奭、吳瞻泰等人的解讀互斥，該如何適當的調和彼此間的看法，也是一大挑戰。楊倫採取折衷，以總起、總結的看法周全之，卻無法彌合兩種不同情調為何雜揉在一首詩、一組詩當中。〔註6〕在現代學者的研究方面，伊娃・周珊也指出，杜詩結尾特殊的「並置結構」（juxtaposition），例如〈茅屋為秋風所破歌〉結尾「安得廣廈千萬間，大庇天下寒士俱歡顏」的風格轉換，便具有「並置」的現象。相

〔註4〕吳瞻泰，《杜詩提要》，頁476～477。

〔註5〕佚名，《杜詩言志》（揚州：廣陵古籍，據康熙佚名著者稿本校刊，1963年）卷十一，頁19。

〔註6〕楊倫：「五詩前首總起，末首總結，中三首逐章承遞，從前心事，向後行藏，備悉此中，可作公一篇自述小傳讀。」楊倫，《杜詩鏡銓》，頁557。

同的，〈春日江村五首〉的結尾也具有「風格轉換」的現象，不同於傳統詩評家努力合理化末首與前四首的關係，周珊將這種特別的轉換視為杜甫的獨特風格，並將其視為杜甫成為文化偶像的原因之一。筆者認為，此「並置結構」（及其帶來的風格轉換）確實表現出杜甫的道德選擇，但並非「無理的」，故必須要深入詩文結構與詩人的情意表達，進而理解此種轉折的所以然。

從歷代詩評家的意見來看，吳瞻泰與《杜詩言志》對〈春日江村五首〉章法的詮解皆圍繞在「風格的轉換」之問題：吳瞻泰對第五首「忽將王粲、賈生反覆詠歎」以及《杜詩言志》企圖將前四首的「與退休樂道之旨」與第五首的「葵藿傾陽」之志統括在一起的說法，都是解釋詩中「風格轉換」的合理性。筆者以為，理解杜詩「風格的轉換」必須先劃分出五首之間所揭露的情感層次，以及彼此之間是如何互相映射，而後對照於杜甫入蜀六年來的複雜心境，如此，才能夠觸及杜甫此時對於在躬耕之下所暗藏的抑鬱情感。為討論方便，先將〈春日江村五首〉全引如下：

其一

農務村村急，春流岸岸深。乾坤萬里眼，時序百年心。
茅屋還堪賦，桃源自可尋。艱難昧生理，飄泊到如今。

其二

迢遞來三蜀，蹉跎又六年。客身逢故舊，發興自林泉。
過懶從衣結，頻遊任履穿。藩籬頗無限，恣意向江天。

其三

種竹交加翠，栽桃爛熳紅。經心石鏡月，到面雪山風。
赤管隨王命，銀章付老翁。豈知牙齒落，名玷薦賢中。

其四

扶病垂朱紱，歸休步紫苔。郊扉存晚計，幕府愧群材。
燕外晴絲卷，鷗邊水葉開。鄰家送魚鱉，問我數能來。

其五

群盜哀王粲，中年召賈生。登樓初有作，前席竟為榮。

宅入先賢傳，才高處士名。異時懷二子，春日復含情。（頁 555）

從五首詩所描寫的時間點來看：其一是詩人的「當下」；其二為追憶六年前入蜀及營建草堂；其三是初歸草堂，受嚴武幕府職；其四則是去職後，閑居草堂的日子；其五又回到當下，且帶有心境的轉折。楊倫說此詩可作「自述小傳」讀，是在詩人追述六年來杜甫與草堂的離合關係上頭立論，確實有其道理；若將杜甫不同時期對於草堂的相關詩作並比而觀，則見其二的時間點有〈成都府〉為總結、其三時期有〈草堂〉為代表，其一、四、五首，時間相近而有不同性質，筆者將從不同詩作中杜甫的憂患之心入手，嘗試理解風格轉換的現象及脈絡。

　　〈春日江村五首〉的首二句扣題，大筆將春日光影與鄉村務農的情狀寫出，然次聯卻不延續躬耕的情調，一轉為「乾坤萬里眼，時序百年心」的宇宙境界，仇兆鰲解為「萬里眼，蜀江所見。百年心，春日又逢」，楊倫則認為萬里眼有「從蜀江望，去家國俱遠」，[註7] 兩家皆從去國日遠、百年棲遲說明杜甫的心境，顯示杜甫並不安於春日躬耕的情境，故而在春光爛漫底下，實另有一層憂慮。頸聯的「茅屋」承農務一句而發，與下句「桃源」並比來看，陶淵明為代表的處世價值，是能夠安於草堂，躬耕務農；然而，詩人於尾聯否定隱居的價值觀，認為心中之「志」與「生理」衝突，致使「飄泊到如今」。

　　若首章扮演著「總起」的功能，那麼就必須探求「乾坤萬里眼，時序百年心」是表現什麼志向。杜甫並不安於陶淵明式的躬耕生活，選擇「飄泊」的道路，又此乃春日之作，必然會與先前「傷春」主題相呼應，筆者以為，〈春日江村五首〉正與〈傷春五首〉相互呼應，雖「本事」不同，但同樣有在春光爛漫的情境底下所升騰的憂國之心。由此理解〈春日江村五首〉，其「乾坤萬里眼」與〈傷春五首〉首章的「關塞

〔註7〕仇兆鰲，《杜詩詳注》，頁 1205；楊倫，《杜詩鏡銓》，頁 555。

三千里，煙花一萬重」便有相通之處，都是表達去國日遠，難以回歸的「阻歸」之情。下句「時序百年心」，仇兆鰲言此乃「春日又逢」，乃是回憶起去年春天的吐蕃陷京師的事件，呼應到〈傷春五首〉的本事。然而，若是指去年春天之事，「百年心」是何指？應是春日又逢，歲月流逝的傷逝之感。所以說，「時序百年心」既有可能是指去年春季的京師陷落一事，也同時指人身百年，自身卻飄盪邊陲的傷逝之情。這複雜心緒實非一時一地能夠體現出來，杜甫糾結於過去經驗與當下處境的因果關係，試圖尋求安頓立命之所，但結果不從人願，首章最末的「到如今」可謂深沉悲痛。深沉悲痛的感受，是由於外在「春日」與內在「憂患」相映，以兩種不同情調相互交錯而成。第一首的一、三聯與二、四聯成為兩組並相互呼應，前組扣著「春日江村」的題目，後組則暗合「傷春」主題，且又帶著傷逝衰頹之感，故讀之頓挫抑鬱。此解讀或可回應《杜詩言志》所提出「少陵葵藿傾陽，與退休樂道之旨，並行不悖」的意見，乃是由章句跌宕歸納而來，非僅止於一聯內的對立解讀。

　　藉由分析〈春日江村五首〉其一的章法，可知詩中明示春光爛漫的堂前風光，實則暗自感傷詩人入蜀以來飄泊落居草堂的道德兩難——此即「國」優於「家」的價值階序，杜甫仍時刻懷抱著「何以家為」的平天下之志。若將第一首的章法擴大來看，其二到其四，可謂「扣題明示」，承續著「茅屋還堪賦，桃源自可尋」的樂道閒居。詩人從茅屋（草堂）說起，追憶自身與草堂的關係。第二首回憶草堂有賴故舊好友之助得以落成，「藩籬頗無限，恣意向江天」總結當初草堂閒居的安逸日子。〔註8〕第三首則言初歸草堂，就任嚴武幕府職的情形，此時心境「種竹交加翠，栽桃爛熳紅」有當初堂成的安逸感受。第四首扶病辭歸，詩人立於堂前所見是「燕外晴絲卷，鷗邊水葉開」的一派祥和之氣。

　　〈春日江村〉第五首在結構上是「風格轉換」，以王粲、賈誼的

〔註8〕例如〈堂成〉、〈為農〉、〈有客〉、〈賓至〉、〈狂夫〉、〈田舍〉、〈江村〉等，都能夠體現杜甫於草堂的閒居時光。

故事為開端，點出避亂他鄉的處境，又借以抒發緬懷故鄉、遭主棄用的淪落之情，此與二、三、四章較為慵懶閒適的春意情調迥然。那麼，能不能為這個轉折處尋得結構層面上的解釋呢？筆者先疏解第五首的詩意，而後以「家國聯繫」的角度說明此風格轉換的涵意。

從組詩的章法結構而言，第五首的轉折猶是重現第一首當中所呈現的轉折，杜甫最後才揭露出「客居」草堂的憂慮之心。首聯拈出王粲與賈誼的事蹟，各取其事已喻自身，王嗣奭解詩最切合杜甫心跡：

> 公之妙在直將古人融作自己，而借以自發其意。謂避盜遠遊，既哀王粲；中年之召，又及賈生。蓋公避安、史之亂而來蜀，與粲避董卓之亂而來荊正相似；中年非以老少論也，公與賈皆以廢棄而收用，故云。〔註9〕

簡言之，杜甫以「哀王粲」比喻自己避亂蜀中，以「召賈生」感傷自身或許不能如賈誼。王粲避亂荊州所作的〈登樓賦〉，不僅影響杜甫登樓遠眺時的書寫方式，亦是杜甫產生家國聯繫的原型。筆者已於前章論述杜甫的〈成都府〉實受〈登樓賦〉的影響，是將「懷鄉」與「士不遇」收束於同一主題，並產生「異鄉人」的自覺；到了〈春日江村五首〉，進一步與「傷春」結合，從〈傷春五首〉與〈春日江村五首〉的對讀來看，杜甫不只是即事名篇，更從當下時節與過去經驗的交錯往返間，挖掘出更深刻的情感。

末聯「異時懷二子，春日復含情」呼應著「不合時節」的傷春情感。「異時」可解為往昔、異世，杜甫特意在春光爛漫之季懷念二子，其蕭瑟的家國之思使得春季景觀變調，便成傷春主題。職是，春季在此詩當中呈現兩種背反的情調：春日爛漫、江村農務的「閒適之情」，與憂患意識底下的「憂國之情」，彼此相融、雜錯。「復含情」便是在閒適的情調之上，自覺地更逼近生命本質的悲情，乃是呼應著去年〈傷春五首〉所親歷的家國傷痛。

〔註9〕王嗣奭，《杜臆》，頁212。

　　筆者以為，詩人之所以將「王粲」與「賈生」的遭遇並置，乃是對於兩者之間的共通性有所共鳴。共鳴之處在於，王粲以〈登樓賦〉抒發異地懷鄉之感，而賈誼則遭貶長沙，兩人都是離開家鄉／國家核心的遭遇，杜甫的「異時懷二子」，正是在異地淪落的面向上與兩人產生聯結。筆者已於分析〈成都府〉時提及，〈登樓賦〉正是在懷鄉中寓有憂國之志的典範作品，於傷春主題中再度出現，揭示出杜甫透過傷春主題開展家國聯繫的表現模式。從賈誼之事來看，杜甫特意點出「召前席」的典故，背後也蘊含著「欲回歸朝廷」的嚮往。

　　沿著「復含情」與傷春的思考脈絡，讀者便會意識到在「此地」成都之外，實有著另一面杜甫心嚮往之的「中原」。我們可以將〈春日江村五首〉的中間三首視為「蜀地」意識的部分，〔註10〕而第五首則歸為具有「中原」意識的另一端點，兩個端點（異地）之間的並置，便是「家國聯繫」的表現。在此前提下，杜甫前四首安居躬耕的表象，直至觸及遠方禍亂未定的隱憂後，油然升起的憂患意識翻轉了眼前所見的春日江村之景，遁入杜甫獨特的詠懷、抒情當中。〈春日江村五首〉所表現的「轉折」意義是，它體現、強化杜甫以「平天下」為首的價值，且不安於現地現時的安穩之中。

　　約略同時，杜甫以〈春遠〉簡單地將〈春日江村五首〉曲折的心態寫出。這首律詩將「劍外」與「故鄉」相對，從晚春中升起異地相繫的懷鄉憂國之情：

　　　肅肅花絮晚，菲菲紅素輕。日長唯鳥雀，春遠獨柴荊。

　　　數有關中亂，何曾劍外清。故鄉歸不得，地入亞夫營。（頁558）

杜甫從晚春時光流逝的感懷扣回生命的不停流逝。首聯點出「花」、「紅」的即將消逝，以「晚」、「輕」來形容花色不再的情狀。接著感懷自身，「日長」對「春遠」，杜甫彷彿是被遺忘的物件，「唯鳥雀」、

〔註10〕第一首的一、三聯與二、四聯所呈現的相互平行的兩種情調，乃以總要的角度提示兩種理路的發展。

「獨柴荊」從聞、見兩面描寫時間靜謐流逝而生命逐漸枯萎、凋零的狀態。前四句描寫晚春即景，不帶激烈情感，它可以是安居樂道的表現，也可以是隱居者的心境。到了頸聯，杜甫掙脫當下的閑靜氣氛，反從另外一面看待當世，「數有」、「何曾」的指陳，彷彿告誡自己不可安於當下，而應該心懷大志，朝著更長遠的目標邁進，但現實是戰亂不斷，歸鄉之日遙遙無期。杜甫自我反駁的現象在此時仍是相當明顯，但也開始受著「俟河之清，人壽幾何」的消極意志影響。他越是描寫眼前美景，其後反饋的歸返意願更顯得強烈，詩中兩種力量的拉扯，成為他人無法取法的鮮明風格。

綜合以上，筆者透過〈春日江村五首〉以及〈春遠〉兩首傷春主題作品，所欲突顯的是「家國聯繫」的主題並置（即風格轉換）如何突顯「價值階序」的詩聖特質。〈春日江村五首〉首章具有總序功能，其「乾坤萬里眼，時序百年心」有著憂國的情志，而第五章忽然一轉，將退隱之志轉為憂國之情，亦是此價值階序的表現。〈春遠〉則是呈現相似結構，首二聯描述「異地他鄉」的春日閒居，後二聯卻急轉直下，憂及家國的戰亂，以及自身因「阻歸」而不得志的困境。此外，若將兩篇作品與先前的〈傷春五首〉比較，則見得杜甫開始意識到時光流逝，提醒自身不可滯留於他鄉，其「傷逝」之情是較先前詩作較少提及的元素。

（二）由「傷逝」延及而來的傷春主題作品

這年春天之後，杜甫由傷春主題體會而來的生命流逝，大量運用在詩歌當中，也意味著杜甫的詩歌風格即將邁入下一個時期。在第二部分當中將以〈出蜀〉、〈十二月一日三首〉、〈客居〉為例，說明「傷逝」的薄暮之感在家國之思當中是如何相互交融，在這當中，筆者將著眼於由遲暮之感所開展的「風格轉換」——也就是將「懷鄉」與「憂國」兩者並置的家國聯繫。

出蜀之後的傷逝作品，所回應的是身老無用的大丈夫之志，例如

在〈莫相疑行〉中「追昔撫今」的交錯寫法將今、昔的對比，且承認由衰老帶來的無力感。〔註11〕仇兆鰲認為此詩「為少年輕薄而作」，〔註12〕是由「當面輸心背面笑」，故以「莫相疑」戒之；從另一面來說，觀杜甫之筆法，開頭「男兒生無所成頭皓白」的自我形象，對照以今昔的落差「觀我落筆中書堂」、「此日饑寒趨路旁」，其窘境豈非肇因於老而無用所致。與之對照，比起去年所作的〈憶昔二首〉，是從追憶盛世的過程中歸結來的無力盼望，〔註13〕杜甫在〈莫相疑行〉表現的態度顯然是更在意現實，也就是意識到「此日」衰疾的處境。〈莫相疑行〉僅是一個發端，杜甫即將離開成都之作〈去蜀〉，反倒將國事蜩螗不止內化為對生命凋零的傷感之中：

> 五載客蜀郡，一年居梓州。如何關塞阻，轉作瀟湘游。
>
> 世事已黃髮，殘生隨白鷗。安危大臣在，何必淚長流。（頁563）

浦起龍認為此詩乃入蜀以來詩作之大結束，不僅是詩題關係，也因詩中總結入蜀六年來的總總心事「流寓之跡，思歸之懷，東遊之想，身世衰遲之悲，職任就舍之感，無不括盡」。〔註14〕從這首詩中，也可看出杜甫自視入蜀後的經歷以及透過動作表現對遠方家國的嚮往。首聯回首入蜀六年客居漂泊，頷聯交待不歸長安，卻轉瀟湘荊楚的行跡，頸聯悲嘆看盡世事，欲隨白鷗了卻殘生，末聯又另起意圖，故作反語指向國家安危繫於「有能者」，〔註15〕詩人則見放天邊，不得歸去。

〔註11〕 全詩微引如下，〈莫相疑行〉：「男兒生無所成頭皓白，牙齒欲落真可惜。憶獻三賦蓬萊宮，自怪一日聲輝赫。集賢學士如堵牆，觀我落筆中書堂。往時文采動人主，今日饑寒趨路旁。晚將末契託年少，當面輸心背面笑。寄謝悠悠世上兒，不爭好惡莫相疑。」（頁561）

〔註12〕 仇兆鰲，《杜詩詳注》，頁1214。

〔註13〕 此處對於〈憶昔二首〉的詮釋，得自許銘全，《杜甫詩追憶主題研究》第二章第二節「對盛世的追憶」，頁37。

〔註14〕 浦起龍，《讀杜心解》，頁485。

〔註15〕 歷來對於「大臣」有三解：一是黃鶴主張的「郭子儀」，仇兆鰲從之；二是浦起龍主張的「嚴武」；三是不必確指，如汪瑗、王嗣奭、張遠、楊倫。筆者採取第三說，故以「有能者」，即對朝廷有影響力之人稱之。關於「大臣」歧見，詳參：《杜甫全集校注》，頁3391。

此詩的意義在於，「時間」成為阻歸的要素，一、三聯從入蜀之後計算，並暗示著未來也不得歸去，這是對現實的妥協，也是多年來回鄉報國之「志」的挑戰。原本僅止於「空間」條件的羈旅、阻歸，在「阻」與「游」之間，添增「時間消逝」的喟嘆。這是成都時期所未具體呈現的情感，而杜詩中家國聯繫的表現模式正能體現在杜甫於追憶、懷鄉、憂國的情感當中，堅守心懷之志與外在現實之間的倫理界線。

由以上詩例當中，可見在今與昔對比的過程中，由「家國聯繫」所開展的「國」、「家」層次更加豐富，詩人不必緣於外事展開憂國之情，而去國久遠的焦慮使得「回歸趨力」不減反增，卻也因離蜀向南，使情感彌加悲壯。換言之，此時的「回歸趨力」不止因為「離鄉」、「去國」，「傷逝」也成為回歸的助因，由此所彰顯的悲壯感，往往融化於懷鄉、憂國之情，成為「家國聯繫」的主題並置現象。

杜甫去蜀之後，便向荊楚，進夔州之前，他在雲安度過這年冬天（西元 765）。杜甫在雲安的幾個月所留下來的詩作，已經具有晚年的風格，也將相似的主題翻新、精緻化，如〈十二月一日三首〉便是一例：

其一
今朝臘月春意動，雲安縣前江可憐。一聲何處送書雁，百丈誰家上瀨船。未將梅蕊驚愁眼，要取椒花媚遠天。明光起草人所羨，肺病幾時朝日邊。

其二
寒輕市上山煙碧，日滿樓前江霧黃。負鹽出井此谿女，打鼓發船何郡郎。新亭舉目風景切，茂陵著書消渴長。春花不愁不爛漫，楚客唯聽棹相將。

其三
即看燕子入山扉，豈有黃鸝歷翠微。短短桃花臨水岸，輕輕柳絮點人衣。春來準擬開懷久，老去親知見面稀。他日一杯

難強進，重嗟筋力故山違。（頁578）

杜甫晚年風格的特徵之一就是七言詩作比例增加，隨著訊息量的增加，詩文所承載的含意與情志也更加多元紛雜。〈十二月一日三首〉的主旨扣著「春意動」而來，〔註16〕與先前傷春「感時傷己」的動機相似；與先前傷春「憂國」意味濃厚的作品不同的是，詩作中增添了由傷逝所延及的今昔對比，昔日「開天盛世」已然不存，而戰事不止的現實內化為自身「阻歸」的困境，同時也預示了自身恐怕客死他鄉的結局。

第一首的首聯點出身在「雲安」而「春意動」的主軸，詩人一人徘徊江邊，獨自可憐。次聯將視角聚焦在詩人的感官，聽得「一聲」見得歸雁，見得「百丈」（牽船之繩）而思及出峽，所聞所見皆動歸思，也呼應首聯「可憐」的處境。頸聯則承自首句「臘月春意」的時節，譜出「梅萼呈祥、椒花獻頌」富有春節風俗的意象。杜甫對於不久的春節，態度滿是惆悵，他自傷年華流逝卻見放天邊，故見梅蕊而「驚愁眼」，更取花椒而「媚遠天」，思鄉欲歸之情不言而喻。〔註17〕末聯則增添往昔在廟堂的情境，「明光」指明光宮，也就是任官時候，「明光起草人所羨」重複〈莫相疑行〉的追憶情景「集賢學士如堵牆，觀我落筆中書堂」，末句轉回當下，「肺病幾時」的身老衰疾仍向著「日邊」（長安），將「思鄉」的情緒化入「致用」的憂國心緒。由此可知，杜甫的憂國之志，從先前由兵革不止的「事件」引發的憂患意識之中，另闢蹊徑的由「羈旅身老」派生出憂國之情。

在〈十二月一日三首〉其二當中，可以看到杜甫是如何以「羈旅」的傷逝感為基礎，與「春日」時節相繫成篇。首二句寫景清秀，以「寒輕」、「日滿」來描述冬末春還的感受，也由於寒、暖交錯，故遠近所

〔註16〕此解取自浦起龍：「『春意動』三字，三篇之骨子。」浦起龍，《讀杜心解》，頁642。

〔註17〕關於二句有必要多作疏解。「未將梅蕊驚愁眼」一句，雖言「未將」，乃是見其梅花尚未綻放而心有餘悸，但詩人思及不久後將見梅花盛開，不禁惆悵滿眼。「要取椒花媚遠天」，除椒花明顯指稱春節之外，「媚遠天」則帶有故鄉在重阻之外的意味。

見皆煙霧裊裊。次聯由「負鹽出井」與「打鼓發船」描寫雲安風俗男女，一派閒適。前二聯寫雲安日光，乍是閒適自得，然杜甫不與雲安人民相處，反倒登新亭遠望：「新亭舉目風景切，茂陵著書消渴長」。「新亭」除了實指登高望遠之外，在《世說新語》當中言過江諸人於新亭對泣，感慨亡國之悲；〔註18〕後句以司馬相如「著書」一事自喻，投君報國之意明切。〔註19〕所以說，頷聯與頸聯經過「風格轉換」，是從異地風俗陡然轉入憂國之思，且由新亭、茂陵二典，意在指出「風景不殊，正自有山河之異」的道德譴責。結尾反倒收入委靡之情，回扣春意動之氣象，詩人自覺「傷」春乃濫情者的顧影自憐，「當下」所見所發，只為抵銷欲與相共舉棹、出峽歸去的內在衝動。

　　第三首開頭設景令人玩味，「即看燕子入山扉，豈有黃鸝歷翠微」，「黃鸝」在杜詩中多帶有春天意象，〔註20〕而翠微亦是青蔥翠綠的青山。詩人描寫燕子飛旋入山，黃鸝鳴澗於翠色秀巒之中，它們入山扉、歷翠微，杜甫卻表現出不同的語氣──「即看」與「豈有」呈現相異的態度。究其原因，可能是「入」與「歷」字之別：燕子「入山扉」，可能暗示著杜甫自秦入蜀，橫越劍門的「入」山之行；黃鸝「歷翠微」，便是感傷青山雖美，自身阻於其外，無法「歷（過、穿）」青山，回到故鄉的情境。故「即看」便是回頭看待自己的行跡，「豈有」則表達入蜀至今，滯留他鄉的困境。由此可知，首聯雖言春日鳥禽飛舞於群山間，然從詩人的語氣來看，也可能從鳥與山的關係中表達不如歸去之意。次聯承續春日光景，頸聯則從富

〔註18〕《世說新語・言語》：「過江諸人，每至美日，輒相邀新亭，藉卉飲宴。周侯中坐而嘆曰：「風景不殊，正自有山河之異！」皆相視流淚。唯王丞相愀然變色曰：『當共戮力王室，克復神州，何至作楚囚相對！』」劉義慶，《世說新語箋疏》，頁92。

〔註19〕杜甫在西元765年辭幕府歸草堂後，便有「竟無宣示召，徒有茂陵求」（過故斛斯校書莊二首）的相似構思，是開〈春日江村五首〉之先，後續〈十二月一日三首〉。

〔註20〕例如：〈白絲行〉、〈蜀相〉、〈絕句四首〉、〈遣悶戲呈路十九曹長〉，都將黃鸝視為春意鳥禽。

含生命力的春季中反襯「老去」的擔憂，故尾聯轉而嗟嘆年華已逝，且恐無力歸鄉「重嗟筋力故山違」。

從〈十二月一日三首〉的布置來看，三首的結尾展現了「傷逝」的一致性，這是從傷春主題所開展的情思；不同之處是「歸鄉」、「憂國」之志或重或輕的表現在詩作當中。首章以名物（明光、朝日）表現歸國之志，次章以地點（新亭、茂陵）的典故表現之，三章則由群山與鳥禽的互動關係表現（入山扉、歷翠微），方式有所不同，且都扣合傷春主題，但只要透過細讀方式，便可尋出杜甫不安於異鄉的歸思以及亟欲回朝報國之志。

歷來集評已為我們揭示老杜心意，齊珣便云：

> 此公久客於蜀，思欲歸朝，因感時物以起興。首章憶朝政也；二章思出峽也；三章恐其衰邁，終老於此地也。蓋飄泊而念君恩，衰邁而懷鄉土。其情切，其志悲矣。〔註21〕

仇兆鰲也說：

> 杜詩凡數章承接，必有相連章法。首章結出還京，次章結出下峽，三章又恐終老峽中，皆其布置次第也。〔註22〕

兩家看法相似，以「還京」之志、「歸鄉」之情、「終老」之憂為三章章旨，較為缺少、或被認為是背景的「春意動」，乃是貫穿三章的主旋律。筆者藉由「傷春」囊括「懷鄉」、「憂國」的詩家心意，側重於由感時到起興的過程，認為第三章對生命的體悟是杜甫晚年詩作的特徵。在懷鄉的原則下，杜甫結合對生命的體悟及投效朝廷的志向，不依傍外事而起，更加純熟地將「家」、「國」聯繫起來，其懷鄉憂國之思也彌加深沉繾綣。

杜甫在雲安的詩作，除上述〈十二月一日三首〉之外，〈客居〉是雲安時期的感時之作，其間的家國之思亦能窺得一二。杜甫客居雲安又思鄉情切，便於住處眺望前江，結合時事引發憂國之思：

〔註21〕齊珣，《杜詩本義》，《杜甫全集校注》，頁3473。
〔註22〕仇兆鰲，《杜詩詳注》，頁1246。

　　客居所居堂，前江後山根。下塹萬尋岸，蒼濤鬱飛翻。

　　蔥青眾木梢，邪竪雜石痕。子規畫夜啼，壯士斂精魂。

　　峽開四千里，水合數百源。人虎相半居，相傷終兩存。（頁583）

第一段是客居周邊的描寫，詩人自覺飄泊在外的旅人，心心念念的都是回鄉，故所思所見，皆瀰漫著起身歸鄉的想念。「子規畫夜啼，壯士斂精魂」，十年來連綿的思鄉情緒消磨著雄心壯志，隨著「子規」不舍畫夜的啼叫，逐漸枯萎。同時期的〈杜鵑〉，更藉鳥禽為題，點出生命流逝的不得已之情「今忽暮春間，值我病經年。身病不能拜，淚下如迸泉」。「峽開」後四句，前半言下峽之路寬闊，後半畏人虎伴居而不可久留，在詩中形成動身離鄉的拉力與推力，企圖安頓對於時間流逝的恐懼與無力感。

　　蜀麻久不來，吳鹽擁荊門。西南失大將，商旅自星奔。

　　今又降元戎，已聞動行軒。舟子候利涉，亦憑節制尊。

第二段紀實，「大將」指的是郭英乂為崔旰所殺，蜀中大亂、物資不行。又聞杜鴻漸將前來鎮蜀，望其節制重尊，使其民生安息。此段從兵禍角度點出「人虎相半居」的更深一層意涵：生事、生理，也就是最基本的生命保障，這是杜甫避蜀的初衷，如今卻因此困於化外之地，其感受必是不勝唏噓。

　　我在路中央，生理不得論。臥愁病腳廢，徐步視小園。

　　短畦帶碧草，悵望思王孫。鳳隨其皇去，籬雀暮喧繁。

　　覽物想故國，十年別鄉村。日暮歸幾翼，北林空自昏。

　　安得覆八溟，為君洗乾坤。稷契易為力，犬戎何足吞。

　　儒生老無成，臣子憂四藩。篋中有舊筆，情至時復援。

「我在路中央」便是總結前面兩段思歸憂亂的情緒，杜甫處在羈旅之中，是漂泊無依的遷移過程，成都、夔州恐怕都不是杜甫所認同的落腳之處。杜甫不斷行旅的原因，無非是維持「生理」，如今又恐年華逝

去，在進退維谷的處境之下，「壯心」與「壯年」必然產生矛盾以及自我懷疑。故杜甫踱步於小園，看著碧草、籬雀，想著故國、鄉村，又見禽鳥應予歸林卻未能啟程，「日暮」的氣氛，不禁聯想到詩人日漸孱弱的身軀，以及十年蹉跎而無所成的惆悵無力。

　　杜甫被為「詩聖」其中一個原因，除不改其志之外，便是能於逆境中「推己及人」的仁者胸懷。末八句扭轉異地阻歸的情切，以「壯心」回應壯年消逝的悲哀。「八溟」泛指天下湖海，杜甫欲以清水洗淨乾坤的汙濁瘴癘之氣，猶如君王得力於稷契良臣，使犬戎外番不得侵入。「天下太平」的祈願仍是杜甫生命的終極價值，也是被稱作詩聖的明證，在於不肯屈於現實困頓之中，以詩歌語言捉住內心深處的弘遠志向。當思及平天下之志，杜甫便是一個儒生、一個儒臣，儘管不得其位，仍憂及天下四方。末二句寫出「壯心」與「壯年」背反的安處之道，也就是「情至」成詩的抒情方式，蔡夢弼說到：「甫自傷年老功業無成，徒為四蕃憂慮，才無所施，以朝廷不吾用也。其志無所伸，惟情至即援筆以詠之，庶寫我憂也。」〔註23〕便將杜甫不能以「才」輔國，「志無所伸」之下，不得已援筆以「情」憂國的心境寫出，甚為精到。

　　綜上所述，從〈去蜀〉、〈十二月一日三首〉以及〈客居〉當中，我們可見「傷逝」的遲暮之感在家國聯繫中如何呈現，以及杜甫作為「詩聖」的道德回應。在〈去蜀〉當中，可見「傷逝」成為杜甫晚期風格的重要標誌，而後在〈十二月一日三首〉之中，詩人由物色、典故當中隱然表達「阻歸」的憂國之情，最後，在〈客居〉的反省中，杜甫仍是「不改其志」，並且「推己及人」地發下宏願：「安得覆八溟，為君洗乾坤」。由上述詩例可知：杜甫在生理艱難、且年歲老去的情形下，經過一番自我辯證，終於堅守「稷契之志」，安頓自我與家國的道德兩難。杜甫於異鄉安頓自我的過程，實是由「家國聯繫」表現而

〔註23〕 蔡夢弼，《杜工部草堂詩箋》，《杜甫全集校注》，頁 3508。

來，換言之，從家國聯繫的角度，正可以彰顯詩人在道德兩難當中，由價值階序當中所突顯的終極價值，即是「平天下」優先於「歸家」的次第關係。

小結

　　本節以「傷春」主題為軸線，說明「家國聯繫」模式運用面向的擴展——也就是由傷春主題而來的「傷逝」之感融入懷鄉、憂國的詩作之中的現象。在第一部分，筆者先描述〈春日江村五首〉結尾的「風格轉換」是「家國聯繫」中的主題並置現象，並與〈傷春五首〉對照，認為杜甫從「傷春」中突顯了「傷逝」的情感。接著，在〈十一月三日三首〉與〈客居〉當中，筆者論述杜甫由「傷逝」之感開出的「價值階序」，說明杜甫的道德抉擇，且此是「詩聖」的特質表現。

　　詳細來說，若觀察「傷春」主題的發展：從〈春望〉的臨事而發，到〈傷春五首〉感事起興，至〈春日江村五首〉之中結尾的風格轉換，「家國聯繫」的表現模式皆運行於其間，並於〈春日江村五首〉擴展新的面向，也就是滯留他鄉的「傷逝」感。傷逝感所突顯的遲暮之悲，對於杜甫自許的稷契之志有所動搖，然而，在〈客居〉當中，杜甫同樣透過「風格轉換」來扭轉先前「壯心」與「壯年」的矛盾，重新恢復先前所堅守的「價值階序」。故而，「家國聯繫」除以往「懷鄉」、「憂國」主題的並置外，藉由傷春主題的挖掘，所彰顯的是在歲月逝去的難題下，家國之志該如何堅守的道德難題。對於此，或許可說杜甫以家、國主題並置所帶來的風格轉換，企圖解決現實困境與道德理想的扞格矛盾。

　　觀察詩人透過「傷春」主題表現的「家國聯繫」模式，可見得杜甫由「傷春」深化而來的傷逝寫法，已經與先前由感事而興發的「阻歸」感不同，可以說是一種內化的傾向。換言之，當「家國聯繫」模式運用於「傷春」主題，其意義是對「傷逝」的注重，亦意味著詩人對「時間」的敏感度。詩人對時間的注重，也影響到對他對「星月」、

「秋季」的看法，準此，筆者將於下節討論「家國聯繫」模式用於「夜月」與「悲秋」兩個題材上的擴展。

第二節　「夜月」與「悲秋」主題中的家國聯繫模式

　　本節擬分為兩個部分，分別討論杜詩「夜月」與「悲秋」主題。〔註24〕首先，「夜色」本是難以透過視覺描寫的對象，早期杜甫有〈夜宴左氏莊〉，算是較為風雅、清閒之作，他於夜未眠的時刻寫作，留下了若干以「夜月」為主題的詩作，其中，可見詩人從遙望夜色的想像中，藉由思鄉逗起的家國之思。其次，家國聯繫模式在「悲秋」的擴展是承繼傷春主題的「傷逝」感，並進一步地內化為「回歸趨力」，而此趨力被現實限制（時間、空間）所阻礙，故杜甫築起一道詩性的「帷幕」以表現懷鄉戀闕之情。

　　進行兩個主題的析論前，要先對杜甫「夔州時期」詩作有基本的理解。杜甫的夔州時期是創作高峰，雖然居夔約兩年，但留下三百多首詩作，又創作風格較之前時期大量且穩定，故有論者及研究者將此時期視為獨立的時期。〔註25〕就「家國聯繫」的表現模式來說，經過

〔註24〕關於中國文學傳統中悲秋主題的概略，可參：王立，《中國古代文學十大主題——原型與流變》，頁 147～172。

〔註25〕以杜甫夔州時期為研究對象的專論而言，早期許應華的《杜甫夔州詩研究》（國立臺灣師範大學中文系碩士論文，1980 年），隨後方瑜的《杜甫夔州詩析論》（臺北：幼獅出版社，1985 年）是較為全面、深刻的著作，也為後來研究者奠定基礎。由方瑜塑造的杜甫夔州精神世界，隨後有朱伊雯《杜甫晚期詩作之精神動向——以夔州詩為歸趨之探究》（東海大學中文系碩士論文，1996 年）以及洪素香的《杜甫荊湘詩初探》（國立中山大學中文系碩士論文，2002 年）皆見其餘緒，足見方瑜之作的影響力。對於杜甫夔州時期的研究有所突破者是簡錦松，論者的《杜甫夔州詩現地研究》（臺北：臺灣學生出版社，1999 年）以現地考察的方式梳理夔州詩的考證問題，對於體貼詩人心境有莫大助益。近年陳曜裕的《孤城、孤舟與京華——杜甫夔州與兩湖時期的創作視角》（國立成功大學中文系碩士論文，2009 年）則後出轉精，更加細緻地剖析杜甫夔州時期的心境，將《杜甫夔州詩析論》的架構落實，為夔州時期詩作的研究向前推進一步。

成都、雲安時期的生成、醞釀,最終在夔州時期出現大量創作,準此,筆者有必要將此時期的重要詩作分組以概括之,用以描述杜甫在詩中運用家國聯繫的情形。黃生認為杜甫夔州詩的旨意不出「年老、多病、感時、思歸」四端,四者彼此間相磨相盪,卻又雜揉於一詩之中。對於夔州詩呈現的雄渾、複雜心緒的特徵,不喜者斥為「鄭重煩絮」、〔註26〕「縱情雜亂」,〔註27〕稱許者認為是「不煩繩削而自合」,〔註28〕可見夔州詩的技巧及複雜程度都勝過以往詩作,也更難以用單一類型、主題分析之。職是之故,方瑜將夔州詩分成四個對立概念的主題析論:「去留的徘徊──居夔與出峽」、「時政批判與慕隱遁世」、「憶昔與思今」、「景物時序與山水詠懷」,此種研究方法成為夔州詩的典範,其後研究者大多延續此路線。由上述的詩文主題所勾勒出來的精神世界,是以心繫兩地的緊張關係為價值核心,亦為夔州詩的主調:

> 夔府孤舟與京華故國,在杜甫心中的份量根本不能相提並論,本不足以構成矛盾。然而,飽經世變的詩人,也同樣清楚知道,以自身的衰疾多病、家累牽連、經濟困窘,加以北方戰火始終未真正平息,大曆二年的吐蕃又再度入侵,旅途險阻艱難,他能夠平安回歸京華、杜曲的可能性,實在太少。而眼前的夔州,至少得以暫時蘇息、棲止。因此,去留的徘徊遂在杜甫內心形成難解的鬱結,反映到詩篇中,可能也就成為黑川洋一所說:因「不安、懷疑」而導致的「不明確」。〔註29〕

由「不安、懷疑」的心理狀態而導致的「不明確」的風格表現,是夔州詩與前期詩作迥然迥異的因素之一,故而杜甫於夔州的所見所感,皆或多或少地圍繞在游移不定的飄泊心理。杜甫一面為生事忍受漂泊

〔註26〕梨靖德編,王星賢點校,《朱子語類》,頁3326。
〔註27〕仇兆鰲引胡夏客語,《杜詩詳注》,頁1272。
〔註28〕黃庭堅,《黃庭堅全集》,頁470。
〔註29〕方瑜,《杜甫夔州詩析論》,頁4。

的羈旅生涯，另一面「去留得徘徊」時時刻刻煎熬著身心靈，更深一層的憂患則是杜甫對於亂世未靖的責任感。

　　由滯留他鄉所帶來的種種矛盾，可從杜甫入夔之初所作的〈客堂〉看到。〈客堂〉與不久前的〈客居〉相互輝映，尤其是兩首在結尾對於戀闕之情的自白，使得身老之中頓起悲壯的境界，然從異鄉的旅子心情轉換到憂臣心境，杜甫是從客堂即目之景出發，曲折的將諸多元素醞釀於詩歌當中，〈客堂〉後半：

> 悠悠日動江，漠漠春辭木。臺郎選才俊，自顧亦已極。
>
> 前輩聲名人，埋沒何所得。居然綰章綬，受性本幽獨。
>
> 平生憩息地，必種數竿竹。事業只濁醪，營葺但草屋。
>
> 上公有記者，累奏資薄祿。主憂豈濟時，身遠彌曠職。
>
> 循文廟算正，獻可天衢直。尚想趨朝廷，毫髮裨社稷。
>
> 形骸今若是，進退委行色。（頁585）

杜甫自內向外望，直見日光悠懶、春色黯漠。下聯卻內省吾身，認為能擠身臺郎之列，乃是恩遇，料想前輩遭埋沒者數人，自己能居工部員外郎，更是萬幸。如今，因為自己「幽獨」性格，避走他鄉，「身遠彌曠職」卻不能為主上分憂解勞，又愧對知遇之恩。杜甫心遊至此，轉念「尚想」趨朝廷，期許能將身體髮膚皆貢獻朝廷，裨益於國家社稷；然反觀自身形骸已朽，又受生理拖累，出處進退皆迍邅難行。綜觀〈客堂〉全詩，詩人從追憶起筆，以懷鄉心情敘述從雲安遷居至此，倏忽回到眼前日光江色，接著轉折到老而無功，間雜著歷來憩息地的揣想，最後回到戀闕心情當中。

　　〈客堂〉所呈現的複雜心境與結撰方式，便是朱熹評為「煩絮」、「不可曉」的拉雜曲折之處。然而，夔州詩的不明確、不可曉之因，筆者以為有二，此或可回應朱子所謂「鄭重煩絮」的內涵：其一，是七言律詩的大量增長，造成訊息量增加，連帶聲情鄭重滯緩；其二，杜甫運用「家國聯繫」連結自身與家鄉／朝廷的關係，透過神思往返

兩地間，一面由思鄉帶出憂國之情，同時自責於安於偏隅的心態，換言之，杜甫以富有責任感的憂患意識來安頓當下的煩絮之心。故詩意鄭重，乃是延續杜甫憂國憂民的性格，然心緒煩絮，肇因於杜甫身處異鄉以「不安頓」來安頓當下。

若從「轉折」現象來說，〈客堂〉結尾突起的轉折，便是伊娃‧周珊所說的「並置結構」（juxtaposition，指杜詩結尾處的風格轉換），相對於〈春日江村五首〉，夔州時期的詩作當中參雜複數主題，主題間並非接連的輪轉鋪陳，而是跳躍於看似無序的此地／彼地、當下／追憶的時空當中。這樣的多重轉換非「並置結構」能夠解釋的現象，對於此，筆者欲以「家國聯繫」來說明主題跳接過程中，對於「此地」與「彼地」相繫相感的寫作模式。

綜合上述，從杜甫入夔的心境與「鄭重煩絮」的風格可知，詩中常呈現複數主題跳接的情形，並於其間表現懷鄉憂國之情。對於此，筆者從「家國聯繫」作為分析杜甫情感生發、遞升過程的關鍵詞，並於在前人研究的基礎上，揀選詩作以說明家國聯繫在夔州時期的操作情形。作法方面，上節論及家國聯繫在「傷春」主題的深化，此節便是談由「傷逝」的時間感而來，論述家國聯繫在夜月與悲秋主題的擴展。

（一）夜月主題

夜色是杜甫在夔州時期常用的意象。以夜色相關詞彙為題的詩作，例如〈西閣夜〉、〈夜〉、〈月圓〉、〈中宵〉、〈江月〉、〈夜宿西閣呈元曹長〉、〈閣夜〉、〈晚登瀼上堂〉、〈十六夜翫月〉、〈十七夜對月〉、〈東屯月夜〉、〈江邊星月〉等等，遑論詩中提及夜色的詩作，相較以往是大量運用。而杜甫對於夜色的思緒，也產生改變，若將作於開天盛世的〈夜宴左氏莊〉「暗水流花徑，春星帶草堂」與安史之亂後〈月夜〉「香霧雲鬟溼，清輝玉臂寒」，對照夔州時期〈夜〉「露下天高秋氣清，空山獨夜旅魂驚」，便知杜甫晚期「不明確」的飄泊心

理，在夜色更能突顯。儘管研究者推測杜甫描寫夜色的理由，包括良辰夜宴、紀夢、行旅、身老淺眠、憂戰伐等因素，〔註30〕如果將杜詩中夜色與失眠的動機合併計算，共有 110 餘首，是相當驚人的數字。〔註31〕杜甫於百來首的夜色詩作當中所抒發的情志，必當回應著入夜不眠的處境，因夜色逗出的詩思跌宕奔放，一首詩所含俱的感情也會呼應著詩人在夔州時期的生命體驗。筆者將對以家國聯繫為視角，看待杜甫在夜色主題中藉著異地為客的不安心境，並抒發懷鄉、憂國的情志。

　　杜甫移居夔州後先後遷居西閣、赤甲、瀼西、東屯等地，在暫居西閣時便有以夜色為主題的詩作，且帶有家國聯繫的表現方式，請見〈西閣夜〉：

　　恍惚寒山暮，逶迤白霧昏。山虛風落石，樓靜月侵門。

　　擊析可憐子，無衣何處村。時危關百慮，盜賊爾猶存。（頁 657）

杜甫在兩聯的篇幅內，從暮夜黃昏寫到月亮逐漸爬升的過程，時間靜謐的流動，樓靜而月侵，詩人寓居西閣感受夜色的情景乍現在讀者目前。杜甫在恍惚、逶迤的精神狀態下，所懷心事與外在寂靜呈現強烈對比，後半神遊於夔州之外，思及在外征戍的庶人在夜半無可依傍，由「戍子未歸」到「戰事未弭」，此時又更往外推一層到時局未靖的憂患之心，詩人身遠而「百慮」，盜賊「猶存」禍亂世間，頸聯與尾聯層層推開，由己至人到家，並由家入國。相同主題的〈夜〉，以七律描寫之：

　　露下天高秋氣清，空山獨夜旅魂驚。疏燈自照孤帆宿，新月
　　猶懸雙杵鳴。南菊再逢人臥病，北書不至雁無情。步簷倚杖
　　看牛斗，銀漢遙應接鳳城。（頁 657）

〔註30〕前三者因素出自莫礪鋒，〈穿透夜幕的詩思——論杜詩中的暮夜主題〉，《文學遺產》2009 年第 3 期，頁 4～12；生理因素則出自廖美玉，《中古詩人夜未眠》（臺南：宏大出版社，2002 年），頁 358～417；憂戰伐的說法來自周克勤，〈杜甫失眠詩探析〉，《杜甫研究學刊》2009 年第 4 期總第 102 期，頁 38。

〔註31〕詩作數量估計引自周克勤，〈杜甫失眠詩探析〉，頁 36。

秋氣已然蕭殺，秋夜更是容易盪出遊子之情。次聯承上句獨夜意象，
視覺上依稀見得以江上疏燈孤帆，聽見雙杵搗鳴，烘托出寧靜、孤獨、
自處的夜色意象。頸聯則扣回首句悲秋，逗出嘆逝、身老的自傷之情，
下句則感慨家書不至，書雁無情，杜甫的思歸之心彌加濃烈不止。思
歸不心躁動不止，杜甫起身踱步徘徊於屋簷下，抬頭所見，牛斗之星
指向銀漢，而銀河向北遙接京城。新月夜下，滿天星斗，詩人將銀河
視為歸途，揣想自己有朝一日能步入鳳城，有所致用。此詩藉由夜色
譜寫出三重阻隔，其一，是「空山」的地形限制，其二，是「人臥病」
的身體限制，其三，是「南菊再逢」的時間限制。杜甫首先感受到天
曠、秋氣冷寒的氣候，臥於室內極目遠望重山阻隔，近則隱約聞見疏
燈、搗杵，最後起身遙望，看見江上的牛斗銀漢，乍起思鄉戀闕之情。
杜甫將夜中所聞、所見、所感盡納於四聯之中；詩人以身體感官體驗
夔中夜色，精彩之處在於心事與動作、知覺的交感作用，透過細微動
作與觀察，將憂念交融於無聲無色的夜裡。

　　〈夜〉是描寫新月的夜色，其後〈月圓〉則又是不同描寫方式，
杜甫同樣臥於閣中觀月，其曰：

> 孤月當樓滿，寒江動夜扉。委波金不定，照席綺逾依。
>
> 未缺空山靜，高懸列宿稀。故園松桂發，萬里共清輝。（頁 663）

〈夜〉的開頭是「獨夜」，而〈月圓〉則言「孤月」，其實都藉寂靜的
夜色訴說自身的孤獨。杜甫不若〈西閣夜〉暗示著長夜不眠「月侵
門」的細緻觀察，直以月正當中點出夜半時刻，次聯寫月色灑落寒
江而波光粼粼，與臥席的花紋相互輝映。頸聯以月為主格，滿月未
缺、空山靜謐，月高懸而星辰隱，此時將目光移到星辰上頭，尾聯
揣想杜陵舊居的松、桂，應還是欣欣向榮，同樣披著此刻的月圓清
輝。從〈夜〉及〈月圓〉可以看出杜甫結構相似，造意不同的詩作。
最後由閣內向外、向上的聯繫關係正是杜甫跳脫此地，抒發情思的
途徑。由此，看待〈中宵〉與〈中夜〉兩首詩特別的結尾，也能體會

簡中憂愁與情志，先看〈中宵〉：

> 西閣百尋餘，中宵步綺疏。飛星過水白，落月動沙虛。
>
> 擇木知幽鳥，潛波想巨魚。親朋滿天地，兵甲少來書。（頁663）

杜甫夜中不能寐，便起身踱步於戶牖之前，所見之景是飛星、落月，然過水白、動沙虛的意象難以直觀，仇兆鰲認為：「飛星過水而白，下半因上。落月動於沙虛，上半因下。一就迅疾中取象，一從恍惚中描神」〔註32〕是聊備一說。筆者猜測，飛星過水，是描寫流星劃過銀河的偶見，落月動而沙虛，是指月過半而西落，見江面倒映銀漢之景，猶如細細白沙，杜甫寓居在天、江之間，俯仰間拾得此光景，是偶然也是驚喜。頸聯以幽鳥、巨魚之得其所歸，反襯自身無所適的孤獨情境，〔註33〕末聯以「無適」的羈旅感類推到親朋同樣孤無所依的處境，親友各散四方，雁書也因兵甲而遲遲未到。杜甫夜中升起的思鄉欲歸之情，並非緣起於目前所見之景，而是不成眠所懷抱的愁緒，在孤暗的夜裏特別容易湧現。另一首〈中夜〉也是類似情況：

> 中夜江山靜，危樓望北辰。長為萬里客，有愧百年身。
>
> 故國風雲氣，高堂戰伐塵。胡雛負恩澤，嗟爾太平人。（頁667）

杜甫在異鄉中夜，望向眾星所拱的北辰（君王），感慨群山重阻，身已衰老。接著將思緒沿著視線聯繫到遠方家國，感慨至今仍豺狼肆虐，高堂上布滿征戰煙塵。尾聯則追憶到世事多變的濫觴「安史之亂」，嘲罵這些不知事態的盛世之人。這份嘲弄是自嘲，也是對於命運的嗟嘆，此詩的「夜色」已然退居幕後，成為杜甫追憶詠懷家國的氛圍。由此可見，「夜」乃是詩人抒情的時刻，並非僅是寫作主題，如同「詠

〔註32〕 仇兆鰲，《杜詩詳注》，頁1462。

〔註33〕 大衛・麥克勞（David R. McCraw）認為，〈中宵〉第五、六句「杜甫倒錯習慣的句法（知憂鳥與擇木／想巨魚與潛波）以表明『格格不入』"out of place"的感受。」筆者以為，頸聯的格格不入之感，是跳脫中夜情景的過渡，為了引出末聯「不安於此地」的煩憂之感。詳參：〔美〕David R. McCraw, *Du Fu's Laments from the South* (Honolulu: University of Hawaii Press, 1992), pp.123～124.

懷」、「傷春」一般，杜甫藉由日常生活所見所感起興，心之所向皆圍繞在遠方家國。杜甫夜色主題中憂國之情最為強烈者，是〈晚登瀼上堂〉，其曰：

> 故躋瀼岸高，頗免崖石擁。開襟野堂豁，繫馬林花動。
>
> 雉堞粉似雲，山田麥無壟。春氣晚更生，江流靜猶湧。
>
> 四序嬰我懷，群盜久相踵。黎民困逆節，天子渴垂拱。
>
> 所思注東北，深峽轉修聳。衰老自成病，郎官未為冗。
>
> 淒其望呂葛，不復夢周孔。濟世數嚮時，斯人各枯冢。
>
> 楚星南天黑，蜀月西霧重。安得隨鳥翎，迫此懼將恐。（頁 752）

此首是杜甫居夔後一年移居瀼西，夜間登堂的五古之作，也是夔州詩作中以夜色為題最長的一首。〔註34〕從詩中所見景致來說，一來夜間昏暗不明，二來所登之堂應該不高，野堂所見仍是繫馬林花，窮目所及的遠方城上雉堞，也如雲一般極高極遠，並不若白日登臨有「獨立縹緲之飛樓」的壯闊感。杜甫晚登，所見必不如白日之極高極遠，由於視覺性的減弱，反倒增強「體感」與「聽覺」的描寫：「春氣晚更生，江流靜猶湧」，由「春」所帶來的傷逝感，使得詩人陷入滯留異鄉的情境之中，他無法掙脫現實的困境，卻能從想像中超越「阻歸」的現實。第七句到第十句從眼前之景轉移到感時思昔的步調，「四序」言入夔已屆一年，而群盜豺狼仍在外肆亂；第十一句則承群盜，感懷接踵而來的是黎民流離失所、天子不得治理。第十三句開始由國事回到自身，乃是反省自身憂愁萬端，卻無法回歸廟堂，有所貢獻，進而感慨偉岸竟是如此的高聳，猶如阻歸之滯礙難行，而「崖岸」成了阻歸的象徵。走筆至此，詩中完成「故躋瀼岸高」到「深峽轉修聳」的深化，且帶出「衰老」與「憂國」兩面

〔註34〕關於「瀼上堂」，陳貽焮認為：「可別將『瀼上堂』誤作瀼西草堂，這不過是瀼西岸邊的一個『野堂』（可能是廟宇或是祠堂）。」陳貽焮，《杜甫評傳》，頁 859。

的矛盾。〔註35〕在強烈的歸思底下，「深峽」的空間意識與「衰老」的時間意識連類出現，而時間、空間的焦慮勾連出「無用」的生命感慨，故言周孔與濟世之用。末四句回歸到現實，此時眼前的「夜幕」（南天黑、西霧重）成為生命的限制及障礙，杜甫並非從此消沉，而是「安得隨鳥翎，迫此懼將恐」，結尾的奮起之語，也如「安得覆八溟，為君洗乾坤。稷契易為力，犬戎何足吞。」（〈客居〉）或者「干戈未偃息，安得酣歌眠」（〈寄題江外草堂〉），都有扭轉現實消沉的千鈞之力。

　　透過詩句的爬梳，杜甫在夜色當中的家國聯繫，乃是由「傷逝」的時間感所引發的「回歸趨力」。此趨力的指涉對象既是家、也是國，兩股趨力「方向性」的統一，造就「家」與「國」難以分辨，此「懷鄉憂國」並蓄的現象，成為杜甫晚年不斷重複操作的書寫模式。

　　杜甫在瀼西還寫了〈八月十五夜月二首〉，該詩以描寫「落月」為主題，與先前夜中不寐的情境不同，兩首詠月之作分別將思歸與傷亂之情寫的淒涼哀慘，與〈晚登瀼上堂〉相比，此處「憂國」的大丈夫之情在此組詩較為微弱：

其一

滿目飛明鏡，歸心折大刀。轉蓬行地遠，攀桂仰天高。

水路疑霜雪，林棲見羽毛。此時瞻白兔，直欲數秋毫。

其二

稍下巫山峽，猶銜白帝城。氣沈全浦暗，輪仄半樓明。

刁斗皆催曉，蟾蜍且自傾。張弓倚殘魄，不獨漢家營。（頁835）

其一的首聯頗具巧思，化用古絕句「藁砧今何在？山上復有山。何當大刀頭？破鏡飛上天」，〔註36〕古絕句以思婦口吻詢問夫君何時

〔註35〕　「深峽」對比於開頭的「瀼岸」更加概念化，並不僅稱此時此地的瀼水岸邊，很可能是指出峽的歸途。

〔註36〕　徐陵編集，吳冠文彙校：《玉臺新詠彙校》（上海：上海古籍出版社，2011年），頁1071。此詩於《藝文類聚》稱〈藁砧詩〉，於《初學記》稱〈古詩〉。

歸返，杜甫在此反用古絕句的口吻，以征夫的立場詢問何時可歸還，故歸心強烈地足以催折大刀。次聯言丈夫（自身）漂泊羈旅，行走他鄉，在異地中只能攀桂仰望，而眼前江河映照明輝猶如霜雪清切，也可以在林中窺見鳥禽。「江河」與「鳥禽」都是歸鄉的意象，杜甫寓目所及皆懷歸之情，最後又回首仰觀明月，彷彿都能見得月中白兔的毫毛，在秋風中搖盪。其二則延續思歸之情，描寫落月之景，特別是「時間流逝」與「月落」的互動關係。首聯的「稍下」與「猶銜」都是就著落月西斜的景觀而言，次聯則寫西下落月斜映高樓，而東側的全浦轉為陰暗，頸聯點出時間流逝，「催曉」、「自傾」，言月隨著時間流逝而落下，「催」字帶有緊迫之意，也點出月落「傷逝」之情。尾聯則結出不同意境，詩人扣回「張弓」的征夫，揣想他們在仰望明月時也是思歸之情濃烈，且夷、華之卒皆是如此，感慨天下兵革不止，自己又何嘗不是受時代波瀾所及的旅人。尾聯拈出的征人形象回扣到以古絕句為暗本的構思，讓人聯想到〈西閣夜〉中「擊柝可憐子，無衣何處村」的轉折，末句「不獨漢家營」是屬於旁觀者的感慨，跳出征夫角色，以歷史評判的高度感慨天下間的兵革戰事。

從第二首的結尾來看，杜甫從「月落」的描寫轉換到征人思歸的情境，是將「時間流逝」與「地理阻隔」相對照，並從中突顯「不安於此」的感受。這個轉換的意義在於杜甫必須安頓在亂世中避亂他鄉——而非居廟堂之上的道德焦慮，他必須勾勒出「征人」形象以安頓自我，並合理化身老滯歸的現實與價值階序之間的衝突。

從以上分析中，我們知道此詩是杜甫主要以征夫的口吻詠月之作，然而，與征夫相對的「思婦」卻隱而不見。筆者以為原因有二：一是杜甫以此詩的征夫立場回應思婦口吻的古絕句，乃代擬之作；二是杜甫所藉的「思婦」正代表由「攀桂」所欲企及的家／國的理想。從先前以夜色為題的諸詩之中，可見得天上星月「遍照」的性質是是聯繫兩地的因素，如「銀漢遙應接鳳城」、「萬里共清輝」、「關

山隨地闊，河漢近人流」（〈十六夜翫月〉），在異鄉之中，向上的仰望最為容易安撫困阻山外的孤寂感，杜甫夜中所寫所見，都必然地仰望、遠望天上的事物，冀以抒發懷鄉憂國之情。對杜甫而言，仰望明月猶如神入故鄉，其星點如生命之星。〈八月十五夜月二首〉的「攀桂仰天高」也是相同道理，地遠、天高都是空間上的極限，「攀桂」與登樓相似，藉著向上的動作牽引出歸還的祈願，其對象是多涵義的——思婦、家鄉、長安。杜甫利用二元對立的思維，將此地的「征夫」與彼地（故鄉）「思婦」相對，將「懷鄉」的目的地概念化為理想象徵，而與「憂國」同為生命價值所趨。懷鄉與憂國相輔相成地成為杜甫回歸中原的拉力，也將原本應分立兩種主題與目的鄉繫一起，成為獨特的「家國聯繫」表現模式。

　　由上面詩例當中，可知杜甫藉由夜間獨處時，對於戰事、朝廷、家鄉的連類詠懷，並非直暢而下的敘述，它更近於詩人心中萬端愁緒的交錯片段展現。杜甫在夜中不眠的情境下，胸中迸發的拼貼的、抒情的回憶與憂憤雜沓紛至，躁動的心緒與靜謐夜色呈現強烈對比，也勾連出度隴入蜀以來的壯志未酬。這正是夔州詩「鄭重煩絮」的一面。從篇幅較為短小的五律〈西閣夜〉與七律〈夜〉相似的動作、結尾，可以知道杜甫並不安於異鄉夜色之中，他以「遠望」的動作暗示極欲回鄉報國的心志。而在〈夜〉當中，詩人直以月色作為聯繫兩地的意象，〈中宵〉則可見杜甫在夜半時分，感受到在天、江之間所突顯小之於大的張力（不僅是空間層面，同時也是時間層面），最後結於孤獨無依的氣氛中。〈中夜〉則加入追憶的元素，聯繫起昔為長安人士，如今卻流落他鄉，最後詰問盛世太平人的命運多舛，令人不勝唏噓。〈晚登瀼上堂〉是家國聯繫的典型，以三首律詩的篇幅將多種意象、目的並置於一首之中，顯現沉鬱頓挫的詩風與憂國憂民的詩聖性格。最後，筆者以〈八月十五夜月二首〉為夜色主題的結束，這組詩的家國聯繫最為隱微，並無法一眼知曉，筆者以為，杜甫以古絕句為底本，代擬征夫回應中原思婦。代擬的動作取代原本以「望月」作為聯繫異

地的程式，只濃縮於「攀桂」當中；而征夫／思婦、夔州／中原、壯心／壯年等種種對立透過與古絕句的對話空間，開展出與家國聯繫的思維，用以提示讀者「異地思鄉」的煩絮心結。

　　從家國聯繫的角度看夜色主題，可知「傷逝」所延及的回歸趨力，在夜色多愁善感的處境中更顯強烈，且身老、歸鄉、憂國等心緒交合作用於詩中，成為別於以往的寫作慣習。接著，筆者將從夜色主題所揭示的現象，看待「悲秋」主題中的「家國聯繫」運用情形。

（二）悲秋主題

　　中國文學當中，「悲秋」是源遠流長的傳統，與「傷春」並為兩大文學主題，兩相比較，在時間意識方面，悲秋似乎更能夠突顯衰老無用之情，其「傷逝」之感也將顯得更加悲沉。松浦友久認為，「秋」既是反應一年之終，也反襯出人生的不可重複性：

> 四季的過程是反覆功能，人生卻是不可反復的。即由於不帶有推移變化中的反復功能，聯繫到這一點，人生與四季又是完全「相反」的。但這種相反，由於存在於推移功能相似之中（不管是潛在還是顯在），就不能不被更加對比鮮明地意識到，並造成人生一去不復反的印象。

> 大概作為這一連串心理過程的根本原因，在於人們的更深層時間意識裡，比起成長期的青春（以及它投影的春），更易於關切衰老期的晚年（以及它投影的秋）。就是說，現在將要──或已經──置身於其中的「人生之秋」，確實是「秋」，同時也是由於絕對不可再來而造成的時間意識的深化。〔註37〕

相對於「春」，「秋」作為四季之末，也暗示人生的「衰老」階段。故而，「傷逝」在悲秋主題中將獲得更多的闡發，且與「士不遇」的情感

〔註37〕松浦友久著，孫昌武、鄭天剛譯，《中國詩歌原理》（臺北：洪葉文化，1993 年），頁 38。

結合，成為重要的文學傳統。「悲秋」主題可追溯至宋玉〈九辯〉，其「悲哉秋之為氣也」，結合傷逝、不遇的情感，成為六朝詩人寫作的題材之一。面對龐大的悲秋傳統，何寄澎以〈悲秋——中國文學傳統中時空義式的一種典型〉為題，談論宋玉「悲秋」主題中的時空意識，從此時空意識中拓展而來的三種內涵，即是：「羈旅飄泊的感傷」、「孤棲懷人之悲慨」、「空閨獨守的哀怨」。〔註38〕杜甫的悲秋主題，正是在文學傳統的積累上，形成與自然相逆的「興」式思維方式，何寄澎如此評價〈秋興八首〉在悲秋主題的突破：

在時空意識作用之下，以劇變的秋景寓劇亂的時局，沉鬱高
古，超越「個人」格局，深化了「悲秋」的格調。〔註39〕

超越「個人」格局，意味著杜甫並不僅止於從寥落的秋景中感傷自我際遇，而是從「個人」當中跳脫出來，以一種普遍性的情懷感傷宇宙間同遭此遇之人，意即將「時空意識」推己及人的置入「群」的關係中；這可以說具有「詩聖」的特質，故可以說，〈秋興八首〉正可以代表「家國聯繫」模式擴展於悲秋主題的作品。

筆者認為，從「家國聯繫」的角度看帶悲秋主題與傳統，更能突顯杜詩在文學傳統上的新變之處：在悲秋傳統所蘊含的時間意識，以及士不遇的情境之外，杜詩增添了「空間」的意識，詳細來說，杜甫身處異地（邊陲），對於家、國核心的嚮往，透過悲秋主題展現，產生「京華」與「夔府」之間的空間跳接，從中蘊含著悲秋傳統較少涉及的「家國之思」。

經過上述對於悲秋傳統的討論，以下先爬梳〈秋興八首〉的章旨、構思，然後討論詩中的「家國聯繫」模式之運用。杜甫於大曆元年（766）自雲安入夔州，該年秋天便寫下悲秋七律組詩的最高傑作：〈秋興八首〉。關於〈秋興八首〉的研究、注疏繁多，今以葉嘉瑩所彙整評點的

〔註38〕何寄澎，〈悲秋——中國文學傳統中時空意識的一種典型〉，《臺大中文學報》第 7 期，頁 77～92。

〔註39〕何寄澎，〈悲秋——中國文學傳統中時空意識的一種典型〉，頁 85。

《杜甫秋興八首集說》為主。〔註40〕

〈秋興八首〉之大旨，以張綖的說法最為簡扼，他認為〈秋興八首〉之旨就是「懷鄉戀闕之情，慨往傷今之意」，〔註41〕將懷鄉、戀闕、慨往、傷今四者視為此組詩的基本元素。「懷鄉」與「戀闕」本為兩種主題，通曉〈秋興〉者皆無有歧見，可見詩人在八首詩當中巧妙的將兩者融為一事一情，而以慨往、傷今作為表現手法。筆者以為，「家國聯繫」是理解〈秋興八首〉當中「懷鄉、戀闕、慨往、傷今」四者的有效詮釋，藉由「異地」的處境逗出懷鄉之情，再由阻歸之現實，感慨往昔盛世，彼此互攝互融，讀之詠之益覺頓挫蒼涼。關於〈秋興八首〉中「異地」因素的發掘，高友工做出評價：

> 我們也應注意每首「夔府詩」中對長安或明或暗的影射和「長安詩」中對夔府的暗指。這兩個地點互相照應，貫穿全組詩。這是重要的統一原則。另外，它還把我們的注意力引向杜甫不幸遭遇的根源，雖然他身在夔府，可總是神往長安，雖然他沉溺於回憶，但現實的困境卻不時地縈繞著他。正是這種分裂自我的分裂意識，造成了那種瀰漫全詩的憂鬱情緒並為整個組詩提供了基本的張力。〔註42〕

高友工以「分裂自我的分裂意識」解釋〈秋興八首〉當中回憶與現實反覆交錯的表現，「分裂」的斷語或許言重了些，若仔細翻閱杜甫夔州時期的詩作，無論在組詩的質與量，都更勝以往，而篇幅所蘊含的心事也勢必藉由一聯內互相對偶的特性碎片化、瞬刻化、名詞化。所以看似「分裂」的意識，其實是杜甫旋折於兩地之間的聯繫表現，且是由事與願違的現實處境所造就的不協調感；其中，杜甫透過「慨往、傷今」所追緬的「家國」，是由寫實性的「國事感懷」過渡到追憶式的「盛世印象」，那麼，詩人所塑造的長安想像乃就現實政治的反差而

〔註40〕葉嘉瑩，《杜甫秋興八首集說》（上海：上海古籍出版社，1988年）。
〔註41〕張綖，《杜工部詩通》，頁429。
〔註42〕高友工、梅祖麟，《唐詩的魅力》，頁29。

來，讀者必須藉由迂迴地理解詩聖的心境。此是夔州詩與先前詩作最大的不同之處。

以下逐次分析〈秋興八首〉當中「家國聯繫」的表現模式，以作為夔州詩的悲秋主題之典型。

其一

玉露凋傷楓樹林，巫山巫峽氣蕭森。江間波浪兼天湧，塞上風雲接地陰。叢菊兩開他日淚，孤舟一繫故園心。寒衣處處催刀尺，白帝城高急暮砧。（頁643）

第一章乃是值夔府之秋，遙念京華故園之作，故以秋氣蕭森、江上波瀾不止的景象烘托出夔州所感。頷聯是眾家著力之處，除繫年問題外，「孤舟一繫故園心」的情志該如何解讀是一大問題；《杜工部詩通》的「兩開，謂兩秋也；他日，前日也；一繫，猶言純繫也」、「後四句，情中寓景，乃秋興之實，五、六，已盡其羈旅之情」〔註43〕應是最為穩妥之解，若依此解，則兩秋則謂離蜀後的兩年，兩年間杜甫心之所向，終是京華故園。「繫」字用的巧妙，與「開」相對，所謂「羈旅之情」也在一開一繫之間所造成的張力顯現，杜甫羈旅在外，猶如不繫之「孤舟」，然心卻游乎其外，存於故園。此「故園」在第一首詩中看不出實指，若從八章整體的一致性來說，應為長安；《杜臆》依此觀點拓展長安的政治意義，認為：「余謂『故園心』三字為八首之綱，誠不易之論，然與久客思歸者不同。身本部郎，效忠有地，蓋欲歸朝宣力以救世之亂」，葉嘉瑩則兼採懷鄉、戀闕的心緒，持平論曰：「私意以為此八詩所寫但為未能為朝宣力之慨，蓋杜甫羈身夔府之日，已有無限垂老衰遲之感，與其謂有『歸朝宣力』之欲願，何如謂有『不能為朝宣力』之悲慨」，〔註44〕葉嘉瑩將「羈旅」與「戀闕」相通，其實就是「孤舟」與「故園」（長安）的相繫。就「家國聯繫」來說，首章的意義便是「異地」的聯繫基礎，惟有詩

〔註43〕葉嘉瑩，《杜甫秋興八首集說》，頁74。
〔註44〕葉嘉瑩，《杜甫秋興八首集說》，頁75～76。

人自覺離鄉去國、羈旅他鄉的現實處境，才有可能以「思鄉」的姿態漫想彼地之情境。

其二

夔府孤城落日斜，每依北斗望京華。聽猿實下三聲淚，奉使虛隨八月槎。畫省香爐違伏枕，山樓粉堞隱悲笳。請看石上藤蘿月，已映洲前蘆荻花。

第二章則用思鄉的模式看待異地羈旅，然歸還的情境卻有政治意味。杜甫登臨夔府，遠望落日傾斜，念及自居夔以來夜裡憑依北斗，[註45] 遙念京華。登臨而「望京華」，實懷鄉之情，故葉嘉瑩云：「至於念亂傷離之感，自在言外，不必如詩闡之必瑣瑣指明朝廷之失政，藩鎮之不臣也」，認為以「戀闕」詮釋「望京華」之意不妥。然而，頷、頸兩聯則轉到國事的「入朝」之喻：頷聯借張騫以喻嚴武，「虛隨」巧妙地點出欲還卻不得的嚮往，然遐想已至，「畫省香爐」指杜甫任左拾遺的情境；至下句卻又乍覺在現實之中，眼前重山阻隔，身處邊地猶聽得胡笳。「阻歸」的現實成為一堵大牆，撲滅所有遐想，末聯結以夔府秋夜，與首聯「落日斜」呼應，兩句的「請看」與「已映」暗示讀者已月升當中，其間的推移之悲不言而喻。

其三

千家山郭靜朝暉，日日江樓坐翠微。信宿漁人還汎汎，清秋燕子故飛飛。匡衡抗疏功名薄，劉向傳經心事違。同學少年多不賤，五陵衣馬自輕肥。

第二章以身處夔府的事實與回鄉的想像情景相互交映，目的在於突出夔府與京華的不同處境，第三章則在夔府朝日寫事與願違的感慨，更加深此時困居南方的尷尬；浦起龍解得貼切：「前二首『故園』、『京華』，雖已提出，尚未明言其所以。至是說出事與願違裏曲來，是吾所

〔註45〕北斗乃是指北斗七星：「第一至第四為魁星，第五至第七為標，合而為斗。」也有群星拱主之意，指君王所處之京華。此想像北斗指向京華，進而有戀闕之意。

謂『望』之故，錢氏所謂文之心也」。〔註46〕前二聯實寫坐居閣中之景，目前所見皆山郭、漁人、燕子，頸聯則轉入自身傷感，以匡衡、劉向的故事反襯自己如今功名薄、心事違的不得志，也就是「致君堯舜」的落空。〔註47〕末聯則指向吾輩中人，以輕藐卻又雜含欽羨、感慨的口吻訴說故人同學泰半已擁有功名厚祿。

　　從前三章的脈絡，可以看到杜甫向著某處層層推進：首章「孤舟一繫故園心」感其羈旅之感，次章「每依北斗望京華」點明故園之所，三章「功名薄」、「心事違」則言故園心中的志之所之。

　　　其四

　　　聞道長安似弈棋，百年世事不勝悲。王侯第宅皆新主，文武
　　　衣冠異昔時。直北關山金鼓振，征西車馬羽書馳。魚龍寂寞
　　　秋江冷，故國平居有所思。

第四章在八首組詩的結構中有特殊的意義，楊倫說「前三章俱主夔州言，此下五章乃及長安事」（頁645），此章乃是將焦點由此地轉至彼地的過渡。首聯「聞道長安似弈棋，百年世事不勝悲」開出兩條線索，一是「聞道」的聞見想像，二是「百年世事」的人生慨歎，杜甫綰合兩者的思維、情志，便是「家國聯繫」所試圖描述的情感遞升過程。頷聯從「皆新主」、「異昔時」描寫長安自安史亂後的變遷，雖輕描淡寫，但亦不可淺說；頸聯則追憶廣德元年吐蕃直取長安的警急事態，以及事態變化迅速的窘迫。「羽書馳」一作「羽書遲」，前者言兵檄飛翻交錯，後者悔畏征兵不及，致使天子蒙塵，兩義皆合詩意。末聯返回夔府之景，杜甫見魚龍潛游於江，秋思乍動，頓覺江水寒冷寂寞，下句承「寂寞」意，思憶起故國平居的閒適歲月。若從第四章的布局

〔註46〕浦起龍，《讀杜心解》，頁652。
〔註47〕葉嘉瑩整理歷來眾說，認為五、六句引故事附會杜甫心事乃是：「此二句，一般通說，皆以為『匡衡』句，乃指杜甫之疏救房琯，而出貶華州，是功名不及匡衡也；而『劉向』句，則指杜甫雖曾獻賦於朝，而未蒙受詔傳經，是心事又復違背不偶不及劉向也。」葉嘉瑩，《杜甫秋興八首集說》，頁132。

安排來說，二、三聯從第一句「聞道長安似弈棋」，乃詩人追憶、詠懷彼地的情境，末聯上句跳回夔府秋景，復以秋興呼應「百年世事不勝悲」的感慨。「彼地」與「此地」的跳躍聯繫，就是〈秋興八首〉所呈現的思維方式，末五章皆以「長安」之一地起興，末以「夔府」所感作結，而「聯繫」作為家國之思與寂寞孤羈的矛盾張力，使讀者在反覆吟詠間彌久彌深。

　　第四章的另一個意義是以「長安」為起，「夔州」為迄的的詠懷模式，在下四章中重複出現，它以「故國平居有所思」起興，重新演繹「聞道長安似弈棋，百年世事不勝悲」的悲慨。前三聯借長安來追憶、詠懷，末聯折返夔府，感慨身老、羈旅不歸；筆者認為，末聯的回歸是反襯追憶的沉痛，以及開展下章再次起興的動力，提醒讀者（亦是杜甫本人）「異地」的家國之思。第四章以後的詠懷模式，其來回往復的特性使得杜甫的「懷鄉戀闕」形象也更為鮮明。此概念得自高友工的觀察，它對第五章至第七章的詠懷模式分析是：

> 在第七首中，錯綜句法是以這樣的形式出現的：一至六行
> 描寫昆明池及周圍的景物，第七行寫山與關塞，第八行再
> 回到水。因為每次回憶過程中斷後的恢復都需要更大的推
> 動力，所以 5～7 首作為一個整體，傳達了一種維持夢境
> 的印象，這是一個重建昔日的興盛而頑強努力的夢想，但
> 是，這種夢想總是在最後一聯，被詩人清醒面對的嚴酷現
> 實所破滅。〔註48〕

〈秋興八首〉當中第五到七首中遙想京華的重複形式，高友工稱為「維持夢境」，但非線性的維持，第五章開始每當末聯就從現實中破滅一次，重覆著三次「追憶—破滅」的循環，其間的沉鬱亦發深沉。在此將四至七章〔註49〕的末聯截出，觀察杜甫在秋景的夢境中醒覺後的失

〔註48〕 高友工、梅祖麟，《唐詩的魅力》，頁 26。
〔註49〕 〈秋興八首〉第五首至第八首全文如下：
　　　　其五：「蓬萊宮闕對南山，承露金莖霄漢間。西望瑤池降王母，東來

落，後又頑強地再次遁入追憶的推力中，讀者所感受到的是「地點的往返」：

> 其四：魚龍寂寞秋江冷，故國平居有所思。
>
> 其五：一臥滄江驚歲晚，幾回青瑣點朝班。
>
> 其六：回首可憐歌舞地，秦中自古帝王州。
>
> 其七：關塞極天唯鳥道，江湖滿地一漁翁。

從五首末聯擷取的句子當中，第四章具「轉」的功能，將夔府遙望京華轉至「故國平居有所思」的遙想追憶，下四章各言長安相關的「蓬萊宮」、「曲江」、「昆明池」、「渼陂」，都是「故國平居」時所曾遊覽之處。杜甫藉由緬懷、遙想，片段地捕捉記憶中的盛世圖景，但最終會被此地的現實意識介入，成為痛苦不堪的生命體驗。第五章是異地往返的首次循環，杜甫的「一臥滄江驚歲晚」乃是自拾遺移官後「一臥」至今，驚覺十年歲月已逝，如今卻困頓於江湖之下的處境；下句，詩人又從夔府「聯繫」到昔時拾遺入朝列班，更是彰顯現地身老無用的難堪。簡言之，第五章末聯的「家國聯繫」，上句著重於時間流逝，下句則恨異地不至，時空二重的撕裂使得詩人當下更加彌加沉鬱、悲痛。〔註50〕

第六章則回憶曲江盛宴，相較先前〈樂遊園歌〉的游宴歡騰與〈曲

紫氣滿函關。雲移雉尾開宮扇，日繞龍鱗識聖顏。一臥滄江驚歲晚，幾回青瑣點朝班。」

其六：「瞿塘峽口曲江頭，萬里風煙接素秋。花萼夾城通御氣，芙蓉小苑入邊愁。朱簾繡柱圍黃鵠，錦纜牙檣起白鷗。回首可憐歌舞地，秦中自古帝王州。」

其七：「昆明池水漢時功，武帝旌旗在眼中。織女機絲虛夜月，石鯨鱗甲動秋風。波漂菰米沈雲黑，露冷蓮房墜粉紅。關塞極天唯鳥道，江湖滿地一漁翁。」

其八：「昆吾御宿自逶迤，紫閣峰陰入渼陂。香稻啄餘鸚鵡粒，碧梧棲老鳳凰枝。佳人拾翠春相問，仙侶同舟晚更移。綵筆昔曾干氣象，白頭吟望苦低垂。」

〔註50〕葉嘉瑩之串講亦是肯切，其曰：「今日之一臥滄江，與昔時之幾回青瑣，遙遙相對，一氣轉成，勁健有力，固真有不勝今昔之慨者矣。」

江〉傷春悲情，杜甫「回首」望京，即是「聞道長安似弈棋」滿懷憂患之心的凝望，情境若似王粲「南登霸陵岸，回首望長安」，故《杜詩提要》云：「平時歌舞之地，化為戎馬之場，故曰回首，故曰可憐，一句回抱上文，十分警策。又作用力語，因此日之衰，而復思自古之盛，見忠君愛國之懷，而詩境亦不寂寞」，〔註51〕將「可憐」的情志講的貼切，進而連類至古今盛昔之無常。「回首」一詞，除揭示憂患之心，也標示出「夔州」的相對性，而「可憐」將兩地相繫，最後借歷史之眼慨歎功業盛衰無常；「自古」並非理性之語，它緊扣「百年世事不勝悲」，是對著安史之亂以來的世事無常及流離失所發出呼告。因此，杜甫其實是藉著忠君愛國之語抒發羈旅在外的離鄉傷愁，兩者相互照應又彼此纏綿繾綣。

　　第七章的結尾在組詩結構上自成一個循環，它是第四章以來長安印象的終曲，亦是從遙望到遙思，逐漸高漲的懷鄉情緒的悲劇性高潮。關於「關塞極天唯鳥道，江湖滿地一漁翁」，高友工認為「第四聯所表現的是以聯繫代表分離的矛盾現象和那不幸的小舟意象」，〔註52〕其實就是杜甫以遠望、向上望的思鄉模式，並且呼應到「孤舟一繫故園心」的完整意象；另外，「極天」與「江湖」的空間拉鋸的上下關係，是杜甫阻歸的現實因素，它同是收束第四章首聯「百年世事不勝悲」的感慨。第四章開頭拈出的「聞道長安似弈棋，百年世事不勝悲」，詩人分作三章，前頭不斷追憶長安周邊，透過末聯的打斷、回歸現實，最終以「江湖滿地一漁翁」的自我書寫回應「百年世事」的悲慨。

　　若將〈春日江村五首〉與〈秋興八首〉對照，便可約略的比較杜甫傷春與悲秋主題的不同「聯繫」方式：前者乃是從「江村」中頓起「乾坤萬里眼，時序百年心」的悲壯情感，並於第五首出現風格轉換；後者透過追憶反覆往返於夔府、京華，並予以「小舟」之意象，最後

〔註51〕吳瞻泰，《杜詩提要》，頁 644～645。
〔註52〕高友工、梅祖麟，《唐詩的魅力》，頁 30。

收束到「關塞極天唯鳥道，江湖滿地一漁翁」的蒼涼境界。筆者認為就傷春主題而言，杜甫開啟重視時間流逝的「傷逝」悲感，用以抒發遠方家國的傷感，這是藉由「乍起」的偶然聯繫而轉換的風格，但是到了悲秋主題，杜甫從傷逝中強調「追憶」中的京華，這個傾向使得〈秋興八首〉中往返於兩地的聯繫形式。

詩人於夔府秋興的主題，在情意營造方面於第七章應以飽滿，卻特意另尋一處作結，這是值得思考的現象。第八章的開頭仍以長安印象起興，中間兩聯出現倒錯的句法及「春」意象，相較於前一章的「雲黑」、「露冷」的凝重感，此章頗有「回春」之意。對於此，方瑜便從第八首的「春意」來談作為組詩意義上的「突圍」，乃是對於「逝去的時間」反動而來的「尋回的時間」：

> 〈秋興〉末章召喚的春天，正是詩人借詩作「尋回的時間」，
> 是時間的純粹形式，只存在於藝術品中，不會隨現實時間腐
> 朽、衰敗。詩人一生的經歷、他所有流失、浪擲、蹉跎、消
> 磨的時間，都不是枉然，都是為了這最後的「復得」。但觸
> 發的關鍵，卻常是偶然。〔註53〕

方瑜認為，在最末首的中的「春」意，乃是詩人從反覆追憶而來，最終超越造化的「回春」之筆，是在沉吟悲痛到無可復加的終極悲哀底下，以詩的意識創造出來的永恆盛世之春。〔註54〕延續方瑜的觀點，若由「家國聯繫」來看「尋回的時間」，便是在悲秋之末的「風格轉換」，而篇末「回春」的意義在於詩人企圖由「回溯時間」來彌補「空

〔註53〕 方瑜，〈困境與突圍——以杜甫〈同谷七歌〉與〈秋興八首〉中的春意象為例〉，頁144。

〔註54〕 其曰：「〈秋興〉末章，用心營造的不只是單純的景物，而是整體氛圍，從字行間散溢的明麗歡悅氣氛。與前章、甚至前七章，截然區隔，並非完全寫實的長安之春，詩人去除雜質，擷取記憶中與特殊空間連結的鮮明印象，以七律精嚴的格律，留下歡愉和美，成為永恆。杜甫以彩筆繪成的盛世之春，遠比數十年的開天盛世更為長久。」方瑜，〈困境與突圍——以杜甫〈同谷七歌〉與〈秋興八首〉中的春意象為例〉，頁142。

間障礙」（阻歸），其根本原因還是對遠方家國的回歸趨力。

　　〈秋興八首〉所揭櫫的重大意義是以「干犯造化」來構築詩世界，而非先前以時事作為家國聯繫的起點。以往「家國聯繫」的發生過程，是杜甫親身親歷感受國事震盪、兵戈不止的現狀，由無法回歸的道德虧欠感所造就的「回歸趨力」促使「懷鄉」與「憂國」兩個主題的並置與風格轉換。但到了〈秋興八首〉已經產生轉變：從傷春主題開始，詩人面對不斷流逝的時間，以及身居夔府的困境，他以造物者的「綵筆」來「干氣象」，正是於異地的吟望追憶中創造懷鄉、戀闕的自足動機，至此，詩人不必倚靠干戈滿地的道德不安感受，而得以超過個人的生命體悟以感應興發。[註55] 換言之，若以方瑜的說法來看，〈秋興八首〉的「困境」即是「家國聯繫」原有的表現模式，然而，在第八首的「回春」（突圍）就展現詩人的自主性，不必被動地承受「傷逝」的悲哀。此「突圍」正是家國聯繫的新形態，也是詩人迴避道德焦慮，以更高層次的胸懷憫懷世界的方式，同時也展現「詩聖」的情感特質。但是，若注意到「干犯造化」之後，詩人仍「白頭吟望苦低垂」的回到現實（又一次醒覺），便知即使詩人能以構築世界的手法，橫越往返於兩地之間，減低道德感的愧疚感，卻無法逃過現實命定的困境。

　　杜甫的夔州詩作中，以〈秋興八首〉所開展的模式為家國聯繫的典範。除此之外，較為明顯者還有〈九日五首〉，以下分次論析之。〈九日五首〉題目標示有五首，實際上僅有四首，且體裁不一：

　　其一

　　重陽獨酌杯中酒，抱病起登江上臺。竹葉於人既無分，菊花
　　從此不須開。殊方日落玄猿哭，故國霜前白雁來。弟妹蕭條
　　各何在，干戈衰謝兩相催。

〔註55〕 這個轉變在入夔前的〈春日江村五首〉的「乾坤萬里眼，時序百年心」已見端倪，不過在〈秋興八首〉中，透過內在經驗聯繫至京華的現象完整且有模式的呈現，此乃夔州詩作的家國聯繫與先前詩作的不同之處。

其二

舊日重陽酒，傳杯不放杯。即今蓬鬢改，但愧菊花開。
北闕心長戀，西江首獨回。茱萸賜朝士，難得一枝來。

其三

舊與蘇司業，兼隨鄭廣文。采花香泛泛，坐客醉紛紛。
野樹欹還倚，秋砧醒卻聞。歡娛兩冥漠，西北有孤雲。

其四

故里樊川菊，登高素滻源。他時一笑後，今日幾人存。
巫峽蟠江路，終南對國門。繫舟身萬里，伏枕淚雙痕。

為客裁烏帽，從兒具綠尊。佳辰對群盜，愁絕更堪論。（頁 840）

此四首是否為一時之作，諸家莫衷一是，又〈登高〉是否納入〈九日
五首〉，也是爭議焦點。筆者以為，若參照杜甫先前組詩中的嚴密結
構，〈九日五首〉顯然並非刻意為組詩，詩作彼此間呼應與承繼關係
薄弱，惟所思對象不同、又情調相似，故而收納於一題之下。〈九日五
首〉，每首皆能獨立欣賞，筆者將以家國聯繫的角度，與〈秋興八首〉
所感懷相類應，說明兩組詩所共有的表現模式。

首章首聯破題，且帶出重陽時節的習俗「登高」與「飲酒」。杜
甫獨酌登臺，無親無友，故竹葉酒無從分飲，賞菊樂事也百無聊賴。
頸聯將登臺獨酌的情緒迸發，「殊方」與「故國」遙遙相對，詩人感時
序推移，見殊方之日落，料想故國之霜前，思歸之情濃烈。末聯思及
弟妹杳無音訊，又恐干戈未息、抱病衰謝，兩相逼迫，感慨不已。

二章憶昔重陽日傳杯共飲，反襯今日獨酌之窘境，次聯「但愧菊
花開」與前章「菊花從此不須開」相似，扣緊「團聚」命意。頸聯點
出異地關係，「北闕」（長安）與「西江」（夔州）相對，而「迴首」的
依違之情，寄寓在登臺凝望遠方之中。「迴首」不僅是思鄉之情，它也
帶有政治的意涵，末聯以賜宴群臣以茱萸的習俗自傷，由此，足見以
重陽時節所推開的懷鄉、戀闕之情。由重陽所帶出的人生體悟，延續

到第三章，使得兩首有緊密的連續關係。

第三章首聯的「舊與」重複前章「舊日」的追憶，但不若〈秋興八首〉的全身投入，而是半醉半醒之間，讓人分不清現實、虛幻——「采花香泛泛，坐客醉紛紛」香醅甜美，猶如「春」意。然而，「擣衣聲」中斷杜甫的揣想，「秋砧醒卻聞」的情景如〈秋風二首〉中的「天清小城擣練急，石古細路行人稀」，此刻可能是日落西下，天色將冥，過去繁華與現在清冷之落差，使詩人默默不語，徒將眼光落向天際。〔註56〕結尾對追憶的中斷，與〈秋興八首〉是同樣的循環；孤雲意象暗合上章「一枝來」的聯繫關係，一來一往之間，其間的懷鄉、戀友之情可想而知。值得注意的是，二、三章的關係比較緊密，是意象的連續關係；也就是說，杜甫是在「西江首獨回」之後開展追憶、詠懷，蔓延至第四章，最後收束在「西北有孤雲」的凝望中。

第四章則跳脫追憶情景，以今昔對比揭開家國之思。首聯想像長安故里的重陽情景，菊花叢開、登高望遠，但下聯斷開想像，「歡娛兩冥漠」的哀愁仍續，感慨自身登臺獨酌的荒冷。第三聯開展異地聯繫，杜甫所在的「巫峽」與家國「終南」，以對稱的方式達到聯繫的意義。下聯則在異地情境中抒發羈孤身老之情，「繫舟」呼應「孤舟一繫故園心」，杜甫懷鄉、戀闕之情又被召喚，且自動歸入〈秋興八首〉的情意模式中。末二聯回歸日常，在九日佳節裁烏帽、具綠尊，故然井井有條，然安止的當下蘊含「群盜」的隱憂，其憂患之心又乍然升起，末句遁入無限憂愁當中。這種「隱憂」乃是對家、國的憂患意識，國優於家的不安，在閒適時光又被喚起。

總結以上，筆者分析兩組有關秋季的作品：〈秋興八首〉與〈九日五首〉，兩組詩作情調類似，且共循一種表現模式，乃是藉由異地

〔註56〕「冥漠」諸家扣在哀蘇源明、鄭廣文之歿，悼往昔之歡愉已逝，故是正解。如浦起龍認為冥漠是：「蘇、鄭既亡而冥漠，己身羈孤而冥漠也。」浦起龍，《讀杜心解》，頁557。筆者做日暮之感，乃就聽聞秋砧之聲所做的推想。

聯繫推出家國之思。就此面向來說，〈秋興八首〉結合先前追憶、登高的寫作慣例，更加精微、博廣地開展懷鄉、憂國的綜合感懷，形成一種悲壯蒼涼的境界。

筆者以〈秋興八首〉作為杜甫夔州詩「悲秋」的代表作品，除篇幅弘制、造意精妙之外，它也是悲秋情感的「集大成」作品，縱觀杜甫詩「悲秋」題材之內，單首作品的內涵鮮少深廣如此。在「家國聯繫」的詮釋下，〈秋興八首〉所揭示的「回歸趨力」是歸還的兩個階段，杜甫回歸的動機是身老羈旅的傷逝感，而目的卻轉向戀闕。從傷逝到戀闕的過程中，是以「聯繫」作為重複往返兩地的力量，在「夔府」與「京華」的對舉下，杜甫以「漁翁」形象回應兩地間的張力，並從中展現超越個人的悲壯情感。篇末的「尋回時間」（回春）是「家國聯繫」的新形態，不同於以往結尾的「風格轉換」，詩人從兩地往返間構築一個詩世界——不受時間侵擾的永恆瞬刻，但最後仍是打破永恆，回到「白首」的現實，又陷入更深層的頓挫。

簡單地說，杜甫的悲秋作品與以往不同的是，他構築一個「詩世界」以追憶昔日京華的盛世氣象，卻無法全身投入到昔日的情景中，因為詩人意識到身體的時間感並無法真正地超脫命限。「詩聖」的情感特質，就詩性的一面而言，並非僅透過「追憶」或是「感事」來顯現悲壯情感，而是介於兩者之間；在悲秋當中則是頑強地將異地聯繫的反覆形式。

小結

綜上述，本節透過「家國聯繫」模式對「夜月」與「悲秋」主題的解讀，認為在夜月主題中展現了因夜中不能寐、百感交集之下，勾連、拼貼的往昔片段，在追憶、緬懷當中，杜甫將夔府、京城兩地並置而觀，使異地的「思鄉之情」與「不遇、戀闕之情」相雜揉。接著，論析「家國聯繫」模式在「悲秋」主題的擴展，發現〈秋興八首〉結合先前主題的追憶、登高元素，且是透過「家國聯繫」模式，將自我

推向更高遠的悲壯情感當中，使悲秋傳統不僅限於個人的格局，而是帶有「詩聖」性質的傷逝、詠懷。

由「家國聯繫」的運用面向的擴展來說，這正補足伊娃‧周珊的並置結構理論所無法說明之現象──即是夔州詩「鄭重煩絮」的特質，儘管夔州詩中仍有「風格轉換」的現象，但已不是位於結尾、也非僅轉換一次的結構；筆者藉由「家國聯繫」的主題並置，說明「鄭重」之處，乃在於憂國之志，而「煩絮」是指詩中不斷跳接於夔府、京華兩地的聯繫現象。

第三節　晚年長篇自述詩中的「家國聯繫」模式

在前兩節的討論中，筆者透過三個主題的討論，說明「家國聯繫」運用的擴展，最後，以杜甫晚年的長篇自述詩為例，說明「家國聯繫」在出峽後的化解、消逝。

夔州時期的杜甫詩，多有「家國聯繫」模式的影響，但是晚年旅居孤舟的飄泊日子，家國聯繫的現象卻不是這麼明顯，進一步說，此時期的「憂國」與「懷鄉」並非大量的混雜於一篇之內，單以「憂國」或「感時」的作品增多，「懷鄉」相對而言較為退卻；對於此，筆者將透過兩篇長篇詩作進行討論，試圖提出一個解釋。

杜甫晚年的詩作，長篇排律及組詩比例的增加是顯而易見的現象，對於此，程千帆以「回憶和反省」稱之。回憶和反省是杜甫晚年詩作的傾向，兩者並非對立，彼此相纏相繞，情感也彌往彌深；而之所以採取「排律」與「組詩」的形式，乃是兩種體裁的容量才足以涵攝「歷史興衰」與「經歷感慨」二面的廣大深沉的憂慮。〔註57〕誠如上述，筆者以為「歷史興衰」與「經歷感慨」的憂慮，實際上擴張了詩歌僅只於「個人」的情感容量，杜甫嘗試以「歷時性」、「共時性」

〔註57〕 程千帆、張宏生，〈晚年：回憶和反省──讀杜甫在夔州的長篇排律和聯章札記〉，《被開拓的詩世界》，頁 217〜234。

兩面安頓自我，從「己」出發，關懷「群」的處境，這亦不失為詩聖的普世精神。那麼，「家國聯繫」在長篇詩作當中應當如何呈現？又或是擴展了哪些面向？

杜甫除了於大曆年間創作許多組詩與排律，也有許多長篇五古之作，舉凡〈八哀詩〉、〈壯遊〉、〈昔遊〉、〈遣懷〉、〈往在〉等等，皆屬追憶詠懷之作，〔註58〕它們也沾染「回憶和反省」的色調。但這些五古作品的家國之思並沒那麼強烈，反倒排律因為對偶緣故而展現異地的元素。杜甫大曆年間有〈夔府書懷四十韻〉，其憂國之志強烈，但不涉及懷鄉之情，浦起龍曰：「前半篇先己後國，是追憶追憤；後半篇先國後己，是在夔言夔。」可知儘管有兩地分述，但彼此無聯繫關係，故家國之思無法盪起。

杜甫大曆二年（767 年）寄給鄭審、李之芳的書信〈秋日夔府詠懷奉寄鄭監李賓客一百韻〉，裡頭涉及杜甫與二公的關係以及他對江陵、中原的看法，便藉由異地聯繫而升起家國之思。然諸家對於百韻長律，除讚嘆章法跌宕、結構縝密之外，對於章旨其實含糊其詞，這大概是百韻之中心事繁絮、又彼此勾連相纏，難以捉摸作者原意。〔註59〕到了仇兆鰲將百韻依意分作十段，才見其輪廓。仇兆鰲的分段標準，較前刻本不同，每段皆有完整意義：「刻本割裂段落，多寡不勻，幾於亂絲難理。今分作十段，每段各有起止，各有承轉，天然位置，不容毫髮混淆，此在讀書詳玩耳。」〔註60〕十段之間，各有承繼開展，乃就詩意內容分立，然而，詩中涉及杜甫與二公的關係，杜甫所寄託

〔註58〕〈八哀詩〉雖立傳意味濃厚，但杜甫在序言當中提到仍以「歎舊懷賢」為宗旨。楊倫，《杜詩鏡銓》，頁 671。

〔註59〕舉例來說，洪邁：「作詩至百韻，詞意既多，故有失於點撿者。」王嗣奭：「詩本詠懷，故詳於自述；而轉換串插，妙合自然。」盧德水：「是第一首長詩，其中起伏轉折，頓挫承遞，若斷若續，乍離乍合，波瀾層疊，竟無絲痕，真絕作也。」張溍：「忽自述，忽敘人，忽言景，忽言情，忽述見在，忽及己前，忽紀事，忽立論，過接無痕，照應有法。」詳參：《杜甫全集校注》，頁 4878～4881。

〔註60〕仇兆鰲，《杜詩詳注》，頁 1716。

心志為何？除篇末欲求禪而去的心願之外，「憂國」一面該如何詮釋？當是筆者欲辨析之處。

　　為避免徵引詩文的繁冗，筆者將仇兆鰲分段及大意整理如下：（頁800）

段落	起句	迄句	段落大意
一	絕塞烏蠻北	陶冶賴詩篇	首敘夔府詠懷之故。
二	峽束滄江起	野店引山泉	此詠夔州風景。
三	喚起搔頭急	滿座涕潺湲	此詠在夔情事。
四	弔影夔州僻	鴻雁美周宣	此回憶長安時事。
五	側聽中興主	佳句染華牋	此稱頌鄭李二公。
六	每欲孤飛去	烹鯉問沈綿	此段，承前起後，作通篇過峽。
七	卜羨君平杖	倒石賴藤纏	此答二公之問，備述居夔秋況。
八	借問頻朝謁	青簡為誰編	此因身既辭官，望二公入朝以佐主。
九	行路難何有	澤國繞迴旋	此欲出峽求禪，與二公相晤於江陵。
十	本自依迦葉	鏡象未離銓	此申上「鬥求七祖禪」，以終詠懷之意。

　　對於詩文註解及作者所指，歷來注家已大略完備，筆者從段落大意著眼，看待異地在此詩的作用。從十段之中依據詩中的「地點」可分立四大部分：一至三段，意在夔州；四、五段意在長安；六段，居夔思鄉；七、八段，意在夔州；九、十段，意在江陵。其中，杜甫在第五、第八段，表達了身不逮行，進而希冀二公能裨益於聖朝的「稷契之志」；反觀自身老而無用，歸佛心意強烈。然而，從全篇穿梭於夔州、長安、江陵等地，杜甫欲藉由「家國聯繫」的形式表露「憂國」一面的心志，乃是百韻長篇的內在理路。

　　觀其分段大概，可知杜甫並非依序敘述，而是以夔州為核心，跳躍於不同地點。杜甫在百韻中進行兩次「家國聯繫」，亦即是地點的跳接：第一、二、三段的夔州與第四段長安的跳接；第七、八段的居夔情事與第九、十段的出峽之志。其中，第六段具結構的樞紐位置，其中的憂國之心也特別強烈。兩次循環皆有自放邊陲之感，然第二次

「求禪」與「憂國」似乎背道而馳，筆者以為，此乃寄贈之作的書寫策略，待下述分梳之。

首段「敘夔府詠懷之故」，乃扣題而發，開頭四句「絕塞烏蠻北，孤城白帝邊。飄零仍百里，消渴已三年。」各從空間、時間兩面的推移說明漂泊在外已久的境況，次句言壯志未酬「雄劍鳴開匣，群書滿繫船」，表明自己不放棄致用於世的志向。「壯年」與「壯心」的辯證再次出現，「衰謝日蕭然」、「菁華歲月遷」的無力感與先前「雄劍鳴開匣」形成強烈對比，無可解之天刑，待以「登臨多物色，陶冶賴詩篇」舒緩。此段近於序言，旨在申論「秋日夔府詠懷」之由，值得注意的是，詩人是在「登臨」的情境下書寫，也使得此詩的走向有可預期之處。

第二、三段分別敘述夔州風景、情事，然杜甫眼見夔州，心懷卻是兩京。詩人先以「春草何曾歇，寒花亦可憐」暗示時光娟娟細流、往來不息，接著提及遠方仍有一地待歸「兩京猶薄產，四海絕隨肩」，懷鄉之情乍起。由「待歸」思及「為何離去」的求索，「南內」四句開始感懷明皇舊事，以「變」字做為引線，開展第四段追憶長安的敘事架構。第四段開頭言思鄉之煎熬「弔影夔州僻，回腸杜曲煎」，由羈旅而來的追憶感懷，在〈秋興八首〉已經演示，「秋日」感懷也是在相同的基礎上展開。之所以感懷時事，大抵因「平天下」的優位序列導致，「憂國」起因於「懷鄉」，卻又壓過思歸之情，反以天下安定優先。這樣的道德感、責任感，是杜甫欲賦予鄭、李二公的未竟之業。第五段由「追憶」轉到「稱頌二公」的脈絡，透露了杜甫的目的，乃是試圖喚起兩人對家國的關懷、責任。以「中興主」對「不世賢」，是就德性而言，之後才是「文章並我先」的稱頌語。不只是「文章」，二公「風流俱善價」，其待客、好善之品德，更是「不世賢」的理由。二公的美德成為杜甫欲下江陵的動機，「遠遊凌絕境，佳句染華牋」，然下句卻忽然轉到對兩京的遣懷，頗有「雖信美而非吾土兮」之慨。

第六段前四句闡明困居孤城的無奈與徬徨「每欲孤飛去，徒為百

慮牽。生涯已寥落,國步尚迍邅」,「孤飛」意味著杜甫受家累生事所制,然年華已逝,國運卻步履維艱,深恐回鄉之日也遙遙無期。接著追憶兩京片段,衾枕、池塘、豐鎬、潤灞,但人事已非,繁華不再。「露菊班豐鎬,秋蔬影潤灞」的「班」、「影」二字用得極妙,班字與李白「揮手自茲去,蕭蕭班馬鳴」的同義,作「分別」的意思,影字則取形影關係,暗示見影思形。杜甫在夔見露菊、秋蔬,懷想故園的事物,睹物思鄉之情含蓄的表達出來。從此可看出,杜甫對於家國世事的體察,皆從自身出發,向外推及時事、歷史。所以詠懷,皆是「兵戈塵漠漠,江漢月娟娟」,眼見耳聽皆蕭瑟秋景「局促看秋燕,蕭疏聽晚蟬」。此段乃呼應首段「亂離心不展,衰謝日蕭然」的心緒,而「秋燕」符應著「孤飛」,局促與蕭疏是秋景寥落,也是體感心覺的氛圍。末二句「雕蟲蒙記憶,烹鯉問沈綿」乃是回應二公書信往來,承蒙掛心的應答語。在描述萬不得已才困居夔州的事由之後穿插對著鄭、李的話語,再對照前一段稱頌之語,杜甫應是尋求一個出峽的機會,儘管不得歸鄉,但總好過虛度夔州的日子。

杜甫在第七段描述居夔的情況,第八段則先言自身「誰云行不逮」、「困學違從眾」,已無力於社稷蒼生,後將未竟之業托望二公,期望能「聲華夾宸極,早晚到星躔」,最後「雲臺終日畫,青簡為誰編」。杜甫第八段對二公的期許,雖虛言力有不逮,但觀「宵旰憂虞軫,黎元疾苦駢」,正是自杜公胸臆流出,是他自始自終所堅守的稷契之志。

第九段先言「行路難何有」,後說「途中非阮籍」,明出峽之志;第十段則扣合「門求七祖禪」,然「東走」、「南征」、「卒踐」等不安於夔州的語氣,見出峽的堅定。若單看這首,會認為杜甫忘卻憂國憂民的儒者心志,轉投入佛門之中,筆者以為,求佛求禪乃是杜甫的書寫策略,必須要在寄贈的脈絡底下解讀,才能合理地看待它。雖然在正史資料中鄭審與李之芳的資料不足,若針對鄭審與佛寺的關係來看,杜甫欲求禪的動機很可能出自鄭審。就百韻的結構面來說,第四、五、八段對於長安、國事的注重,與佛門求禪相左,而八、九段之間的承

接關係，似乎是將「江陵」視為入朝的中繼，而「求禪」是杜甫欲以出峽之藉口。換言之，從各段大意來說，第四段對於長安時事的描寫，便已透漏杜甫的憂國之志，又此乃寄贈之作，必當順承奉和，在備述夔州景事之餘，隱約地告訴二公出峽、入朝的旨意。其後，杜甫又寄一封書箋給鄭審，便與百韻的情調完全不同。這也能說明「求禪」並非本意，乃是尋求「出峽」的契機；由出峽後的詩作也可觀察到杜甫明顯有著「百年同棄物，萬國盡窮途」（頁938）的失意感，也是出峽後的情感基調。

總結來說，〈秋日夔府詠懷百韻〉的核心是抒發「孤城白地邊，飄零仍百里」的失意感，在這之中，「家國聯繫」對長篇排律的擴展是透過地點的重複跳接，強化極欲出峽的意向。詩人採用「反覆」的家國聯繫，而非前半夔府、後半長安的寫法，其效果是突顯了「此地」與「彼地」的不同處境，且欲往「彼地」的意圖更加明顯。由此詩可以看到，杜甫客居夔府，「出峽」之志明確，而「家國聯繫」的運用也擴展到寄贈主題。

大曆三年杜甫自夔放船出峽，前往江陵，期間寫下一首四十韻的長詩，感慨久飄泊於外，詩中的「此生遭聖代，誰分哭窮途」（頁903）聯繫起對天下干戈未息的憂慮之心。詩的四句結尾「回首黎元病，爭權將帥誅。山林托疲茶，未必免崎嶇」，對於國事雖懷抱心中，卻感慨身不逮行、年華不再。杜甫出夔之後的憂國詩作，多半與身老無用相關，如〈遣悶〉「餘力浮於海，端憂問彼蒼」（頁923）、〈秋日荊南述懷三十韻〉「自古江湖客，冥心若死灰」（頁930）、〈詠懷二首〉「疲茶苟懷策，棲屑無所施」（頁972），相較夔州諸作，出峽之後的老態龍鐘的形象更為顯著，且心境槁木死灰，例如「自古江湖客，冥心若死灰」（頁930）、「魂斷航舸失，天寒沙水清」（頁946）。而「家國聯繫」所強調的懷鄉、戀闕之情漸趨淡薄，轉向追憶、緬懷的家國之思，「縱向」的歷時性詠懷增大，取代「橫向」的異地聯繫詠懷。由「空間」轉向「時間」的詠懷模式，自夔州已見端倪，到了江陵幾乎成了杜甫創作的旨歸。

　　杜甫的江陵時期，不以異地懷鄉為憂國的憑藉，那麼所謂「家國
聯繫」是否會失效？筆者以為，杜甫將「懷鄉」與「憂國」相繫，是
積極的入世態度，而出峽後懷鄉轉為對生命即將消亡的焦慮，然杜甫
卻無法忘卻家國世事，心中堅挺之志與身頹衰老相互頡頏，故「憂國」
之情仍存。另一個可能是，杜甫出峽後幾乎在飄泊舟中渡過，不若先
前有立足的「一地」，而是在「窮途」之中，故懷鄉之情卻減。杜甫懷
鄉之思減少，憂患之心仍存。在杜甫的最後一首長篇之作中，可見他
之於家國的牽絆，以及自覺衰老飄泊的無力感。全詩依意分作四段，
較之百韻心緒樸直，卻見得杜甫堅守的氣節，當視為絕筆之作。〈風
疾舟中伏枕書懷三十六韻奉呈湖南親友〉第一段揭露杜甫飄泊潭州的
心情：

> 軒轅休製律，虞舜罷彈琴。尚錯雄鳴管，猶傷半死心。
>
> 聖賢名古邈，羈旅病年侵。舟泊常依震，湖平早見參。
>
> 如聞馬融笛，若倚仲宣襟。故國悲寒望，群雲慘歲陰。
>
> 水鄉霾白屋，楓岸疊青岑。鬱鬱冬炎瘴，濛濛雨滯淫。
>
> 鼓迎非祭鬼，彈落似鴞禽。（頁 1030）

首段四句依「風疾舟中」起興，以律不調暢比喻身體衰頹，而天下未
定，則五弦之琴無以作南風之詩；「半死心」既言生命垂亡，也憂時傷
己，巧妙的將「南風」與「太平」相依，風疾舟中，猶如家國之飄搖。
接著感懷「羈旅」、「舟泊」的無依處境，從中逗出思鄉之情，引出「馬
融」、「仲宣」（王粲）異地思鄉之人，藉由舟中遠望表達歸思「故國悲
寒望，群雲慘歲陰」。在遠望故國之後，相繼而起就是對於潭州風土的
描寫：「白屋」、「楓岸」的景物與「冬炎瘴」、「雨滯淫」的氣候，加上
鼓迎的異俗，詩人想起賈誼的〈鵩鳥賦〉：「鵩似鴞，不祥鳥也。誼即以
謫居長沙，長沙卑濕，誼自傷悼，以為壽不得長，乃為賦以自廣也」。
首段從「風疾」起興，觸及身處異地，進而思鄉的敘述方式將身老、羈
旅、思鄉的情緒糾結一起，既是自述，也是奉呈湖南親友的理由。

　　第二段言淹留在外之苦，以及奉呈湖南親友之目的。此段跳出潭州異地的不適，轉以追憶詠懷故國，進而帶出生事困頓的旨意。

　　　興盡纔無悶，愁來遽不禁。生涯相汩沒，時物正蕭森。

　　　疑惑尊中弩，淹留冠上簪。牽裾驚魏帝，投閣為劉歆。

　　　狂走終奚適，微才謝所欽。吾安藜不糝，汝貴玉為琛。

　　　烏几重重縛，鶉衣寸寸針。哀傷同庾信，述作異陳琳。

　　　十暑岷山葛，三霜楚戶砧。叨陪錦帳座，久放白頭吟。

　　　反樸時難遇，忘機陸易沈。應過數粒食，得近四知金。

開頭四句猶如「遣悶」、「遣懷」的百無聊賴，在外飄泊的日子中，生命逐漸凋零，如同百物蕭森萎靡。「疑惑」二句透漏了杜甫因「疑畏多端」猜忌，致使疏救房琯獲罪的轉捩點。之所以能夠歷劫倖存，有幸賴親友所欽，自是萬分感激，我當自安於粗衣疏食，你們（親友）身貴如玉，若能一見當是我的榮幸。〔註61〕在欲以求見親友的語脈中，忽入「烏几」、「鶉衣」，其意有二：一是杜甫沉浸於追憶舊事，忽見烏皮几、鶉皮衣的使用痕跡，驚覺飄泊羈旅，是暫時打斷追憶的痕跡；二是將飄泊南方的經年遭遇濃縮、轉喻、凝結在老舊物品，故以「重重縛」、「寸寸針」描寫物、我的蒼老飄泊。〔註62〕由「打斷」到「再追憶」，杜甫回顧度隴後的行跡，雖有時「叨陪」侍宴，但非宴中要角，僅「久放」著白頭吟對歌詩。面對世事艱難，也只能感慨純樸時代不再，只得「忘機」而不屑與之。〔註63〕杜甫不願隨波逐流，如今

〔註61〕 「汝貴玉為琛」一句出自《晉書》：「〔宋〕纖高樓重閣，拒而不見。〔馬〕岌嘆曰：名可聞而身不可見，德可仰而形不可睹，吾而今而後知先生人中之龍也。銘詩於石壁曰丹崖百丈，青壁萬尋。奇木蓊鬱，蔚若鄧林。其人如玉，維國之琛。室邇人遐，實勞我心。」房玄齡，《晉書》（北京：中華書局，1974年），頁2453。
　　　　 此句既稱美親友，也表達欲以相見之意。
〔註62〕 關於「烏皮几」的研究，可見許銘全，《杜甫詩追憶主題研究》，頁121～122。
〔註63〕 《莊子·則陽》，「與世違而心不屑與之，俱是陸沉者也。」郭慶藩

一貧如洗，故希望能「得近四知金」。杜甫並非卑微的乞求援助，而是作為一個受大時代潮流所捲入的不遇之士，向親友尋求支持。同時，這也是為了安頓自身命運多舛的自我開脫。

　　第三段承續第二段的理路，更推向對奉呈親友的意圖。杜甫透過對立的手法稱美親友能夠廣納賢士，朗鑒知音。

　　　春草封歸恨，源花費獨尋。轉蓬憂悄悄，行藥病涔涔。

　　　瘞天追潘岳，持危覓鄧林。蹉跎翻學步，感激在知音。

　　　卻假蘇張舌，高誇周宋鐔。納流迷浩汗，峻址得欹崟。

　　　城府開清旭，松筠起碧潯。披顏爭倩倩，逸足競駸駸。

　　　朗鑒存愚直，皇天實照臨。

前四句自述阻歸之情。「封歸恨」，仇兆鰲曰：「猶增也」，張溍則認為：「封歸恨，封隔不能歸也。費獨尋，尚未得避難全身地也。」〔註64〕杜甫因阻歸而在外，在外也沒有棲身之所，可謂進退維谷。除地理因素外，身、心理也是不堪奔波，拄杖行藥的形象加上喪子的遭遇，讀者自然地升起憐憫之情。第七句開始稱美親友，從才識、幕府兩面開始，進而希望自己的才薄能成就諸公的浩汗、欹崟之德行。這與長安十年的干謁之作相比，雖企圖相同，但多了悲情苦痛的身世遭遇，讀之更為動人。

　　末段以「憂國」為開端，跳脫原本欲求得棲身之所的姿態，反以憂國憂民的胸懷，感慨垂垂老矣的生命不能周全家國。

　　　公孫仍恃險，侯景未生擒。書信中原闊，干戈北斗深。

　　　畏人千里井，問俗九州箴。戰血流依舊，軍聲動至今。

　　　葛洪尸定解，許靖力還任。家事丹砂訣，無成涕作霖。

在干戈未平的亂世之中，能與親朋聯繫已是萬幸，更遑論歸鄉。前四句將憂國、懷鄉相繫，以異地之眼看待連年戰事。對杜甫而言，自安

　　　撰，王孝魚點校，《莊子集釋》（北京：中華書局，1961年），頁825。
〔註64〕張溍評註，《讀書堂杜詩集註解》，《杜詩叢刊》第四輯（臺北：大通書局，1974年，據清康熙三十七年釜陽張氏刊本），頁1878。

史之亂後是接連不止的兵荒馬亂，征戰雙方都是流血不止、戰鼓不停。
第九句由世亂回扣自身，用葛洪事彷彿遇知自己不久人世，然而，下
句以許靖事表明為唐室鞠躬盡瘁之志仍縈繞心頭。〔註65〕末二句，杜
甫面對死亡的恐懼，欲以「丹訣」延年，但不敵日漸衰弱的軀體，以
及終將行將就木的現實。「無成涕作霖」，既指上句丹砂未成，也收束
全篇所暗藏的憾恨——歸鄉、報國，以及安頓生理的無奈。「無成」是
杜甫回顧一生的斷語，這是不斷與世俗爭搏後的價值堅持，正說明了
杜甫詩中不隨時間推移而退卻的志節。

　　〈風疾舟中伏枕書懷三十六韻〉作為孤舟餘生的長篇排律，杜甫
儘管「羈旅病年侵」，卻仍「許靖力還任」地想要回歸廟堂，這種不懈
之「志」，正能詩聖的特質；而此特質正是從「家國聯繫」所描述「舟
泊常依震，湖平早見參」與「書信中原闊，干戈北斗深」對比之下，
由羈旅、阻歸的懷鄉主題聯繫到憂國主題的表現模式。

　　透過以上分析，相較於〈秋日夔府詠懷奉寄鄭監李賓客一百韻〉
與〈風疾舟中伏枕書懷三十六韻奉呈湖南親友〉，前者在夔府所作，
其「出峽」、「歸鄉」的意圖強烈，後者在出峽後，其歸鄉之情反倒減
卻。兩者情調的差異，有可能與當時寓居舟中的狀況有關，筆者以為，
杜甫大曆三年（768年）出峽，旅居的生活是飄泊不安的，這從年譜
簡述便能看出：

　　大曆三年：正月，去夔出峽。三月，至江陵。秋，移居公安。
　　　　　　　冬晚，之岳州。

　　大曆四年：正月，自岳州之潭州。未幾，入衡州。夏，畏熱
　　　　　　　復回潭州。

〔註65〕〈許靖傳〉：「孫策東渡江，皆走交州以避其難，靖身坐岸邊，先載附
　　　　從，疎親悉發，乃從後去，當時見者莫不歎息。」許身為國的心志如
　　　　此，不以私我的死生為先，而以國家體事茲大。這樣的道德觀貫徹杜
　　　　甫的詩歌。陳壽撰，裴松之注，盧弼集解，錢劍夫整理，《三國志集
　　　　解》（上海：上海古籍出版社，2009年），頁2565。

> 大曆五年：春，在潭州。夏四月，避臧玠亂，入衡州。欲如
> 郴州，依舅氏崔偉，因至耒陽，泊方田驛。秋，
> 舟下荊楚，竟以寓卒，旅殯岳陽。〔註66〕

杜甫生命的最後三年，可以說是處於羈旅飄泊之中，這樣的經歷與安
史之亂初期的奔波勞苦相似，但身體已經不如以往。若回過頭來看杜
甫安史之亂前後的詩作，長篇作品如〈北征〉，便可料想詩人在行旅
中不太會有「思鄉」、「懷國」主題並置的現象。杜甫出峽後的旅居生
活，之所以無「懷鄉」主題，可能因為移動之中，還未有落腳之處，
對比而言，由於是處於「異地」處境，故而「憂國」之志還是常常出
現。這可以說是杜詩中「家國聯繫」現象減弱的原因，儘管杜甫心中
之志未滅，感時憂國的入世傾向仍在，但是仍敵不過戰禍以及天生命
限。

第四節　小結

　　第五章，筆者透過三個部分析論杜詩中家國聯繫的運用情形，以
及題材的擴展。三個部分是「傷春」主題、「夜月」與「悲秋」、「長篇
自述詩」，各代表了雲安、夔州、出峽後的三個時期，需要說明的是，
並非三個時間段僅有該種主題，而是該種主題正好可以反映「家國聯
繫」模式運用的擴展。以下綜述各節論點內容，以為小結。

　　首先，觀察「傷春」主題中的「家國聯繫」模式，可見得傷春主
題中的「風格轉換」現象。由此現象深化而來的「傷逝」感，已經與
先前由感事而興發的「阻歸」感不同，可以說是一種內化的傾向。換
言之，當「家國聯繫」模式運用於「傷春」主題，其意義是對「傷逝」
的注重，亦意味著詩人對「時間」的敏感與注重。

　　其次，透過「家國聯繫」模式對「夜月」與「悲秋」主題的解讀，
認為在夜月主題中展現了因夜中不能寐、百感交集之下，勾連、拼貼

〔註66〕《杜詩鏡銓・附錄二》，頁1151。

的往昔片段。此時的「家國聯繫」表現為神思往返於夔府、京城兩地，使得異地的「思鄉之情」與「不遇、戀闕之情」相雜揉。兩地間重複往返、聯繫的現象便是家國聯繫在「悲秋」主題的擴展，在〈秋興八首〉當中，詩人所展現的宇宙境界，使悲秋傳統不僅限於個人的格局，而是帶有「詩聖」性質的傷逝、詠懷。

第三，透過比較兩篇長篇詩作，說明「家國聯繫」對於長篇詩作的擴展，即是兩地間的重複聯繫。在〈秋日夔府詠懷百韻〉當中，透過比較「此地」與「彼地」的不同處境，強化亟欲出峽的願望。而後出峽，舟行旅居的日子中，一面因為移動飄泊，另一面身體猶如風中殘燭，內外交迫之下，「懷鄉」相對減退，然「憂國」的不懈之志，猶如當初寫下〈北征〉的憂患意識，由此可知，儘管「懷鄉」之思退卻，「詩聖」的不移之志仍具。

綜上所述，杜甫詩以夔州時期的「家國聯繫」運用狀況，是在同樣的表現模式底下，從「懷鄉—憂國」主題並置的基礎上，擴張為「傷逝」、「追憶」、「書寫策略」等面向；從這些詩作當中，可見詩聖的特質，同時也是杜詩中「家國聯繫」的表現模式。

第六章　結　論

　　筆者以「家國聯繫」的表現模式說明杜甫詩表現出「詩聖」的若干特質。首先回顧本論文的關鍵論點：

一、「家國聯繫」的表現模式是杜甫詩中「懷鄉」與「憂國」主題的並置現象，此模式於杜甫入蜀後生成，在夔州時期大量創作，出峽後逐漸淡化。

二、亂後「異地」書寫是開啟家國聯繫的契機，它是指杜甫身處異鄉，欲回歸中央的處境，由此處境而來的「懷鄉」主題，由於政治中心與故鄉的「地點同一性」而產生家國之思。所以，「異地」書寫是將「懷鄉」與「憂國」並列的重要條件。

三、杜甫的「家國觀」是「核心—邊陲」的同心圓構造，由「家國聯繫」所凸顯的詩聖特質，即是在「遠離核心」的回歸趨力作用之下，仍堅守「國」先於「家」的價值階序。

四、家國聯繫到了夔州時期，運用面向便擴展到「夜月」、「傷春」、「悲秋」主題，最明顯的差異是「滯於他鄉的地理限制」與「老病衰頹的傷逝感」相結合，而神思往返於夔府、京華的聯繫形式。

　　以上四點是解釋杜甫「詩何以聖」的解答。由此可知，杜詩的「家國聯繫」模式，一開始雖不是在懷鄉詩中出現，但卻是在懷鄉詩中發展、定型、經大量創作後成為定式，而後，藉由其它主題顯現之。「家

國聯繫」的表現模式指出，杜詩所謂「宇宙境界」與「轉換風格」等特色，實際上有一特殊創作情境以及書寫慣習，這與歷代詩評中的「道德人格」互為表裏。接著，筆者將說明本研究之貢獻與限制，權作結語。

走向聯繫：關於「並置結構」的若干思考

「家國聯繫」的理論根據源自伊娃·周珊的「並置結構」，關於並置結構的內涵，於首章已言明，於此不贅。那麼，從「並置結構」到「家國聯繫」，究竟做出什麼貢獻？筆者透過以下幾點中明之。

首先是家國聯繫對於風格轉換的進一步推進。並置結構的核心問題之一，是對宇文所安指出的風格轉換進一步的解析：透過並置結構，我們知道風格轉換多半發生於詩的結尾處，且帶有自我心志的表白，而這可能源於初唐詩「三步式」構造。這是由詩歌結構方面而言。在家國聯繫則將風格轉換置入文學傳統與創作情境之中，提出「異地」的重要性：六朝詩人的「望京」傳統，到了杜甫大量出現於詩作之中，其連類而來的思鄉與憂國之情，充滿著不安於現地的異地之感。正由於「異地」之感強烈，其憂國之志更顯迫切、真實，也表現出「士」的性格。職是，經由家國聯繫，筆者認為「風格轉換」除了形式的意義之外，在杜詩的另一個影響是造就「詩聖」的道德形象。

其次，是說明「並置」的對象與因由。筆者於首章指出，並置結構所討論的詩例，是以抒情詩為主，而風格轉換相當於詩人的獨白；換言之，「並置」的效果突顯詩人瞬間迸發的衝動，且結穴於當下的表達。家國聯繫透過特定主題的聯繫關係，更加詳細地描述詩人由所見（如夜月、春色）到所感（傷逝、無成）的關係，並非停留在轉換的現象，而是試圖重構創作處境——也就是在轉換的前提下，聯繫起並置的兩端，賦予其關聯性。由此開展的家國聯繫，並非將杜甫的「家國之思」視為理所當然，反而是透過詩的解讀，說明家國之思如何而來：「家」與「國」由於方向性的同一，造就兩種主題

的並置現象。〔註1〕也就是說,主題間的並置,將會造成情感的質變。此種「質變」是偶然的,但是必然地對後代產生影響。本研究指出,此「質變」的具體內涵就是詩聖的情感,在離鄉後的詩作中尤其明顯。

第三,是關於並置結構理論的侷限。筆者於首章已言,並置結構所處理的抒情詩,並不能有效地處理長篇與組詩形式的並置問題。原因在於,「並置」意味著二元的對立,且是次序的排列關係,然而,長篇與組詩中「並置」的現象相當複雜,往往是多重、循環的狀況。這在家國聯繫中獲得解決。本研究透過「聯繫」的視角,利用〈北征〉、〈秋興八首〉、〈傷春五首〉等詩例,說明家國聯繫透過征途、秋思、傷春等主題,將家、國兩面的情感綜合且深化之,這不僅突破了以往單一主題的文學傳統,更因為篇幅的增長而加強異地之間的關聯性。從運用面向的擴展來說,家國聯繫部分地修正、補足並置結構適用對象的侷限,更大限度地說明杜詩的獨特性與影響力。

揆諸前述,本研究在既有的研究成果之上,以聯繫為讀法、家國為主軸,提出對於「詩聖」的一種解讀方式,予以廓清接受史所未能開展之一面向。從「並置結構」到「家國聯繫」,筆者並非推翻前人之研究成果,反倒以另一種角度印證伊娃·周珊的結論。在該結論中,周珊敏銳地觀察到後人對並置結構的反應,是以讚許「真誠」的口吻待之,並使杜甫成為文化偶像;在家國聯繫之中,也同樣肯認「聯繫」所表現的是詩人真誠的、流自胸臆的情感,因為從「家」、「國」同源的角度來說,實際上保證了動機的真誠。伊娃·周珊所從「真誠」的角度說明「杜甫何以成為文化偶像」的課題,確實是一個有力的說法,而本研究從「真誠」問題探討「詩聖」的接受成因,並聚焦於「道德」的人格是如何表現。本研究指出:所謂「道德」的崇高,意味著詩中合理的情緒反應;杜甫羈旅流落之時,能夠將家與國「聯繫」於一詩

〔註1〕以往對於「家」、「國」何以聯繫的看法,是從國家「結構」的相似談起。詳參:金觀濤、劉青峰,《興盛與危機:論中國封建社會的超穩定結構》(中和:谷風出版社,1987年)。

之中，使之一致性的看待，這使得杜甫與其它詩人不同。因此，從結論來說，家國聯繫將並置結構所談論的「真誠」問題，導入了「道德人格」的解讀層面。也就是說，杜甫之所以能成為中國文化偶像，乃是由於詩中傳達了真摯的情感，而且此情感是常人所無法企及，亦即「將家國聯繫一起」的道德高度。

「走向聯繫」並非揚棄並置的觀念，而是深入並置現象的背後，說明詩人何以將兩端賦予關聯性，以及並置之後，對讀者產生的影響為何。本研究所處理之層次，乃是就詩歌內緣部分，最大限度地說明「詩何以聖」的問題，當然，家國聯繫並非能夠全然地涵蓋詩聖的特質，而是希望透過此詩歌程式的解讀，替接受史現象尋得一個突破口。

唐宋之間：研究限制及其它

走筆至此，筆者已對研究成果進行簡要的回顧，接著將跨出詩歌內緣，由文化背景的幾個脈絡說明家國聯繫的可能影響層面。由於篇幅限制，在此僅大略提出四端以略述之。

一、唐宋轉型的文化背景

從唐至宋，在文化層面上經過一次轉型。[註2] 自內藤湖南提出「唐宋變革」起，引發有關「中古」與「近世」歷史分期的爭論。[註3] 從

〔註2〕筆者所使用的「唐宋轉型」一詞，出自包弼德，《斯文：唐宋思想的轉型》；包氏的研究雖名為思想的轉型，其實是包含更大的層面，「這部書的核心內容，就是描述在唐宋思想生活中，價值觀基礎的轉變」（頁3），這樣的視角或可補白北宋前期對於古文運動背景、價值的描述。

〔註3〕關於內藤湖南的看法及其唐宋變革的爭議，可參：包弼德，〈唐宋轉型的反思——以思想的變化為主〉，《中國學術》第三輯（北京：商務印書館，2000年）。柳立言，〈何謂「唐宋變革」？〉，《中華文史論叢》2006年第1期，頁125～171。張國剛，〈「唐宋變革」與中國歷史分期問題〉，《史學集刊》2006年第1期，頁8～10。關於唐宋變革的討論，已經逐步脫離西方現代性的目的論式架構，而是重新看待宋代的獨特意義。

文化轉型的觀點切入，非著重在唐、宋之間的異同，而是觀察杜詩何以能被宋型文化接受。〔註4〕筆者無意為唐宋變革的論述增添幾筆，而是希望在此大論述的架構下，進一步申明唐宋之間的文化背景。

　　傅樂成在〈唐型文化與宋型文化〉〔註5〕當中提出的見解值得借鑑。該文認為唐型文化繼承自六朝的外來文化，直到安史亂後才有所改變，其中三個重大變革是：夷夏觀念的逐漸嚴格、儒學復興，以及強調「文以載道」的古文運動。這三點可以說與宋型文化息息相關，也與杜甫詩的接受有所關聯。歷來對杜甫思想大多都視為是傳統的儒者，其詩歌「上薄風雅，下該沈宋」，〔註6〕是繼承古道的集大成者。近期，則有葛景春從李白、杜甫兩種典型的升降來看唐、宋文化的轉型。〔註7〕所以說，在後代人的眼中，杜甫詩在文化價值上是值得取法的對象，更是中國文化進入轉型、重建階段的一個重要典範。

　　透過家國聯繫，我們知道杜甫所謂「儒者」的風骨，是在羈旅漂泊中仍對於遠方家國及君主的執念，這個執念是透過不斷重複的寫作

〔註4〕　在「宋人為何接受杜甫詩」的問題上，除蔡振念的《杜詩唐宋接受史》及吳中勝的《杜甫批評史研究》為奠基之作，林繼中的《杜甫研究續貂》（臺中：天空數位圖書，2010年）以及《詩國觀潮》集中討論「宋人詩歌價值觀」的問題。林繼中以宋代的「致用」思潮立論，說明杜甫因其「以時事入詩」的紀實性進入宋人的期待視野。在方法上，此番論調先預設一個審美標準，後杜甫被宋人發現之，進而典範化成為「詩聖」。林繼中為「詩聖」的文學背景做了速寫，杜甫被譽為詩聖，並不只是紀實性，其曰：「杜詩以其忠君愛國病民省身的潛在意義及其豐富的審美情趣通過了宋人的價值選取，與之視野交融，在長期接受過程中得到認同，終於成為新時代的最高典範──詩聖」。詳參：林繼中，《詩國觀潮》，頁248。

〔註5〕　傅樂成，〈唐型文化與宋型文化〉，《漢唐史論集》（臺北：聯經，1977年），頁339～382。

〔註6〕　元稹，〈唐故檢校工部員外郎杜君墓係銘〉，《杜詩鏡銓》，頁1138。

〔註7〕　葛景春提到：「從大的方面來看，李白與杜甫是在詩歌領域中由唐型文化向宋型文化轉型過程中的兩個最有代表性的人物。……從詩歌方面看是如此，從文化的角度來看也是如此。李白是唐型文化的代表，杜甫則是唐型文化向宋型文化轉型的先驅者。」葛景春，《李杜之變與唐代文化轉型》（鄭州：大象出版社，2009年），頁248。

慣習，以及對詩人的信服（也就是相信詩人是真誠的）所完成。在唐型文化中很難找到足夠的理由去說明此執念的源頭，然而，這卻對宋型文化產生影響，且是經歷一段轉型期的醞釀而來。杜甫的影響力在中唐逐漸攀升，透過文道的辯論，以及儒學的重新重視，最終導向了宋型文化的雛形。〔註8〕據此，筆者認為必須回到安史亂後至北宋前期的時間段，並獨立地審視轉型現象，而非僅僅將唐、宋文化互相比較。

　　換過來說，我們也可以進一步的問：文學史中的「唐宋轉型」應當如何理解？〔註9〕能否在文學史內部的變動中尋得解釋？這除了是研究宋詩的學者都必須說明的「發生」問題，它包括宋詩的特質，以及到了何時才具備此特質的討論，〔註10〕也是對唐代文學研究者的提

〔註 8〕 關於中唐以後「儒學」的演變，可參：張躍，《唐代後期儒學的新趨向》（臺北：文津，1993 年），該書意圖從中晚唐的儒學變化說明北宋理學的形成，乃是就思想史之一面說明唐宋變革。

〔註 9〕 若要論及「文學史」如何詮釋唐宋轉型，其中不得不留意文學史觀的侷限與誤區。龔鵬程從韓詩與杜詩的升降情形告訴我們所認知的杜、韓緊密關係是經過論述，以及史觀趨向使然。很可能，我們是預設了某種觀點（或是某種史觀使然）而去解釋某個文化現象，這是不可避免，但是要時時自覺以及反思之事。詳參：龔鵬程，〈從杜甫、韓愈到宋詩的形成〉，《唐代思潮》（宜蘭：佛光人文社會學院，2001 年），頁 653～679。

〔註 10〕 大抵上，11 世紀中是一個可以肯定答案。例如吉川幸次郎認為：「宋詩之開始具有宋詩的特色，還得等到建國半個世紀之後，第四代皇帝仁宗的時期」。詳參：吉川幸次郎，《宋詩概說》（臺北：聯經出版社，1977 年），第一章「北宋過渡期」，頁 63。西方漢學家亦有如是見解，如艾朗諾主筆的《劍橋中國文學史·北宋》也提到：「北宋文學特有的『宋代』風格，其形成階段並沒有出現在王朝建立的 960 年，或是接近於這一時間點的任何時段。換言之，北宋，是王朝更迭與文學發展時間上明顯不同步的一例，推翻了時代與文學二者在中國文學史上攜手並進的這一普遍假設。」詳參：孫康宜、宇文所安主編，《劍橋中國文學史》（北京：三聯書店，2013 年），頁 431。普遍來說，宋代文學史在歐陽修之前以西崑體為主流，並以王偁偁、柳開為歐陽修的先導。關於北宋文學史的論述，可參酌程千帆，《兩宋文學史》（上海：古籍出版社，1991 年），第一章「宋初文學的因革」。

問，包括中、晚唐詩歌的內在變動與北宋前期詩歌的關係。〔註11〕或許能透過這個視角重新考慮唐、宋詩之間有關差異性與延續性的問題。

　　無論是談論「唐宋轉型」或是「唐宋變革」，皆必然參照兩方的特質，以及說明轉變的因果與內在聯繫，此預設了以宋型文化為終點的軌跡。我們無可避免受到這個軌跡的影響，但是有必要在兩端之間，提出更多的可能性——尤其是家國聯繫指出，所謂「思想」（就是道德人格方面）是透過寫作程式表現而來，且本質上並非全然受到該思想的影響。那麼，我們就有必要仔細檢查唐宋轉型的文化背景，提出原屬殊別性的「道德人格」轉化為「儒學」深值士人心中，並成為核心價值的歷時性變動。

二、唐宋轉型下的「士」

　　家國聯繫所開展的價值觀，是「國」先於「家」的價值階序，它不但將國與家賦予關聯性，且置於個人價值的核心位置。杜甫本於羈旅他鄉的情感，結合「士」〔註12〕的責任感，進而產生憂患蒼生的悲壯情志，這在中國的「士」文化中影響深遠，也連帶影響宋人的價值觀。因此，由杜甫所展演的價值觀，經過文化轉型，並不止於「任重道遠」的責任感，還關涉到「士人與國家」之間新秩序的形成。〔註13〕

〔註11〕關於此議題，李貴對於歷史分期的唐宋變革以及文學史中的唐宋變革都作了概略性的爬梳，值得參考；就研究方法來說，李貴從詩人創作主題、風格的沿襲因革說明唐宋間的影響與模仿，然而，這是強化唐宋間文學創作的連續性，尚未扣合到文化轉型之中有關「價值觀」的核心問題。詳參：李貴，《中唐至北宋的典範選擇與詩歌因革》（上海：復旦大學出版社，2012年）。

〔註12〕「士」的出現，原先繫於天人之際，具體上是人倫、政治、禮儀的人文象徵，與君相及相離。關於士的起源，可參考：葛兆光，《中國思想史》（上海：復旦大學出版社，1998年）第一卷，「『士』的崛起與思想變異」，頁160～170。

〔註13〕這部分的討論，可參照包弼德，《歷史上的理學》（杭州：浙江大學，2010年）在第二章「在11世紀尋求一個新的基礎」所舉出的「唐代

宋代士人在歷經唐末五代、宋太祖、宋真宗、宋仁宗之後，於仁宗慶曆年間起了重大變化，以歐陽修為首的士人不僅在朝政議論、更積極於儒家經典的詮釋與詩歌創作。他們如何看待「士人與國家」的關係，與北宋杜詩盛行的現象，應該如何綜合地評論，當是值得深入探討的論題。

　　關於唐宋文化下對士人的討論，筆者以包弼德的研究為例，簡略說明家國聯繫在此議題提出的建議。包弼德在《斯文：唐宋思想的轉型》當中專門論述唐、宋士人的形態差異，他認為「士」在唐代的屬性是世家大族，北宋是學者─官員，到了南宋則是文化文人。〔註14〕這個轉變過程的細部極為複雜，但大體上可以看做從中央到地方的向下擴散，且數量不斷攀升。我認為，家國聯繫除了反應中古士人的「大家族觀」〔註15〕，也就是「家族」的力量往往與政治的影響力相互聯繫，同時說明「士」對國家社稷的嚮往，其中也有延續家族榮光的使命感。這種「大家族觀」經過唐末五代逐漸崩解，到了北宋幾乎不再倚靠家族的力量獲得權力。〔註16〕

上古模式」以及宋代如何「逐步否定」的過程。他認為，面對唐帝國秩序的混亂，理學家提供一個可行的範式以滿足新帝國的需要。此就理論建構層面而言，筆者認為，在實際上士人如何將「國」視為「家」的概念延續，則需要文學一面的支持，而杜甫正是在此情況下受到推崇。詳參：氏著，《歷史上的理學》，頁39～69。

〔註14〕關於唐宋間「士」轉型的詳細討論，可參酌：包弼德著，劉寧譯，《斯文：唐宋思想的轉型》（南京：江蘇人民出版社，2001年），第二章「士的轉型」，頁35～81。

〔註15〕關於「大家族觀」的討論，可參考：廖美玉，〈杜甫家族記憶中的兩性典範與生存感知─兼論父黨、母黨與妻黨的大家族觀〉，《成大中文學報》第44期（台南：國立成功大學中國文學系，2014年），頁1～42。在廖美玉的文章中所使用的「大家族觀」，是為了解釋杜甫人格特質的來源，筆者藉此概念，說明杜甫將自身視為大家族中的一員，並有延續家族榮光的使命。

〔註16〕與「家族／政權」疊合觀相對的是「士」與鄉里關係的斷裂與再造，兩造的消長正是在唐宋間遞嬗。王德權在《為士之道》首先勾勒中古形成「核心─四方」的國家型態，用以說明士人與鄉里關係的斷裂，

從包弼德的研究可知，大家族的衰落是士性質轉化的外緣因素，北宋士人入仕的途徑，幾乎要靠自身才識獲得機會。那麼，在「家」與「國」的關係不再那麼緊密的情況，為何杜甫詩仍受推崇，甚者，更加受到推崇？姑且不論杜詩的文學藝術，我們可以進一步問：「士」的性質在唐宋之間產生的變化，是否也是杜詩受到推崇的原因？從北宋政壇來看，歐陽修、王安石、蘇軾雖然各自的立場不同，但他們都推崇杜詩，這個現象並非偶然，而是，杜詩當中提供了某種典型、境遇，與北宋新興士人所感受到的人生境況偶合。家國聯繫所突出的「異地」處境，或許是觀察北宋士人性質內涵的敲門磚。本研究指出，在「核心─邊陲」觀念底下的「異地」，是詩人向往中原／中央的普遍處境，此種趨向性、集中性，可能是北宋士人在家族與政權關係斷裂的情況下，極欲正當化的責任感，也就是「先天下之憂而憂」的性情。透過家國聯繫的視角，我們才能更加立體地理解蘇軾「未嘗一飯不忘君」的評語，並非只是純粹的詩歌評價，在批評的背後，其實是對杜甫詩確立當代的典範價值，以及重塑「士」的新內涵。

三、古文運動下的「詩聖」

宋初文學史往往以古文運動為脈絡，探討古文家與駢文的對抗過程。〔註17〕若論及北宋古文運動，則必須回溯到中唐「儒學復興」的思想史變動，進而觀察北宋士人是如何看待中唐士人。在韓愈之後，「文」與「道」的關係受到重視，此時文人對「道」的內涵莫衷一是，而「文」何以反應道、觸及道，也是變動的。〔註18〕文與道的議題，與「儒學復

接著以柳宗元為例，說明中唐士人將視野重新放回鄉里（地方）的過程。此研究為宋代「地方」意識的抬升，做了溯源的工作。

〔註17〕關於宋代古文運動的研究，可參酌何寄澎，《北宋的古文運動》（上海：上海古籍出版社，2011年）；祝尚書，《北宋古文運動發展史》（北京：北京大學出版社，2012年）。

〔註18〕關於「文」與「道」的問題，實是古文運動所關懷的課題。郭紹虞的〈中國文學批評史上文與道的問題〉將韓愈、道學家、古文家的態度甄別出來，是較早討論文與道關係的文章。郭紹虞另有一篇〈試論古

興」的議題常伴隨而談，例如葛曉音在〈論唐代的古文革新與儒道演變的關係〉當中，爬梳「文以載道」背後的時代狀況，進而釐清「儒、道、文」之間的關係。〔註19〕事實上，若聚焦在儒、道、文的概念之間，可發現中唐以降的士人思想變化，朝向著以「正統」、「道德」為核心價值。在北宋士人眼中，韓愈排佛尊儒的立場，儼然成為「儒學復興」的中流砥柱，是「道」（正統）的繼承者。在陳弱水的研究中，除了韓愈，柳宗元對於人民的關懷，也是儒學復興之一面向，但這不意味著是儒學式的關懷，其中，也有佛道的思想在裏頭。柳宗元複雜的思想類型，提醒著我們必須辨析「中唐時期的思想脈動」與「北宋士人所調整之視角」，才能把握「儒道」價值進入「士」身分的瞬間。所以說，若將「古文運動」、「文道關係」、「儒學復興」等論題，置入「士的轉型」的大脈絡中，實際上就是處理唐宋轉型之中一個重要的面向。

　　綜上所述，家國聯繫能為此議題做出什麼回應呢？我們知道，杜甫不若韓愈是正統的代言人，然而杜甫的詩歌具有「上薄風雅」的集大成之功，從「文」的角度上是具有正統的地位。另一面來說，家國聯繫從「詩聖」的意義形成來說明「道德」是如何介入「文」、「道」關係：本研究指出，杜甫詩中有著「核心─邊陲」的家國觀，這使得「核心」具有道德的高度，也是應然的士人價值所趨。若從「士」的轉型與重構，用以理解文、道關係，家國聯繫所描述的「成聖」因素，正能夠反映北宋士人擷取了「什麼」作為核心價值。從家國聯繫來看，他們從杜甫身上擷取的價值，其實是模糊的、需要轉譯的情緒狀態，

文運動──兼談從文筆之分到詩文之分的關鍵〉，以文學史的脈絡觀察「古文」一義的演變關係，極有參考價值。詳參：郭紹虞，〈中國文學批評史上文與道的問題〉，收入《照隅室古典文學論集》上冊（上海：上海古籍出版社，2009年），頁170～191；郭紹虞，〈試論「古文運動」──兼談從文筆之分到詩文之分的關鍵〉，收入《照隅室古典文學論集》下冊，頁87～117。

〔註19〕 陳弱水關於柳宗元與儒學復興的研究，可參考：陳弱水，《柳宗元與唐代思想變遷》（南京：江蘇教育，2010年），頁156～179；〈柳宗元與中唐儒家復興〉，《唐代文士與中國思想的轉型》，頁246～289。

而非特定的思想類型。這如同首章所言，透過「詩何以聖」的問題，並非片面地指出如「稷契之志」代表的「思想標誌」，而是透握詩歌脈絡的解讀，說明詩人不斷展演的道德情操。也必須如此，讀者才能相信詩人是「真誠」的。

筆者寓目所及關於「古文運動」相及的思想與文學的討論，多半以「文」為核心，較少有以詩歌為主軸看待「士」價值的論述。〔註20〕因此，由家國聯繫所開展的「詩聖」價值形成，其道德之一面向可做為切入之視角。

四、關於「家天下」的思考

杜甫詩聖的情感內容，以「家國之思」為核心。在中古時期，所謂「家國」的概念為何，以及到了宋代又有何改變，是待釐清之議題。杜甫的家國之思，可說是迎合宋代士人的家國觀念——或者是說，杜甫詩的範式對於宋初價值觀的形成、國家的新秩序，有著若干的影響；同時，這也處及中國政治史上「家天下」觀念的轉型。

論及杜甫詩的影響，除了文學技巧高超之外，杜甫詩中的人格形象亦是影響層面之一。杜甫詩中人格形象的一個顯明特徵是「許身一何愚，竊比稷與契」，這與儒家的政治理想相去不遠，也因此杜甫被視為具有儒家的思想性格。在《兼濟與獨善》當中，便將杜甫視為「兼濟」一端的人格範式，其中一個理由便是杜詩中具有「永不衰竭的政治熱情」。〔註21〕這種「政治熱情」是經過建構而來的。杜甫的一生，長於

〔註20〕除了研究北宋古文運動的專論外，另有以唐宋古文為背景的研究，如〔日〕副島一郎著，王宜瑗譯，《氣與士風——唐宋古文的進程與背景》（上海：上海古籍出版社，2013年）；有的學者則將文道與杜詩接受分別討論，如張興武，《宋初百年文學復興的歷程》（北京：中華書局，2009年）；近年，朱剛將「古文運動」與「士」的文學活動並提，為該論題向前推進一步，詳參：朱剛，《唐宋「古文運動」與士大夫文學》（上海：復旦大學出版社，2013年）。

〔註21〕《兼濟與獨善》共舉出三大人格範式，分別是：陶淵明：獨善人格的積極內涵，杜甫：兼濟理想與人生實踐，蘇軾：在兼濟與獨善之間求

盛世，殆於衰世，期間的思想震盪是激化他家國之思的因子，而此焦慮在中唐更為擴大，致使往後「家國思想轉型」的醞釀與發生。例如，在《中唐文儒的思想與文學》便以「中唐的思想危機」來論述夷夏觀念的轉變。〔註 22〕此轉變自安始亂後顯題化，延續至北宋。這也成為研究視角的選擇之一：中國文化與社會於 750 年與 1050 年的變遷狀況。〔註 23〕然而，我們將問：中唐到北宋這段時期固然有許多轉變，造就了北宋中葉（1050）的新氣象，那麼，宋人究竟改寫、突顯了舊有的什麼觀念呢？其中一個例子，也是家國聯繫所能回應的論題，就是「家國」、「天下」觀的重寫，它涉及了「家天下」的一個側向。

　　家國聯繫透過地理條件，說明家、國得以重合，這是就詩人而言的處境。杜甫對於歸鄉／國的強烈嚮往與歸屬感，在宋代成為「正統」的表現，並加以突顯其忠義一面。關於中國歷史的「正統」研究，以饒宗頤《中國史學上之正統論》〔註 24〕為大成；在文學方面，彭亞非的《中國正統文學觀念》則論及「士」、「文」、「道」，進而導向正統教化的文學功能。〔註 25〕從正統教化的角度來看文學的政教功能，杜詩

瀟灑。該書從爬梳中國文化中的仕隱進退，說明宋人在兩個極端的人格範式底下，所選擇的調和人生態度。有趣的是，若爬梳陶淵明的接受史，可發現宋人同樣在陶淵明賦予「忠義」的形象，與杜甫的形象有會通之處，也或許是宋代詩話常將二人相提並論的原因之一。詳參：張仲謀，《兼濟與獨善——古代士大夫處世心理剖析》（北京：東方出版社，1998 年），第六章「三大人格範式」，頁 255～314；田菱著，張月譯，《閱讀陶淵明》（臺北：聯經出版社，2014 年），頁 255～288。
〔註 22〕劉順，《中唐文儒的思想與文學》，第一章第三節「中唐的思想危機」，頁 39～59。
〔註 23〕其中一個研究成果是包弼德的《歷史上的理學》，第一章開宗明義的藉由 750 與 1050 年的比較，說明屬於宋代的社會風氣與觀念。另一個例子是鄧小南的《祖宗之法》，該研究聚焦於北宋政治史，然而論者是將唐宋視為遞嬗關係的長期演變，因此，常會比較安史亂前、後，以及北宋初期的政治概況。
〔註 24〕饒宗頤，《中國史學上之正統》（上海：上海遠東，1996 年）。
〔註 25〕彭亞非，《中國正統文學觀念》（北京：社會科學文獻，2007 年），第四章「斯文為道」，頁 119～179。

的地位便殊別於它家。在北宋諸子眼中,杜詩蘊含著兼濟天下的「士」之性格,也透露著忠君的情感表現,這無疑為國家新秩序提供了著力點;也就是說,在歐陽修〈正統論〉的理論建構之餘,杜詩也成為國家正統觀的再造資源。杜詩從情感一面表現了一個士人應有的節操與價值觀,這無疑是杜甫成「聖」的一個理由。

　　對正統的重構可知,原本以家族為紐帶的中古時代,到了北宋不得不以新詮釋的傳統作為「家天下」的正統依據,而杜甫將「家」、「國」聯繫的情感表現,或許可以成為正統論述的一個參考。原本,「家天下」是政治史的論題,且是以秦、漢為主要的研究範疇,但是,北宋對於國家秩序的再論述,除了對歷史正統的解釋之外,能否在文學現象或得印證?相信杜甫詩的接受概況是一個有意義的切入點。家國聯繫所表現的家國觀,其「核心─邊陲」的構想,也可以做為「家天下」的理論模型。換言之,即使是家鄉不在兩京的地方士族,是否可能因為京畿士人群對於杜詩的觀注,以及對於「士」的人格要求,而導致對於中央的認同感?此諸面向涉及文道關係、士的轉型及內涵、家國觀念的整合,最後指向政治論述的趨勢,而杜詩與家國聯繫正是處於其交界處,有待後人闡明。

　　以上四點,乃就本論文成果所延伸而來之「詩聖」現象背後的幾個延伸面向,惟論題尚未明確,且學力有限,故現僅以概論方式陳述,然希冀本論文的成果能為杜甫研究有所補白,也冀望讀者不吝給予批評、指正。

引用書目

一、**古籍**（依年代先後排序）

1. 〔漢〕班固撰，高時顯、吳汝霖輯校，《前漢書》，臺北：中華書局，1965 年，據武英殿本校刊。

2. 〔漢〕劉安撰，何寧集釋，《淮南子集釋》，北京：中華書局，1998 年。

3. 〔漢〕毛亨撰，鄭玄箋，孔穎達疏，冀抗雲等整理，《毛詩正義·小雅》，《十三經注疏·標點本》，臺北：臺灣古籍出版，2001 年。

4. 〔魏晉〕曹植著，黃節注，《曹子建詩注》，香港：中華書局，1973 年。

5. 〔晉〕陳壽撰，裴松之注，盧弼集解，錢劍夫整理，《三國志集解》，上海：上海古籍出版社，2009 年。

6. 〔陳〕徐陵編集，吳冠文彙校，《玉臺新詠彙校》，上海：上海古籍出版社，2011 年。

7. 〔南北朝〕庾信著，倪璠注，《庾子山集注》，北京：中華書局，1980 年。

8. 〔南朝宋〕劉義慶著，余嘉錫箋疏，《世說新語箋疏》，臺北：華正書局，1991 年。

9. 〔後晉〕劉昫等，《二十五史·舊唐書》，上海：上海古籍出版社，1986 年。

10. 〔唐〕房玄齡，《晉書》，北京：中華書局，1974 年。

11. 〔唐〕李白著，王琦注，《李太白全集》，北京：中華書局，1977年。

12. 〔唐〕李林甫等撰，陳仲夫點校，《唐六典》，北京：中華書局，1992 年。

13. 〔唐〕韓愈著，錢仲聯集釋，《韓昌黎詩繫年集釋》，上海：上海古籍出版社，1994 年。

14. 〔宋〕歐陽修、宋祁等，《二十五史‧新唐書》，上海：上海古籍出版社，1986 年。

15. 〔宋〕梨靖德編，王星賢點校，《朱子語類》，北京：中華書局，1986 年。

16. 〔宋〕洪興祖撰，《楚辭補注》，臺北：大安出版社，1995 年。

17. 〔宋〕洪邁，《容齋續筆》，收入《叢書集成三編》，臺北：新文豐出版社，1996 年。

18. 〔宋〕黃庭堅著，劉琳、李勇先、王蓉貴校點，《黃庭堅全集》，成都：四川大學出版社，2001 年。

19. 〔宋〕李綱，《李綱全集》，長沙：岳麓書社，2004 年。

20. 〔宋〕楊萬里著，辛更儒箋校，《楊萬里集箋校》，北京：中華書局，2007 年。

21. 〔明〕楊慎，《升菴全集》，收入王雲五主編，《國學基本叢書》，臺北：臺灣商務印書館，1968 年，第 217 冊。

22. 〔明〕張綖，《杜工部詩通》，《杜詩叢刊》第二輯，臺北：大通書局，1974 年，據明隆慶壬申張守中浙江刊本，第 32 冊。

23. 〔明〕單復，《讀杜愚得》，《杜詩叢刊》第二輯，臺北：大通書局，1974 年，據明宣德九年江陰朱氏刊本，第 28 冊。

24. 〔明〕鍾惺、譚元春輯，《唐詩歸》，《續修四庫全書》，上海：上海古籍出版社，2002 年，遼寧省圖書館藏明刻本，第 1590 冊，頁 1～258。

25. 〔清〕郭慶藩撰，王孝魚點校，《莊子集釋》，北京：中華書局，1961 年。

26. 〔清〕浦起龍，《讀杜心解》，北京：中華書局，1961 年。

27. 〔清〕佚名，《杜詩言志》，揚州：廣陵古籍，據康熙佚名著者稿本校刊，1963 年。

28. 〔清〕愛新覺羅弘曆，《唐宋詩醇》，臺北：中華書局，1971 年。

29. 〔清〕吳瞻泰，《杜詩提要》，《杜詩叢刊》第四輯，臺北：大通書局，1974 年，據清乾隆間羅挺刊，第 63 冊。

30. 〔清〕盧元昌，《杜詩闡》，《杜詩叢刊》第三輯，臺北：大通書局，1974 年，據清康熙二十五年書林刊本，第 50 冊。

31. 〔清〕張溍評註，《讀書堂杜詩集註解》，《杜詩叢刊》第四輯，臺北：大通書局，1974 年，據清康熙三十七年釜陽張氏刊本，第 60 冊。

32. 〔清〕仇兆鰲，《杜詩詳注》，北京：中華書局，1979 年。

33. 〔清〕董浩等編，《全唐文》，北京：中華書局，1983 年。

34. 〔清〕黃生撰，徐定祥點校，《杜詩說》，安徽：黃山書社，1994 年。

35. 〔清〕梁啟超，《梁啟超全集》，北京：北京出版社，1999 年。

36. 〔清〕楊倫箋注，《杜詩鏡銓》，臺北：華正書局，2003 年。

二、近人專著（依姓氏筆劃數排序）

1. 方瑜，《杜甫夔州詩析論》，臺北：幼獅出版社，1985 年。

2. 方瑜，《沾衣花雨》，臺北：遠景出版社，1982 年。

3. 方瑜，《唐詩論文集及其他》，臺北：里仁書局，2005 年。

4. 王德權，《為士之道：中唐士人的自省風氣》，臺北：政大出版社，2012 年。

5. 王運熙，《漢魏六朝樂府詩》，上海：上海古籍出版社，2011 年。

6. 四川文獻館編，《杜甫年譜》，臺北：學海出版社，1981 年。

7. 甘懷真，《皇權、禮儀與經典詮釋：中國古代政治史研究》，臺北：臺灣大學出版中心，2004 年。

8. 朱自清，《詩言志辨》，臺北：開明書局，1964 年。

9. 朱剛，《唐宋「古文運動」與士大夫文學》，上海：復旦大學出版社，2013 年。

10. 牟發松，《漢唐歷史變遷中的社會與國家》，上海：上海人民，2011 年。

11. 何寄澎，《北宋的古文運動》，上海：上海古籍出版社，2011 年。

12. 余英時，《士與中國文化》，上海：人民出版社，1987 年。

13. 余英時，《中國思想傳統的現代詮釋》，臺北：聯經，1987 年。

14. 吳中勝，《杜甫批評史研究》，北京：中社科，2012 年。

15. 呂蔚，《安史之亂與盛唐詩人》，北京：中華書局，2010 年。

16. 呂正惠，《抒情傳統與政治現實》，臺北：大安出版社，1989 年。

17. 呂正惠，《杜甫與六朝詩人》，臺北：大安出版社，1989 年。

18. 李貴，《中唐至北宋的典範選擇與詩歌因革》，上海：復旦大學出版社，2012 年。

19. 邢義田，《天下一家：皇帝、官僚與社會》，北京：中華書局，2011 年。

20. 林繼中，《杜甫研究續貂》，臺中：天空數位圖書，2010 年。

21. 林繼中，《詩國觀潮》，福州：福建教育，1997 年。

22. 金啟華，《杜甫詩論叢》，上海：上海古籍出版社，1985 年。

23. 金觀濤、劉青峰，《興盛與危機：論中國封建社會的超穩定結構》，中和：谷風出版社，1987 年。

24. 俞紹初輯校，《建安七子集》，北京：中華書局，2005 年。

25. 查屏球，《從游士到儒士──漢唐士風與文風論稿》，上海：復旦大學出版社，2005 年。

26. 柯慶明，《中國文學的美感》，臺北：麥田出版，2000 年。

27. 胡可先，《杜詩學引論》，合肥：安徽大學出版社，2003 年。

28. 孫康宜、宇文所安主編，《劍橋中國文學史》，北京：三聯書店，2013 年。

29. 徐仁甫，《杜詩注解商榷》，香港：中華書局，1979 年。

30. 徐復觀，《中國文學論集》，臺北：臺灣學生書局，1974 年。

31. 祝尚書，《北宋古文運動發展史》，北京：北京大學出版社，2012 年。

32. 高友工，《中國美典與文學研究論集》，臺北：臺大出版中心，2004 年。

33. 高友工，《美典：中國文學論集》，北京：三聯書店，2008 年。

34. 高友工、梅祖麟，《唐詩的魅力》，上海：上海古籍出版社，1989 年。

35. 張躍，《唐代後期儒學的新趨向》，臺北：文津，1993 年。

36. 張仲謀，《兼濟與獨善──古代士大夫處世心理剖析》，北京：東方出版社，1998 年。

37. 張興武，《宋初百年文學復興的歷程》，北京：中華書局，2009 年。

38. 張暉，《中國「詩史」傳統》，北京：三聯書店，2012 年。

39. 莫礪鋒，《杜甫評傳》，南京：南京大學出版社，1993 年。

40. 許總，《杜詩學通論》，中壢：聖環圖書，1997 年。

41. 許總，《杜詩學發微》，南京：南京出版，1989 年。

42. 郭沫若，《李白與杜甫》，北京：人民文學出版社，1971 年。

43. 郭紹虞，《宋詩話考》，北京：中華書局，1979 年。

44. 郭紹虞，《照隅室古典文學論集》，上海：上海古籍出版社，2009 年。

45. 陳文華主編：《杜甫與唐宋詩學：杜甫誕生一千二百九十年國際學術研討會論文集》，臺北：里仁書局，2003 年。

46. 陳平原，《中國小說敘事模式的轉變》，北京：北京大學出版社，2003 年。

47. 陳弱水，《柳宗元與唐代思想變遷》，南京：江蘇教育，2010 年。

48. 陳弱水，《唐代文士與中國思想的轉型》，桂林：廣西師範大學出版社，2009 年。

49. 陳貽焮，《杜甫評傳（第二版）》，北京：北京大學出版社，2011 年。

50. 傅樂成，《漢唐史論集》，臺北：聯經，1977 年。

51. 彭亞非，《中國正統文學觀念》，北京：社會科學文獻，2007 年。

52. 程千帆，《兩宋文學史》，上海：上海古籍出版社，1991 年。

53. 程千帆，《被開拓的詩世界》，上海：上海古籍出版社，1990 年。

54. 程千帆，《程千帆詩論選集》，太原：山西人民出版社，1990 年。

55. 逯欽立輯校，《先秦漢魏晉南北朝詩》，北京：中華書局，1983 年。

56. 馮至，《杜甫傳》，北平：人民出版社，1952 年。

57. 黃奕珍，《象徵與家國：杜甫論文新集》，臺北：唐山出版社，2010 年。

58. 楊經華，《宋代杜詩闡釋學研究》，北京：中國社會科學，2011 年。

59. 葉嘉瑩,《杜甫秋興八首集說》,上海:上海古籍出版社,1988 年。

60. 葉嘉瑩,《葉嘉瑩說杜甫詩》,北京:中華書局,2008 年。

61. 葉維廉,《中國詩學》,北京:三聯書店,1992 年。

62. 葛兆光,《中國思想史》,第一卷,上海:復旦大學出版社,1998 年。

63. 葛兆光,《宅茲中國:重建有關「中國」的歷史論述》,臺北:聯經,2011 年。

64. 葛曉音,《漢唐文學的嬗變》,北京:北京大學出版社,1990 年。

65. 葛景春,《李杜之變與唐代文化轉型》,鄭州:大象出版社,2009 年。

66. 廖美玉,《中古詩人夜未眠》,臺南:宏大出版社,2002 年。

67. 廖蔚卿,《漢魏六朝文學論集》,臺北:大安出版社,1997 年。

68. 聞一多,《唐詩雜論》,上海:上海古籍出版社,2011 年。

69. 劉順,《中唐文儒的思想與文學》,北京:中國社會科學出版社,2013 年。

70. 蔡英俊,《中國古典詩的抒情特質》,臺北:國立臺灣大學出版社,2006 年。

71. 蔡英俊,《中國古典詩論中「語言」與「意義」的論題:「意在言外」的用言方式與「含蓄」的美典》,臺北:學生書局,2001 年。

72. 蔡振念,《杜詩唐宋接受史》,臺北:五南,2001 年。

73. 鄧小南,《祖宗之法:北宋前期政治述略》,北京:三聯書店,2006 年。

74. 鄧小軍,《唐代文學的文化精神》,臺北:文津,1993 年。

75. 蕭滌非,《漢魏六朝樂府文學史》,北京:人民文學出版社,2011 年。

76. 蕭滌非主編，張忠綱統稿，《杜甫全集校注》，北京：人民文學出版社，2013 年。

77. 錢鍾書，《管錐編》，北京：三聯書店，2007 年。

78. 簡錦松，《杜甫夔州詩現地研究》，臺北：臺灣學生出版社，1999 年。

79. 顏崑陽，《六朝文學觀念叢論》，臺北：正中書局，1993 年。

80. 蘇桂寧，《宗法倫理與中國詩學》，上海：三聯書店，2002 年。

81. 饒宗頤，《中國史學上之正統》，上海：上海遠東，1996 年。

82. 龔鵬程，《詩史本色與妙悟》，臺北：臺灣學生，1992 年。

83. 龔鵬程，《唐代思潮》，宜蘭：佛光人文社會學院，2001 年。

三、翻譯與外文專著

1. 〔日〕松原朗著，李寅生譯，〈論杜甫在蜀中前期的望鄉意識〉，《杜甫研究學刊》2008 年第 1 期總第 95 期。

2. 〔日〕吉川幸次郎著、李盈生譯，《讀杜札記》，南京：鳳凰出版社，2011 年。

3. 〔日〕吉川幸次郎，《宋詩概說》，臺北：聯經出版社，1977 年。

4. 〔日〕松浦友久著，孫昌武、鄭天剛譯，《中國詩歌原理》，臺北：洪葉文化，1993 年。

5. 〔日〕尾形勇著，張鶴泉譯，《中國古代的「家」與國家》，北京：中華書局，2010 年。

6. 〔日〕副島一郎著，王宜瑗譯，《氣與士風——唐宋古文的進程與背景》，上海：上海古籍出版社，2013 年。

7. 〔法〕簡奈特著，廖素珊、楊恩祖譯，《辭格第三集》，臺北：時報文化，2003 年。

8. 〔美〕Eva Shan Chou. *Reconsidering Tu Fu: Literary greatness and*

cultural context. England: Cambridge University Press, 1995.

9. 〔美〕David R. McCraw. *Du Fu's Laments from the South*. Honolulu: University of Hawaii Press, 1992.

10. 〔美〕包弼德著，劉寧譯，《斯文：唐宋思想的轉型》，南京：江蘇人民出版社，2001 年。

11. 〔美〕包弼德著，王昌偉譯，《歷史上的理學》，杭州：浙江大學，2010 年。

12. 〔美〕田菱著，張月譯，《閱讀陶淵明》，臺北：聯經出版社，2014 年。

13. 〔美〕艾略特著，杜國清譯，《艾略特文學評論選集》，臺北：田園出版社，1969 年。

14. 〔美〕宇文所安著，賈晉華譯，《初唐詩》，北京：三聯書店，2004 年。

15. 〔美〕宇文所安著，賈晉華譯，《盛唐詩》，臺北：聯經，2007 年。

16. 〔美〕宇文所安著，陳引馳、陳磊譯，田曉菲校，《中國「中世紀」的終結》，北京：三聯書店，2006 年。

17. 〔美〕宇文所安撰，葉楊曦譯，〈變化的詩歌敘事──杜甫組詩〈前出塞九首〉〉，《國際漢學研究通訊》第八期。

四、期刊論文（依姓氏筆劃數排序）

1. 方瑜，〈困境與突圍──以杜甫〈同谷七歌〉與〈秋興八首〉中的春意象為例〉，《臺大文史哲學報》第 69 期，頁 127～147。

2. 毛炳身，〈杜詩中的鄉情〉，收入《杜甫研究學刊》1997 年第 1 期總第 51 期，頁 34～38。

3. 王劍，〈論「並置結構」在杜詩研究中的應用──關於《再議杜甫：文學巨匠和文化巨人》一書的唐詩研究方法〉，《杜甫研究學

刊》2001 年第 2 期總第 68 期，頁 75～80。

4. 王懷讓，〈王粲離長安和創作〈七哀詩〉第一首之時間辨〉，《山東教育學院學報》1995 年第 1 期總第 47 期，頁 18～22。

5. 田守真，〈恥干謁與事干謁〉，《杜甫研究學刊》1992 年第 3 期總第 33 期，頁 36～42。

6. 何寄澎，〈悲秋──中國文學傳統中時空意識的一種典型〉，《臺大中文學報》第 7 期，頁 77～92。

7. 杜呈祥，〈兩唐書杜甫傳訂誤〉，《師大學報》第 6 期，頁 223～235。

8. 周克勤，〈杜甫失眠詩探析〉，《杜甫研究學刊》2009 年第 4 期總第 102 期，頁 36～41。

9. 祁和暉，〈杜甫詩聖論（上）〉，《杜甫研究學刊》2011 年第 2 期總第 108 期，頁 12～22。

10. 祁和暉，〈杜甫詩聖論（下）〉，《杜甫研究學刊》2011 年第 3 期總第 109 期，頁 1～9。

11. 祁和暉，〈詩聖詩史論〉，《杜甫研究學刊》1996 年第 4 期總第 50 期，頁 1～8。

12. 俞平伯，〈說杜甫〈自京赴奉先縣詠懷〉詩〉，《杜甫研究論文集》二輯，頁 11～19。

13. 胡傳安，〈兩唐書杜甫傳補正〉，《大陸雜誌》第 9～11 期，頁 18～23。

14. 徐國能，〈元好問杜詩學探析〉，《清華中文學報》第 7 期，頁 189～234。

15. 馬承五，〈詩聖・詩史・集大成──杜詩批評學中之譽稱述評〉，《杜甫研究學刊》1997 年第 3 期總第 53 期，頁 51～58。

16. 張忠綱，〈說「詩聖」〉，《安徽大學學報（哲學社會科學版）》，2012

年第 1 期，頁 36～42。

17. 章潤瑞，〈杜甫「一飯不忘君」試析〉，載《杜甫研究學刊》1991
年第 3 期總第 29 期，頁 29～40。

18. 莫礪鋒，〈穿透夜幕的詩思──論杜詩中的暮夜主題〉，《文學遺
產》2009 年第 3 期，頁 4～12。

19. 許浩然，〈美國學者伊娃‧周珊與杜詩研究〉，《殷都學刊》2014
年第 1 期，頁 52～55。

20. 郭永吉，〈王粲〈登樓賦〉結構分析及創作技巧探索〉，《淡江中
文學報》第 21 期，頁 57～88。

21. 傅璇琮、吳在慶，〈杜甫與嚴武關係考辨〉，《文史哲》2004 年第
1 期總第 280 期，頁 105～110。

22. 馮文炳，〈杜甫寫典型──分析〈前出塞〉、〈後出塞〉〉，《杜甫研
究論文集》二輯，頁 37～53。

23. 葛景春，〈杜甫與洛陽京城文化〉，《中原文化研究》2013 年第 1
期，頁 65～74。

24. 廖美玉，〈杜甫家族記憶中的兩性典範與生存感知──兼論父黨、
母黨與妻黨的大家族觀〉，《成大中文學報》第 44 期，頁 1～42。

25. 鄧芳，〈草堂家國夢──讀杜甫〈茅屋為秋風所破歌〉〉，《文史知
識》2013 年第 9 期，頁 44～49。

26. 鄧魁英，〈他鄉遲暮，不廢詩篇──論杜甫的懷鄉詩〉，《貴州大
學學報》1995 年第 3 期，頁 62～69。

27. 簡錦松著，〈從現地研究看杜甫秦州入蜀詩的旅行日期〉，《東吳
中文學報》第 22 期，頁 75～96。

28. 顏崑陽，〈論唐代「集體意識詩用」的社會文化行為現象──建
構「中國詩用學」初論〉，《東華人文學報》第 1 期，頁 43～68。

五、學位論文（依姓氏筆劃數排序）

1. 甘懷真，《唐代京城社會與士大夫禮儀之研究》，國立臺灣大學歷史研究所博士論文，1993 年。

2. 朱伊雯，《杜甫晚期詩作之精神動向——以夔州詩為歸趨之探究》，東海大學中文系碩士論文，1996 年。

3. 李欣錫，《杜甫巴蜀詩「生活」題材研究》，國立臺灣師範大學國文研究所碩士論文，1999 年。

4. 洪素香，《杜甫荊湘詩初探》，國立中山大學中文系碩士論文，2002 年。

5. 許銘全，《杜甫詩追憶主題研究》，國立臺灣大學中文系碩士論文，1997 年。

6. 許應華，《杜甫夔州詩研究》，國立臺灣師範大學中文系碩士論文，1980 年。

7. 陳曜裕，《孤城、孤舟與京華——杜甫夔州與兩湖時期的創作視角》，國立成功大學中文系碩士論文，2009 年。

8. 楊佩螢，《六朝詩「傷春」的連類譬喻》，國立臺灣大學中文系博士論文，2014 年。